소년은
자란다.

格拉長大
阿來 著

소년은 자란다

초판 1쇄 발행•2009년 9월 15일
초판 2쇄 발행•2010년 1월 15일

지은이•아라이
옮긴이•전수정 · 양춘희
펴낸이•김성은
펴낸곳•아우라
등록•제395-2007-00127호
주소•412-270 경기도 고양시 덕양구 화정동 966 한성리츠빌 801호
전화•031-963-4272
팩스•031-963-4276
이메일•aurabook@naver.com

한국어판 ⓒ 아우라 2009
ISBN 978-89-960463-7-0 03820

* 이 책 내용의 전부 또는 일부를 다시 사용하려면
   반드시 번역자와 아우라 모두의 동의를 받아야 합니다.
* 책값은 표지 뒷면에 표시되어 있습니다.

소년은
자란다.

아라이 연작소설 전수정 · 양춘희 옮김

아
우
AURA
라

한국의 독자들에게

　번역을 맡은 전수정 선생으로부터 제 연작소설집 『소년은 자란다』의 번역이 끝났다는 말과 함께 곧 출판되리라는 전화를 받고, 더할 나위 없이 기쁜 마음을 감출 수가 없었습니다. 저는 제 소설을 읽는 중국 독자에 대해서는 대체로 짐작이 가고, 그들이 왜 제 작품을 읽는지, 소설 속의 어떠한 점(문학적인 것과 비문학적인 것)을 좋아하는지 짐작할 수 있습니다. 그러나 한국어 번역본이 나온다는 것은 제가 전혀 모르는 독자가 한국어로 제 소설을 읽게 된다는 뜻인데, 그 생각을 하니 미묘한 느낌이 들었습니다. 소설이 또다른 언어로 표현되었을 때 어떤 소리를 내게 될까? 어떤 리듬으로 감정이 흐를까? 그들은 왜 나의 소설을 읽을까? 더 넓은 세상을 알고 싶어서? 아니면 그저 단순한 호기심 때문에? 호기심에서 출발했지만 결국 이 소설 속에서 어떤 심오한 해답과 더불어 공감과 이해를 얻게 될까?

전화를 받던 시각에 저는 마침 찬바람을 맞으며 중국의 수도인 베이징(北京) 거리를 걷고 있었습니다. 갑자기 걸려온 그 전화는 여러 가지 추측을 불러일으키면서 제 마음과 몸에 따스한 온기를 더해주었습니다. 누구나 낯설고 거대한 도시를 거닐면 자연히 고독감에 휩싸이기 마련입니다. 그러나 전화선을 타고 들려온 소식은 한 사람이 전 세계와 편안하게 연결될 수 있는 방법이 있다는 사실을 확인해주었습니다.

전수정 선생은 티베트 이야기가 한국 독자들에게 낯설게 느껴질 수 있으니 한국 독자를 위한 작가의 말을 써달라고 했습니다.

저는 이 요청에 두 가지 뜻이 담겨 있다고 생각했습니다. 하나는 한국 독자가 저에 대해 잘 알지 못한다는 뜻이고, 다른 하나는 제 소설에 그려진 사람들과 사물들이 한국 독자에게 낯설게 느껴질 수 있다는 뜻으로 말입니다. 저는 한국 독자들을 위해 뭔가 말해야겠다고 생각했습니다. 하지만 제가 과연 무엇을 말할 수 있을까요? 저는 사람들의 이야기를 소설로 썼습니다. 아주 멀리 떨어진 세상에 살고 있는 사람들의 이야기지요. 사람들은 그곳을 티베트라고 부릅니다. 아마도 꼬리에 꼬리를 무는 의문이 생길 겁니다. 티베트란 도대체 어떤 곳인가?

한국 독자들은 제가 한두 마디로 명확히 설명해주기를 바랄지도 모릅니다. 하지만 바로 그런 이유 때문에 저는 커다란 미궁에 빠진 기분이 듭니다. 티베트가 무엇이고, 무엇이 티베트인지를 한 마디로 명확히 말할 수는 없기 때문이지요. 저는 단지 티베트가 이 세상에 존재하는 하나의 장소라고밖에는 말할 수가 없습니다. 한 국이 그렇고 미국이 그렇듯, 프랑스와 영국, 일본이 그렇듯, 티베트도 이 세상의 한 곳일 뿐입니다. 그곳에도 풀과 나무가 자라고, 열매가 열리고 꽃이 핍니다. 풀과 나무의 바다에서 사람들은 흥망성쇠를 겪습니다. 사람들 대부분은 도시에 살면서 기본적인 생존을 위해 노력합니다. 외부세계에서 상상하는 것과는 달리, 그곳 사람들은 심오한 명상만 하거나 현실문제에 초연한 정신적 스승들에게 의지만 하며 살고 있는 것은 아닙니다. 사실, 정신적인 스승도 인간으로서의 기본적인 욕구를 느끼고, 그런 욕구가 채워진 다음에야 감성이 풍부해질 수 있을 겁니다. 문화가 발전되어 있고, 세계를 잘 아는 사람들은 티베트의 자연이 너무나도 척박하여 사람들이 아주 힘들게 살아갈 것이라고 생각합니다. 적잖은 사람들은 그런 척박한 땅에 무릉도원을 세우고자 했고 거기에 '샹그릴라'라는 이름을 붙였지요. 전 세계가 발전하고 있을 때 누군가는 이러한 유토피아적 상상을 이용해 티베트의 발전을 바라지 않거나, 티베트의 미개발 및 몽매함을 보존하기 위해 동정을 구하고 그 합법성을 모색하기도 했습니다.

저는 티베트인의 한 사람으로서 제게 익숙한 티베트 사람의 이야기를 썼습니다. 이는 제 개인적 행동에 불과합니다. 하지만 티베트가 왜곡되어 읽힐 때, 더구나 일부 사람들에 의해 그 왜곡이 계속될 때 제 작품은 종종 전혀 다른 의미를 갖기도 합니다.

저는 소설 속에 나오는 평범한 티베트 사람들 가운데 하나로 그들과 함께 생활해왔습니다. 현대적인 교육을 받고 창작활동을 하면서 그들과 많이 달라지긴 했지만 저는 여전히 그들과 멀리 떨어져 있지는 않습니다. 저는 그들의 이야기를 이 세상에 사는 많은 사람들에게 들려주고자 했습니다. 민족과 사회, 문화, 나아가 국가라는 것은 더이상 관념이 아니고, 상상은 더더욱 아닐 겁니다. 저는 그것을 한 사람 한 사람이 모여 만든 응집체라고 생각합니다. 우리는 개개인의 운명으로 돌아가 그들의 경험과 우연한 만남, 생명과 운명, 노력과 몸부림을 들여다보아야 합니다. 소설가에게 이런 일은 사명감에 가까운 것으로서 사회에 조금이나마 도움이 되는 유일한 길이자 소설의 목적이기도 합니다. 물론 세상에는 더 많은 요소들이 소설가의 흥미를 끌기도 합니다. 그러나 사람이야말로 이야기의 근본일 겁니다. 소설가의 관점에서 보면 사람을 소설에서 없애버리거나, 사람의 생명과 행복을 말하지 않는다면 거대한 관념도 아무런 의미가 없을 겁니다. 그래서 소설가에게는 사람이 출발점이자 목적지인 것입니다.

소설가는 바로 이런 방식으로 진실에 가까워지려고 노력합니다. 소설가는 표면적인 사실이 아니라 인간생활의 근본에서부터 진실을 파악하고자 하지요.

티베트는 중세 이래 수천년 동안 생활상의 변화가 그리 크지 않았습니다. 대를 이어오던 생명들이 조용히 시들어갔지만 역사는 여전히 답보상태로 있었지요. 저는 제가 행운을 갖고 태어난 사람이라고 생각합니다. 제가 태어날 때 변화가 시작되었고, 그 속도는 갈수록 빨라졌습니다. 운 좋게도 저는 그 진행과정을 직접 경험하게되었고, 동시에 관찰하고 기록하는 사람이 되었습니다.

이 소설을 읽게 될 한국의 독자들에게 깊은 감사를 드리고 싶습니다. 저는 예전에 제 소설을 읽은 일부 독자로부터, 특히 외국의독자로부터 소설을 읽고 마음이 편치 않았다는 말을 들은 적이 있습니다. 제 작품 속의 티베트는 그들이 상상한 티베트, 혹은 다른사람이 묘사한 티베트와 달랐기 때문이지요. 그들은 티베트가 세속의 근심과 힘겨움이 없고, 현실에 대한 고민 없이 경건하게 종교적 구도만 수행하는 곳으로 알았고, 그런 곳이기를 바랐습니다. 그들은 또다른 티베트가 있다는 사실을 알고 싶어하지 않았습니다.다행히 대부분의 독자들은 그렇게 생각하지 않았습니다. 제게 힘을 더해주는 원동력은 바로 이런 다수의 독자들입니다. 소설가란어디에 있든 정보를 전하는 사람이라고 저는 생각합니다. 정보는결국 소통과 이해로 귀결됩니다. 그러려면 진실해야겠지요. 진실이야말로 소통과 이해의 필수적인 주춧돌일 겁니다.

2009년 4월 아라이(阿來)

차례

활불과 박사친구

오늘은 1992년 6월의 어느날로, 나는 이야기가 발생한 곳, 바로 사원의 객실 중앙에서 이 글을 쓰고 있다. 주위는 아무 소리도 없이 고요하다. 눈을 들어 보면 대전의 용마루에 영원히 지칠 것 같지 않은 구리사슴이 서 있다. 구리사슴은 그곳에 서서 법륜(法輪)을 지킨다. 그 반짝거리는 물체들과 나 사이에는 깜찍한 노란색 꽃이 만발한 풀밭이 하나 자리잡고 있다. 이곳은 중국에서 유명한 큰 하천의 발원지이기도 하다. 맑은 공기 속에는 깨끗한 물 향기가 가득하다. 나는 자신도 모르게 얼굴에 가벼운 미소를 띠며 "벌 떼가 날며 춤춘다"라고 쓴다. 다 쓰고 나니 빛과 전율이 느껴지면서 아름다운 음악소리가 들렸다. 비록 어디서 흘러나오는 것인지는 모르지만.

그리하여 나는 계속 써내려간다.

무지개인가, 부처님의 광배인가

내가 머무르고 있는 곳은 예전에 쌍무단(桑木旦) 선생이 거처하던 방이다. 쌍무단 선생이 미국으로 떠난 후, 사원관리위원회와 활불(活佛, 티베트 불교사원의 최고승)은 이 방을 사원을 방문하는 학자들에게 객실로 내주기로 결정했다.

모두들 쌍무단 선생을 신기한 사람이라고 했다.

일찍이 그는 중학교에 다닐 때부터 총명함과 게으름으로 유명했다. 이야기는 그가 남녀 학우들과 함께 소풍을 가는 것에서부터 시작된다. 소풍을 가게 된 것은 드넓은 초원에 짧은 여름이 마침 찾아왔기 때문이었다. 당시 쌍무단 선생은 수학에 지대한 관심을 갖고 있었다. 그는 초원의 광활함과 여름의 짧음을 비교하다가 "젠장, 비례가 맞지 않잖아!"라는 한마디를 내뱉기도 했다. 그들은 무의식중에 가장 중요한 날을 골라 소풍을 갔다. 공교롭게도 바로 그날은 입적한 지 17년이 된 활불의 화신이 나타날 것이라고 예언된 날이었다. 학생들이 길을 떠나던 그 시각에 사원의 승려들도 일찌감치 길을 나섰다. 승려들은 말을 재촉하여 정오 무렵 마침내 성스러운 호수 주변에 이르렀다. 가까운 곳에서는 새하얀 갈매기들이 물위를 날아다니고 있었고 먼 곳에서는 한 줄기 파란 연기가 푸른 하늘로 솟아오르고 있었다. 당연히 이 모든 것들은 상서로운 징조로 여겨졌다. 하늘나라로 올라가는 계단처럼 보이던 그 연기는 사실 소풍을 즐기러 온 소년들이 피워올린 것이었다. 한 떼의 말이 소년들 주위를 어슬렁거렸다. 열여섯 살 된 중학생 두 명이 백마를 잡아타고 친구들의 부러운 눈길을 받으며 아득히 먼 곳을 향해 달려갔고, 그 가운데 한 소년은 성스러운 호수 근처에서 활불의 화신으로 낙점받았다.

쌍무단은 혼자 말을 타고 돌아와 슬픈 표정으로 승려들이 자신이 아니라 자신의 가장 절친한 친구를 활불로 선택했다고 말했다. 그러고는 말을 치는 사람에게 말했다.

"새 활불이 당신의 말을 타고 가버렸어요. 나중에 그를 데려와 배상하도록 할게요."

말 치는 사람은 황급히 쌍무단의 입을 손으로 막았다. 이어서 이 잘생긴 사내는 호숫가를 향해 오체투지를 하며 경건히 머리를 땅에 조아렸다. 쌍무단은 활불로 선택받지 못했지만 변함없이 자유분방하고 쾌활한 청년이 되었다.

쌍무단은 대학교를 졸업한 후 한 중학교에서 수학교사로 일하게 되었다. 그는 경망스러워 보이는 멋진 수염을 기르긴 했지만 여기저기 쏘다니며 쾌락을 찾는 그런 사람은 아니었다. 그의 근무태도는 큰 환영을 받았다. 그러나 정작 본인은 이런 것에 관심을 두지 않는 모습이었다.

마침내 그는 교장한테 말했다.

"전 이 일을 그만두고 싶습니다."

교장이 농담으로 받아들이자 다시 말했다.

"그렇다고 제가 장사를 하려는 건 아닙니다. 적당한 곳을 찾아서 경학(經學)을 좀 배우고 싶습니다."

그리하여 그는 내가 지금 거주하고 있는 이 사원으로 와서 내등 뒤에 있는 서가를 만들었고, 내가 지금 엎드려 글을 쓰고 있는이 책상도 들여놓았다. 활불은 그가 예전에 동창이자 친구이긴 했지만 쌍무단이 머리를 삭발할 때까지 아는 척을 하지 않았다. 쌍무단은 진지하고 감격에 겨운 목소리로 옛 친구의 이름을 부르며말했다.

"진심으로 자네에게 감사하네."

활불은 내게 이렇게 말한 적이 있다.

"나는 그가 오는 게 왠지 기쁘지가 않았어요."

내가 말했다.

"사실 그도 알고 있었겠지요."

"저는 쌍무단 선생에게 제 이름을 직접 부르면 안된다고 했지요. 그러자 그의 수염에 조소가 담기는 것 같았어요. 그래서 사람을 시켜 그의 수염을 밀어버리게 했지요."

수염을 밀어버리자 쌍무단의 얼굴은 진지한 표정으로 바뀌었다. 이에 활불은 약간 미안해하며 말했다.

"자네도 법명을 하나 지어야지."

"난 법명 따위 필요없네. 난 공명을 바라고 여기 온 게 아니라 단지 경학을 배우고 싶어서 왔을 뿐이라네."

그 말은 사실 활불에게 대단히 실례가 되는 말이었지만 오히려

가장 학문이 높은 라란바 거시(格西, 사원의 스승)의 관심을 끌었다. 거시는 10년 넘게 활불의 경사(經師)를 맡고 있었지만 활불의 이해력 부족과 근본 바탕에 점점 실망하게 되었다. 거시가 쌍무단 선생에게 말했다.

"그럼 나한테서 불학의 근본인 내명학(內明學)을 배우도록 하게. 그것은 방대하면서도 깊고 오묘한 학문이지."

그날 거시는 용수(龍樹)의『중론(中論)』에 나오는, 세상 만물은 모두 공(空)이지만 이 공은 또 결코 무(無)가 아니다라는 내용을 가지고 강론을 했다. 활불은 반나절이나 들었지만 요점을 파악하지 못했다. 그는 추상적인 내용을 이해하는 능력이 부족했다. 쌍무단 선생이 말했다.

"이런! 수학보다 배우기가 쉽네요."

그러고는 활불에게 말했다.

"자넨 옛날에 수학을 못하지 않았는가. 서두르지 말고 천천히 하게."

이 일이 있고부터 활불은 쌍무단 선생과 함께 강론을 들으려 하지 않았다.

쌍무단 선생은 지금 내가 앉아 있는 바로 이 자리에서 라란바 거시도 다 연구하지 못한 경서 두루마리를 펼쳤다. 햇빛이 창문을 뚫고 들어오자 금가루를 입힌 글자들이 반짝반짝 빛나기 시작했다. 쌍무단 선생이 싱긋 웃으며 색안경을 쓰자 어느새 금빛은 사라지고 종이 위에는 지혜 그 자체만 남아 그에게 속삭이는 것 같았다.

그는 다소 유감스런 마음으로 생각했다.

'지혜가 가득하지만 지혜를 낭비하고 있는 이 책은 이 세상 그 누구도 다 읽지 못할 거야.'

거시는 활불이 철학수업을 거절하자 수심에 잠겼다. 활불은 의학으로 취미를 바꿔 참선방에 진맥도와 인체 경락도를 걸어놓고 있었다.

쌍무단 선생이 모든 경전을 완전히 통달하는 사람은 없을 거라고 생각하고 있던 그날 거시가 찾아왔다. 거시가 한숨을 내쉬며 말했다.

"자네의 천부적인 자질은 우리가 애당초 활불을 잘못 선택했다는 사실을 증명해주고 있네."

"저는 활불이 되고 싶지 않습니다."

"그래, 그때도 자네는 활불이 되려고 하지 않았지."

그때 예언을 믿고 있던 승려들은 멋진 두 소년이 백마를 타고 달려오자 누구를 선택해야 할지 갈팡질팡했다. 그때 쌍무단이 말을 타고 그대로 가버렸던 것이다.

쌍무단 선생은 경서 두루마리를 누런 비단으로 잘 싸서 서가에 다시 갖다놓으며 말했다.

"자, 우리 활불한테 가봅시다."

문을 나서면서 그는 사원에 올 때 가지고 온 보따리를 집어들었다. 사원에 올 때 가지고 온 금시계도 손목에 찼다. 시곗바늘은 이 년 전의 어느 시각을 가리키고 있었다. 거시가 물었다.

"자네, 뭘 하려는 것인가?"

쌍무단 선생은 대답도 하지 않고 큰 걸음으로 대전 쪽으로 걸어갔다. 대전 입구에 거의 다다랐을 때 거시가 쌍무단 선생을 불러 세우려 했다. 사원에서 가장 높은 활불은 한 사람만 있어야 하고 이제 와서 상황은 돌이켜질 수 없기에 거시는 활불의 위엄을 지켜 주기로 마음먹었다. 활불을 만나려면 반드시 사람을 시켜 미리 알려야만 했다. 하지만 쌍무단 선생은 곧장 안으로 들어가버렸다.

대전 밖에 서 있던 거시는 꽃들 사이로 햇빛이 반짝이고 야생 꿀벌들이 꽃 위에 앉아 투명한 날개를 흔들어대는 모습을 지켜보았다. 활불과 쌍무단 선생이 나란히 대전에서 걸어 나왔다. 걷고 있던 활불이 시종에게 라디오를 가져오라고 하며 말했다.

"쌍무단 선생의 금시계는 세상 시간이 몇시인지를 알지 못하거든."

시중을 드는 꼬마중이 종종걸음으로 달려갔다. 활불과 쌍무단 선생, 라란바 거시는 해를 머리에 인 채 변화무쌍한 하늘의 구름을 올려다보았다. 꼬마중이 종종거리며 달려와 아나운서 흉내를 내며 정중한 어투로 말했다.

"방금 마지막 종이 울렸습니다. 베이징 시간으로 열여섯시 정각이었습니다."

이 말에 세 사람 모두 웃음을 터뜨렸다.

쌍무단 선생이 시간을 맞추는 동안 활불은 쌍무단 선생의 어깨에 손을 뻗어 닿을 듯 말 듯 쓰다듬는 듯하더니 이내 몸을 돌려 대

전 안으로 들어가버렸다. 멀지 않은 곳의 잣나무 숲에서 몇몇 승려들이 삑삑거리며 쉬나(嗩吶, 중국의 민속 관악기로 날라리와 비슷함)를 연습하고 있었다. 거시는 쌍무단 선생이 떠나려 한다는 사실을 알았다. 쌍무단 선생이 보따리를 들고 "참 아름다운 곳이네요"라고 말했기 때문이다.

쌍무단 선생이 거시에게 말했다.

"저는 당신의 고향에 가본 적이 있어요. 참 아름다운 곳이었습니다. 여름이면 곳곳에서 꿀벌들이 노래하더군요."

이야기를 하는 동안 사원 담장 바깥까지 함께 나왔다. 맑은 시냇물이 졸졸 흘러가고 있었다.

쌍무단 선생이 큰 소리로 "아! 하!" 하고 외치더니 눈 깜짝할 사이에 옷을 홀랑 벗고 시냇물로 뛰어들었다. 학문이 깊은 그가 맑은 물에서 자맥질을 하기 시작했다. 그는 즐거운 망아지처럼 연거푸 물을 푸푸 내뿜었다. 그가 머리를 물속에 잠그자 건장한 등이 수면 위로 드러났다. 커다란 물고기 같았다. 마지막에 그는 거친 기세로 몸을 일으킨 뒤 '우우' 소리 지르며 머리를 털었다. 머리에서 물방울이 흰 물안개처럼 사방으로 튀었다. 그 순간, 세상의 모든 것이 멈춰버렸다. 새들은 여전히 노래하고 있고 실바람은 이쪽 언덕에서 저쪽 언덕으로 불어갔지만 그 순간 온 세상이 멈춰버린 것이 확실했다. 라란바 거시는 쌍무단 선생의 머리에서 흩어지는 물안개가 석양빛을 받아 작은 무지개로 변하는 것을 보았다.

맙소사! 부처님의 광배로다!

거시는 무릎의 힘이 쑥 빠지면서 하마터면 물에서 놀고 있는 사람에게 무릎을 꿇을 뻔했으나 무지개는 순식간에 사라져버렸다. 멈추었던 시간이 다시 흐르기 시작했다. 쌍무단 선생은 태연하게 땅으로 올라와 풀밭에 섰다. 그는 그곳에 선 채로 펄쩍펄쩍 뛰며 햇볕에 몸을 말렸다. 여기저기서 수업을 끝낸 라마승들이 몰려나와 구경하고 있었다. 그들의 널찍하고 장중한 자홍색 옷자락이 수많은 깃발처럼 바람에 펄럭였다.

여기까지 썼을 때 그림자 하나가 밝은 빛을 가렸다. 거시가 찾아온 것이다. 우리는 함께 치즈를 먹고 차를 마셨다. 그런 다음 나는 내가 써놓은 이야기를 그에게 들려주었다. 그가 말했다.

"허허, 바로 이런 분위기였어요. 보아하니 말에 관한 얘기도 쓰셔야 할 것 같군요."

아무도 알아차리지 못하는 사이 붉은 말 두 필이 낮은 산등성이를 넘어왔다. 한 필은 사람이 타고 있었고 다른 한 필은 빈 등이 비단처럼 윤이 났다. 말 두 필이 가까이 다가오는 것을 눈치챈 사람은 아무도 없었다. 사람들은 쌍무단 선생이 주섬주섬 다른 세상의 세련된 옷으로 갈아입는 모습을 지켜보았다. 쌍무단 선생이 손목에 찬 금시계를 귀에 대고 들어본 후 몸을 돌렸다. 어느새 말 두 필은 좁은 시내 건너편의 언덕에 이르렀다.

쌍무단 선생이 말 등에 앉은 사람에게 말했다.

"시간에 딱 맞춰서 왔군!"

말을 탄 사람이 말 위에서 몸을 굽혀 인사하며 말했다.

"어서 말에 오르세요. 밤 열시는 되어야 자동차가 기다리고 있는 곳에 갈 수 있겠어요."

"알았네. 우린 달빛 아래서 호수를 지나가게 되겠군."

붉은 말에 올라탄 쌍무단 선생은 뒤도 돌아보지 않고 가버렸다.

사원 담장을 따라 늘어선 구리를 입힌 경륜(經輪, 돌릴 수 있게 만든 티베트 불교사원의 기물)이 바람에 윙윙 돌아가며 사방에 금빛을 뿌려댔다. 라란바 거시는 금빛으로 빛나는 사원 안으로 들어갔다. 대전 입구에 이르자 노란 살굿빛 적삼을 입힌 활불이 돌계단 위에서 먼 곳을 바라보고 있는 모습이 눈에 들어왔다. 거시는 활불이 지닌 것은 위엄과 명망일 뿐, 결코 학문이 아니라고 생각했다. 거시가 두 손을 내밀었다.

"이건 그가 남긴 염주와 가사(袈裟)입니다."

"쌍무단은 정말로 갔습니까?"

거시는 대답하지 않았다. 거시의 눈길은 활불의 머리 위를 지나 묘음천녀(妙音天女)의 비파에 머물렀다. 이 천녀는 불교세계에서 노래를 주관하는 여신이다. 거시는 그 여신을 쳐다보며 갑자기 무지개, 혹은 부처님의 광배에 관한 노래가 짓고 싶어졌다. 생각이 이에 미치는 순간 어디선가 맑은 소리가 울려왔다. 묘음천녀가 공중에서 비파를 튕기는 소리였다. 단 한번 울렸을 뿐인데도 여음이 아주 길고 가벼우면서 투명한 것이 마치 심오한 진리를 깨달아 마음이 가벼워진 것 같기도 했고 꽃밭에서 꿀을 모으는 꿀벌의 날갯짓 소리 같기도 했다.

그 뒤로 오랫동안 이 소리는 라란바 거시의 귀에 메아리쳤다.

벌떼가 날며 춤춘다

가을이 되기 전 쌍무단 선생이 베이징에서 박사학위를 받았다는 소식이 들려왔다.

전해지는 소식은 얼마간 와전되기 마련이다. 쌍무단 선생은 논문심사 때 철학교수들의 질문에 한마디도 대답하지 않았다고 한다. 전해지는 얘기 속에서 쌍무단 선생은 대단한 재치를 보인 것 같았다. 그가 말했다.

"그 문제는 답변하기 쉬울 수도 있고 어려울 수도 있습니다. 믿기지 않으면 서 있는 제가 앉아 있는 여러분께 질문을 하겠습니다."

하지만 쌍무단 선생은 이미 궤변론에 관한 종교철학서를 집필하여 학술 영역의 공백을 메움으로써 박사학위를 취득할 수 있었다고 한다. 견강부회이긴 하지만 요즘 사원에 있는 현교(顯敎) 밀종학원(密宗學院)을 대학교에 비유하면서 거시를 박사로 간주하기도 한다. 거시는 자신이 박사이긴 하지만 머리가 희도록 경전을 연구한 뒤에야 이 칭호를 얻었다는 사실을 생각했다. 그렇다 보니 그에 대해 감탄을 금할 수가 없었다.

"근본 바탕이 훌륭한 사람이구나!"

활불이 말했다.

"그는 자시반덴(扎西班典)이지요."

자시반덴은 사람 이름이자 사원 호법신의 이름이기도 했다. 티

베트 불교 서적에는 설산을 울타리로 하여 쌀보리와 야크가 있는 곳은 모두 티베트 불교의 터전이라고 했다. 불교가 이 지역에 전파되면서 많은 신들이 생겨났다. 요괴가 굴복해 호법신으로 바뀐 것도 그중 하나였다. 삼백년 전 자시반덴은 거시 즉 박사였고 학문은 높았지만 의심이 많아 샛길로 빠져버렸다. 그는 죽은 뒤에 부처가 아닌 사악한 마귀가 되었으나 법력이 높은 활불에 의해 굴복당한 후로 오로지 경전을 수호하는 일만 맡게 되었다고 한다.

활불이 거시에게 물었다.

"그날 쌍무단 선생이 무슨 말을 했습니까?"

"그날이라뇨?"

"그가 떠나던 날 말입니다."

"제 고향의 여름이 이곳보다 더 아름다운지를 묻더군요."

"당신 생각은 어떻습니까?"

"제 고향은 꽃이 더 일찍 피고 꿀벌도 더 많은 것 같습니다."

"허허!"

이 사원의 역사를 잇는 제17대 활불이 "허허"라고 했다! 이는 뭔가 만족스럽지 못하다는 뜻이다. 거시는 활불에게 무지개 혹은 광배에 대해 이야기하지 않기로 마음먹었다. 그 순간, 영원히 그 일을 말하지 않기로 마음먹은 것이다.

그후로 세월은 다시 조용해졌다. 활불도 다시 학문에 마음을 쏟기 시작했다. 쌍무단 선생이 떠나고 나자 활불은 꽤 높은 이해력을 과시했고 갈수록 친절해졌다. 초원 위의 아름다운 계절은 어느새

지나가 떨어지는 꽃잎이 흩날리는 눈으로 바뀌었다. 백설이 누런 들판 위에 내리니 조금도 쓸쓸하지가 않았다.

사원과 쌍무단 선생이 사는 도시 사이에는 서신 왕래가 없었다. 하지만 사람들은 그래도 그에 관한 소식을 들을 수 있었다. 그는 지금 한창 세상의 모든 말을 표기할 수 있는 기이한 문자를 배우는 중이라고 했다. 그는 또 내명학에 관한 책과 라마(라마교의 고승)들의 수지(修持)에 관한 책을 쓰고 있다고 했다. 사실 이러한 주제는 라란바 거시의 전공분야였다. 저 먼 곳에서 쌍무단이 쓰고 있다는 책은 거시의 명상에 방해가 되었다. 그는 '나도 이런 책을 써야지' 하고 마음먹었다. 하지만 수많은 제자들이 주변을 에워싸고 있고 활불의 눈은 깨달음에 갈급해하는 마음을 분명하게 드러냈다. 거시는 하는 수 없이 그들을 위해 경전을 강독하는 일에 전념할 수밖에 없었다.

꽃이 떨어지면서 눈발이 날리기 시작했다. 그리하여 눈이 내리는 하늘 곳곳에 옅은 꽃향기가 은은하게 풍겼다. 제자들의 독경소리에 섞여 독경소리보다 더 경쾌한 소리가 떠돌았는데, 그 소리는 제자들의 목소리보다 더 높은 곳에서 났다.

제자들은 머리를 들어 공중의 이 미묘한 소리가 어디서 나는지 찾고 있었다. 제자들은 묘음천녀 벽화 쪽으로 눈길을 돌렸다. 야생 꿀벌 한 마리가 낮은 휘장 사이로 날아다니는 것을 본 사람은 거시뿐이었다. 사람들은 사실 이 소리에 익숙해 있었다. 현란한 색깔의 이런 꿀벌은 초원에서만 살고 벌집은 풀포기 밑 땅굴에 있었다. 그

꿀벌은 눈이 내리기 전에 미처 굴로 돌아가지 못해 이곳에 와서 노래 부르고 있었던 것이다.

거시는 저도 모르게 감탄했다.

"좋구나!"

제자들도 이구동성으로 감탄했다.

"좋구나!"

오묘하다고 하지 않고 그냥 좋구나라고 하는 것은 참으로 본심에서 우러나온 말이었다!

높은 창문으로 들어온 햇빛이 사람들의 얼굴을 차례차례 비추었다. 햇빛이 쏟아지는 저 뒤편 하늘에서는 눈꽃이 내리고 있었다. 거시는 황색 비단을 깐 법좌 위에 반듯하게 앉아 눈을 감았다. 무지개를 머리에 인 사람이 떠오르는 게 그다지 이상하게 생각되지 않았다. 하지만 그 사람은 곧 사라지고 말았다. 거시는 다른 사람을 보았다. 그 사람은 아마도 두 손에 꿀벌의 향기를 잔뜩 묻히고, 맨발에는 꽃향기를 묻힌 채 꽃 사이를 거니는 거시 자신이었을 것이다.

벌떼가 날며 춤춘다!

라란바 거시는 쿵 하는 소리를 들음과 동시에 천안(天眼)이 열렸다!

그는 장엄한 대전의 두꺼운 벽이 사라짐과 동시에 몸에 걸친 옷도 흐르는 물처럼 사라지는 것을 느꼈다. 이제 그는 휘날리는 정결한 눈 속에 있었다! 차갑고 향기로운 눈꽃이 그를 둘러싸며 온 천

지에 내리고 있었다. 뭇 벌들의 노랫소리는 아득한 연화좌(蓮花座)로 변해 그를 태우고 천천히 올라갔다.

쌍무단 선생, 가위눌리다

겨우내 라란바 거시는 문을 닫아걸고 수련에만 정진했다. 봄이 되어 사람들 앞에 나타난 그는 기이한 모습으로 변해 있었다. 튀어나온 이마가 반질반질했고, 뿔난 것처럼 이마 한가운데가 불룩 솟아 초연한 빛을 발했다. 거시는 외모만 변한 것이 아니라 성격도 많이 부드러워졌다. 그는 사람들에게 불경과 철학을 배우라고 다그치지도 않았고 제자들을 예전처럼 엄하게 다루지도 않았다.

활불이 말했다.

"거시께서는 예전에 말씀이 많으셨고 길었습니다."

거시가 말했다.

"꿈에 쌍무단 선생을 봤습니다."

"그가 돌아온다는 징조일까요?"

활불은 자신이 쌍무단 선생을 그리워하고 있다는 것을 알았다. 쌍무단이 자발적으로 환속해서인지 아니면 박사가 되어서인지 그 이유는 알 수가 없었다. 활불은 옛일이 생각났다. 야외에서 소풍을 즐기는 남녀 학생들의 모습이 눈에 선했다. 그는 생각했다. '그 백마 두 필은 하늘에서 내려온 것이 아닐까? 그토록 새하얗고 그토록 우아하고 가벼운 백마는 결코 이곳 속세에는 존재하지 않아.' 그러나 당시에는 이런 생각을 하지 못했었다. 단지 소년다운 민첩

함과 아름다운 마음으로 말을 타고 보석처럼 푸른 호숫가로 달려
갔을 뿐이었다. 그윽하고 고요한 호수는 땅 위에 내려앉은 하늘의
한 조각 같았고 그래서 두 소년은 그 광경에 놀라고도 기뻐서 소리
질렀을 뿐이다.

활불이 나에게 말했다.

"저는 지금도 그때 쌍무단과 함께 어떻게 소리 질렀는지 생생하
게 기억하고 있습니다."

날마다 활불이 친절하면서도 위엄있는 얼굴로 나를 찾아왔다.
활불을 뒤따라온 눈매가 수려한 시종이 조심스레 우유 한 통을 들
고 활불 뒤에 서 있었다. 활불은 나에게 우유를 건넨 뒤 단숨에 마
시는 내 모습을 지켜보았다. 우유를 다 마신 후 나는 우유통에 입
을 대고 숨을 몰아쉬었다. 그러자 넓은 천지에서 울리는 메아리 같
은 소리가 났다. 잠시 후 활불이 물었다.

"어디까지 쓰셨습니까?"

"당신들이 아름다운 광경에 도취되어 소리 지르는 장면까지 썼
습니다."

"저와 쌍무단이 소리를 지르자 라마들이 몰려왔지요."

라마들은 숨어 있던 병사들처럼 활짝 핀 철쭉꽃 덤불에서 뛰어
나왔다. 꽃향기가 얼마나 진했던지 그들은 술에 취한 듯 비틀거렸
다. 나중에 그들은 그날 비틀거린 이유에 대해 찾고 있던 지도자를
마침내 찾은 행복감 때문이라고 말했다. 라마들이 들었던 예언에
의하면, 입적하신 지 오래된 16대 활불은 이미 환생이 끝났으며 17

대 활불은 장차 백마를 탄 소년의 모습으로 호숫가에 나타날 것이라고 했다. 라마들은 말 앞의 부드러운 풀밭에 엎드려 머리를 땅에 조아리며 예를 올렸다. 머리를 들었을 때 그들은 한동안 멍한 상태가 되었다. 눈앞에는 두 소년이 백마를 타고 있었던 것이다! 나머지는 예언대로였다. 들꽃이 향기를 뿜어냈고 갈매기가 호수 위를 날고 있었다. 그들은 반드시 둘 중 한 명을 선택해야 했다. 라란바거시의 손은 더 총명하고 준수해 보이는 소년 쪽으로 향했다. 하지만 쌍무단은 말고삐를 당기더니 "전 아닙니다!"라고 외치며 말발굽 소리를 남기고 호숫가를 휙 지나가버렸다. 그리하여 거대한 황색 차일은 지금의 활불 위에 펼쳐지게 되었다. 그 서늘한 차일 밑에서 소년은 위엄있는 승려생활을 하기 시작했다.

지금 활불은 덤덤한 표정으로 지난 일을 털어놓고 있다. 물론 난처한 대목은 슬쩍 건너뛰기도 했다. 그는 항상 종교 지도자의 어투로 말하곤 했다.

"쌍무단 선생이 박사가 되어 저도 마음이 놓입니다. 그를 위해 기도를 많이 해야 할 것 같습니다."

나는 반대할 수도 찬성할 수도 없어 애매하게 웃어넘겼다. 그가 또 말했다.

"저는 정말 그가 그립습니다."

그는 거시에게도 똑같은 말을 했었다.

거시가 말했다.

"두고 보세요, 열이틀 내로 그가 올 겁니다."

쌍무단 선생은 13일째 되는 날 돌아왔다. 이번에 오면서 그는 천막과 침낭, 카메라, 통조림 식품 등을 가지고 왔다. 그는 예전처럼 내가 묵고 있는 이 방에 묵지 않고 사원 밖 버섯이 자라는 풀밭에 천막을 쳤다. 쌍무단 선생은 사람이 좀 변해 있었다. 예전처럼 총명하고 거침없는 모습이 아니었다. 박사가 되었으니 그럴 수밖에 없었을 것이다. 그는 활불과 거시를 자신의 천막에 초대하여 배와 여지, 파인애플, 양매(楊梅) 같은 과일 통조림을 대접했다. 그는 차양이 긴 모자를 쓰고서 카메라로 조각상과 벽화, 법기, 일상 생활용품 등을 닥치는 대로 찍어댔다. 나머지 시간에는 통조림 상자 앞에서 저서를 집필했다. 활불은 그가 없는 사이에 슬그머니 찾아가 저서 제목을 훔쳐보았다. "속세와 천당 사이에서: 나의 짧은 라마생활." 천당을 향하여 조금씩 다가가던 그가 영원히 속세로 돌아오고 만 것이 분명했다. 활불의 마음속에서 한 가닥 온정이 일었다. 활불이 저녁에 다시 찾아갔으나 예전의 친구는 이미 잠들어 있었다. 천막 주위에는 달콤한 과일 향기가 풍겼다. 쌍무단 선생이 뜯어놓은 통조림에서 나오는 냄새였다. 달빛이 그의 얼굴을 비췄다. 그런데 그렇게도 즐거워하던 이 사람이 꿈에서는 별로 편안하지 않은지 이마를 잔뜩 찡그리며 자고 있었다. 활불은 그를 위해 한참 동안 기도를 드렸다. 그러자 쌍무단 선생이 한숨을 내쉬더니 찡그린 이마를 펴기 시작했다.

되돌아오는 동안 이슬이 활불의 두 발을 적셨다.

이튿날 활불이 천막으로 다시 가보니 쌍무단 선생은 보이지 않

았다. 활불은 옛날 소년시절의 장난이 떠올라 주먹만 한 돌 몇개를 주워 쌍무단 선생의 담요 밑에 넣어두었다. 따라간 거시가 이 모든 것을 지켜보았다. 활불과 함께 식사하는 자리에서 거시는 활불의 심경이 진리에 가까워지고 있다고 말했다. 그때 쌍무단 선생이 들어왔다. 그는 어젯밤에 악몽을 꾸었는데 활불이 주먹으로 자신을 자꾸 때렸다고 했다.

거시가 빙긋이 웃었다. 활불이 쌍무단 선생을 주먹으로 치며 말했다.

"이렇게 말인가?"

"별로 아프지는 않았지만 그렇게 때린 게 분명하네."

거시가 말했다.

"보아하니 자네 다시 떠날 작정인 것 같군."

"예. 떠나려고 합니다."

쌍무단이 고개를 숙이며 대답했다.

한동안 침묵에 잠겨 있던 활불이 다시 입을 열었다.

"전에 나도 자네와 똑같은 꿈을 꾸었다네."

전에 활불은 자면서 몸을 뒤척일 때마다 누군가 자기를 때리는 꿈을 꾸었다. 활불의 얘기를 듣던 쌍무단 선생은 어찌된 영문인지 금방 알아채고는 얼굴을 붉혔다. 그 옛날 쌍무단은 친구의 담요 밑에 늘 뭔가를 넣어두었던 것이다.

활불이 말했다.

"자네가 아직 찍지 못한 사진을 찍게 해주겠네. 이 호법신은 외

부 사람들이 절대 볼 수 없는 것이라네."

활불은 자수 그림이 걸려 있는 장문(藏門)을 밀어젖혔다. 안에는 네 개의 탈이 번쩍번쩍 빛을 뿜어내고 있었다. 그 네 개의 탈은 사실 한 사람을 상징한다. 바로, 학문은 높았지만 의심이 많아 부처에 이르지 못한 오래전의 거시, 자시반덴이었다. 네 개 가운데 세 개는 흉측하고 무서운 형상인데, 이는 그가 호법신의 화신이기 때문이다. 나머지 한 개는 그의 실제 얼굴이다. 쌍무단 선생은 자신을 자시반덴에 견주지는 않았지만 자시반덴이 어떻게 호법신이 되었는지는 잘 알고 있었다. 카메라 뷰파인더에 잡힌 그 사람의 집요하면서도 의혹에 찬 눈길이 그의 마음을 찔러댔다.

쌍무단 선생은 멀리 외국으로 갈 생각이다. 그는 여기서 얻은 모든 것을 가지고 외국에 나가 동양의 신비철학을 강의할 계획이었다. 하지만 그는 자신이 뭔가를 배반하고 있다는 느낌을 떨칠 수가 없었다.

자리에서 일어서려는데 활불이 말했다.

"천막까지 내가 배웅해줌세."

독특한 모습의 라란바 거시는 단정하게 앉은 채 말없이 웃고만 있었다. 엷은 비단 같은 햇살을 사이에 두고 그를 보니 이미 조각상이 된 것 같았다. 쌍무단 선생은 무릎을 꿇고 은사에게 절을 올렸다. 푸른 풀의 부드러움과 향기가 느껴졌다.

활불은 천막으로 가서 담요 밑에 있는 돌멩이들을 꺼냈다.

"다시는 때리지 않겠네."

두 친구는 서로 마주보며 환하게 웃었다.

저녁에 쌍무단 선생은 오래도록 잠을 이룰 수가 없었다. 잠이 든 다음에도 편치 않았다. 자꾸 몸에 물을 끼얹는 느낌이 들어 깨어보니 달빛이 환히 비추고 있었다. 잠이 든 뒤 그는 가위에 눌렸다. 꿈에 큰 달이 공중에서 맷돌처럼 자기를 내리누르는 것 같더니 갑자기 호법신 자시반덴의 얼굴로 변하는 것이었다. 삼백년 전의 배반자가 삼백년 뒤의 배반자에게 호통을 쳤다.

"맞아라!"

무수한 작은 주먹들이 일시에 그의 등을 습격했다. 꿈속에서 그는 좁은 침낭에서 몸을 일으키려 했지만 더욱 심한 주먹질을 당했다. 평소 유쾌한 성격에 자신만만하던 쌍무단 선생도 꿈속에서는 신음하며 애원할 수밖에 없었다.

활불이 달빛을 밟으며 찾아와 옛 친구를 가위눌림에서 구해주었다. 그곳은 버섯이 자라는 풀밭이었기 때문에 저녁 이슬을 먹고 수많은 버섯이 올라오고 있었다. 쌍무단 선생의 침낭 밑에서도 작은 버섯들이 머리를 쳐들었고 그 바람에 쌍무단 선생은 꿈에서 가위에 눌렸던 것이다.

활불과 쌍무단 선생은 풀밭에서 불을 지폈다. 잠시 후 고요한 달빛 아래로 우유에 버섯을 넣고 끓이는 달콤한 향기가 풍겼다.

마지막 마부

    일반적인 농촌에서는 마차와 마부 모두 오래된 이미지에 속하겠지만 지촌(機村) 마을에서는 사정이 그렇지 않았다.

    마차의 핵심부분은 바퀴라 할 수 있다. 알기 어려운 지촌의 유구한 역사 속에서 바퀴는 항상 존재해온 물건이었다. 그런데 일찍이 넓은 도로가 없었던 까닭에선지 아주 오랜 역사를 지닌 지촌에서 바퀴는 종교와 관련된 것밖에 없었다. 이들 바퀴는 손으로 흔드는 것부터 물로 돌리는 것, 심지어 바람으로 움직이는 것까지 있었고, 그 안에는 간단하면서 끝없이 반복되는 축원의 경문(經文)이 가득 새겨져 있었다. 또한 고정되어 움직이지 않으면서 사원의 가장 높은 지붕 꼭대기에 장착되어 황금빛으로 번쩍이는 바퀴도 있었다.

    1950년대로 들어서자 겉에 부드러우면서도 질긴 검정고무를 두르고, 안에 단단한 강철살로 고정된, 물건을 옮기는 데 사용하는 바퀴가 처음으로 지촌에 들어왔다. 가장 불가사의한 일은 바퀴 외부와 내부 사이에 압축된 공기를 가득 채우면 고무와 강철이 결합하면서 특별한 마법을 만들어내 허무하고 몽롱한 공기가 그 무엇과도 비교할 수 없이 단단해진다는 것이었다.

예로부터 지금까지 바퀴는 신기한 물건이었다. 경륜(經輪)을 예로 들어보자. 어떤 방식으로 굴리든 일단 굴리기만 하면 커다란 바퀴는 우르릉 하는 천둥소리를 내고, 작은 바퀴는 꿀벌이 날개치듯 윙윙거리는 소리를 낸다. 바퀴 안의 경문은 한 글자 한 글자, 한 구절 한 구절씩 드러나는 것이 아니라 바퀴가 한 바퀴 돌 때 안에 있는 경문 전체가 한꺼번에 다 드러난다. 동시에 하늘에 있는 어떤 신령에게 그것이 송두리째 받아들여진다.

다시 말해 바퀴가 굴러가기 시작하면 하늘에 있는 신은 이미 그 내용을 알아듣는다는 것이다. 빼곡히 들어차 있는 그 많은 부호들이 윙 하는 소리와 함께 하늘로 날아오르고 신이 그것을 알아듣는다니 신통하기 그지없는 일이다.

하지만 사람들은 그 소리를 알아듣지 못한다. 속세에서 주저하면서 살고 있는 사람들은 오래전에 감각이 단절되어버렸기 때문에 그저 그 안에 담긴 축원문을 한 글자 또는 한 단어씩만 받아들일 수 있을 뿐이다. 많은 바퀴들이 웅웅거리며 돌아갈 때 한순간에 쏟아내는 그 많은 부호와 소리를 알아듣는 사람은 아무도 없다. 부처님이 불경에서 말씀하신 바에 따르면, 이처럼 광대무변(廣大無

邊)한 소리 없는 소리야말로 '큰 소리'라고 칭할 수 있으며 이러한 큰 소리만이 하늘나라에 도달할 수 있다고 한다. 홍진의 속세를 전전하는 사람들은 오래전에 하늘의 청력을 잃어버려 그저 바퀴가 구르는 소리만 들을 수 있을 뿐이다.

그래서 바퀴가 차량의 부속품이란 형식으로 출현하자 사람들은 신선한 충격을 받았다. 바퀴가 제공하는 가치도 더이상 옛날처럼 허무하거나 몽롱한 것으로 여기지 않게 되었다. 새로운 바퀴에 의해 지탱되는 최초의 마차가 사람들 앞에 나타났을 때 사람들은 바퀴가 움직이기도 전에 그것이 더 많은 물건을 더 빨리 운송하기 위한 수단임을 알아차렸다.

이런 도구를 '차'라고 불렀다.

옛 노래에도 '차'라는 말이 등장한다. 옛 노래에서 차를 모는 사람은 전쟁의 신이었다.

이제 범속한 세상에 차가 출현했으니 범부들 가운데 누가 이것을 몰게 될 것인가? 이 차는 말과 관련이 있다 보니 사람들은 즉시 최고의 기수를 떠올리게 되었다.

기수의 실제 모습은 일반적인 예상과 큰 차이를 보였다. 기수는 몸이 왜소하고 비쩍 말랐으며 얼굴에 천연두가 남기고 간 자국이 가득했다. 하지만 그가 바로 지촌에서 가장 훌륭한 기수였다. 지촌 사람들은 이런 사람을 말의 시각에서 바라보면 뭔가 대단하고 특별한 구석이 있을 거라고 생각했다. 그렇다면 그 특별한 구석이란 무엇일까? 사람들에게 말의 시각이 있을 수 없는 터라 특별한 구석이 무엇인지는 도무지 알 길이 없었다. 이는 각종 바퀴에서 나는 경문 외는 소리가 범인(凡人)들의 귀에 들리지 않는 것과 같은 이치였다.

마차를 처음 시운전하는 날, 곰보는 아무런 관심도 없는 듯했다. 사람들은 빙 둘러서서 마을 남자들이 땀을 뻘뻘 흘려가며 갈기가 푸른 말을 수레 끌채 사이로 밀어넣고 복잡한 밧줄에 묶으려고 애쓰는 모습을 지켜보았다. 이때 곰보는 말을 탄 채 웅성거리는 사람들 주위를 이리저리 배회했다. 그가 말 위에 앉아 있는 모습은 마치 말 등에서 자라나기라도 한 것처럼 편안하고 안정되어 보였다. 사람들이 한동안 씨름했지만 그 누구도 푸른 갈기 말을 그 복잡한 밧줄에 묶지 못했다. 푸른 갈기 말이 발로 차고 입으로 물어대는 바람에 겁 없이 마부가 되려 했던 몇몇 덜렁이들은 모두 작은 부상까지 입게 되었다.

사람들은 그제야 말고삐를 쥔 채 사람들의 울타리 밖에 서 있는 곰보에게로 눈길을 돌렸다. 사람들의 시선을 한몸에 받게 되자 그의 얼굴에 난 곰보자국이 하나씩 붉어졌다. 그는 다리를 들어올려 말 등에서 훌쩍 뛰어내리더니 푸른 갈기 말 앞으로 천천히 다가갔다. 그가 말을 향해 "워—" 하고 소리치자 푸른 갈기 말은 바짝 세우고 있던 꼬리를 천천히 늘어뜨렸다. 곰보가 손을 뻗어 푸른 갈기 말의 목을 가볍게 툭 친 다음 뜨거운 숨을 내뿜는 콧등을 살짝 긁어주자 녀석은 금세 고분고분해지기 시작했다. 곰보가 기이한 꿈에 깊이 빠지기라도 한 듯 얼굴에 잔잔한 미소를 띠며 말을 향해 뭐라고 중얼거리자 마침내 말은 곰보가 제 몸에 멍에를 씌우고 복잡한 밧줄을 묶을 수 있도록 두 개의 단단한 끌채 사이로 들어가섰다. 곰보는 푸른 갈기 말을 가운데 끌채에 잘 묶은 후 양쪽에 있는 두 필의 말도 끌채에 제대로 묶었다.

구경꾼들이 조용해졌다.

곰보가 푸른 갈기 말을 끌고 처음 두 걸음을 내딛었다. 그 두 걸음은 말 위에 묶인 복잡한 밧줄을 팽팽하게 하기 위한 것이었다. 곰보는 세 필의 말을 끌어 다시 조금씩 발걸음을 내딛었다. 이번에는 마차의 바퀴가 서서히 움직이기 시작했다. 하지만 곰보가 걸음을 멈추자 바퀴는 다시 원래의 자리로 되돌아가버렸다.

"달려봐, 곰보!"

사람들이 조급해하는 표정으로 말했다.

곰보가 웃었다. 그의 가느다란 눈에 날카로운 빛이 번득였다. 그가 연달아 몇 걸음 내딛자 바퀴가 크게 반 바퀴를 돌았다. 바퀴 테와 윤축(輪軸)이 서로 마찰하자 소리가 났다.

—끼익—

마치 새 한 마리가 약간 겁을 먹긴 했지만 다른 한편으로 다소 흥분하여 최초의 울음소리를 낼 때처럼, 바퀴는 짧은 소리를 내고는 곧 멈춰버렸다.

말도 귀를 바짝 세우고 몸 뒤에서 들려오는 생소한 소리에 귀를 기울였다.

그는 다시 말을 끌어 몇 걸음을 더 내딛었다. 푸른 갈기 말이 중앙에 서고 흑마 두 마리가 양쪽에 서서 마차를 앞으로 끌며 나아갔다. 구르는 바퀴에서 마침내 온전한 소리가 났다.

—끼익—덜컹!

"끼익" 하는 소리는 조심스러웠고 "덜컹" 하는 소리는 당당했다.

그 소리는 사람들을 흥분시켰다. 세 필의 말은 더이상 마부가 끌지 않아도 고개를 곧추 세우고 어깨를 쫙 편 채 앞으로 힘차게 달려갔다. 바퀴가 관성을 받아 움직이자 소리는 하나의 고리를 이루면서 울려퍼졌다.

—끼익—덜컹!

—끼익—덜컹!—끼익—덜컹!—끼익—덜컹!

곰보가 마차 앞에서 비켜나 재빨리 옆으로 뛰어가더니 몸을 휙 날려 마부의 자리에 올라탔다. 그가 끌채 위에 꽂혀 있던 채찍을 집어들고 공중을 향해 휘두르자 마차는 광장을 가로지르며 마을 밖 큰길을 향해 나는 듯이 달리기 시작했다.

이때부터 느리기만 하던 지촌의 시간은 순식간에 고속으로 달리는 바퀴처럼 빨라졌다.

마차가 처음 달리던 그날의 모습은 이후 몇년 동안 사람들의 기억에 생생하게 남았다. 당시 곰보의 득의양양하던 붉은빛은 그의 얼굴을 가득 메운 얽은 자국에 여전히 그대로 남아 있는데 마차는 몇년 새 도태된 사물로 전락하고 말았다. 트랙터가 출현했기 때문이었다. 트랙터는 마차보다 네 개나 더 많은 바퀴를 달고 있었고, 더 중요한 것은 그 기계가 말을 대신한다는 사실이었다. 트랙터

기사는 득의양양한 얼굴로 기계를 탁탁 치며 둘러싼 구경꾼을 향해 말했다.

"사십 마력입니다. 무슨 뜻인가 하면 말 사십 마리에 해당한다는 것이지요."

사람들 사이에서 탄성이 터져나왔다.

트랙터 기사가 말을 이었다.

"곰보한테 가서 한번 물어보세요. 한꺼번에 말 사십 마리를 마차에 묶을 수 있는지 말이에요."

사실 트랙터 기사는 곰보가 말고삐를 쥐고 그가 사랑하는 푸른 갈기 말 위에 탄 채 사람들 바깥에서 멍한 표정으로 서 있는 모습을 이미 본 뒤였다. 곰보는 마차를 말에 처음 비끄러매던 예전의 모습과는 많이 달라 보였다. 트랙터 기사는 곰보의 귀에 자신이 하는 말이 들리도록 일부러 목청을 높였다. 곰보는 트랙터 기사가 자기 앞에서 젠체할 만하다고 생각했다. 말 사십 마리의 힘을 가진 기계는 물론이고, 한눈에 눈길을 사로잡는 번쩍번쩍하는 붉은 페인트칠과, 마차 바퀴보다 두어 배는 더 커 보이는 바퀴를 바라보니 자신의 왜소한 마차가 불쌍하게 여겨졌다.

가속페달을 밟자 트랙터는 큰 힘에 억눌려 있기라도 한 것처럼 요란한 굉음을 냈다. 차체 앞의 높이 솟은 연통에서는 진한 연기가 뿜어져 나왔다. 그 당당한 모습은 채찍을 휘두르며 마차 위에서 말을 몰던 곰보가 입으로 푸른 담배연기를 뿜어내는 장면과 너무나도 흡사했다. 넘치는 힘을 자랑하듯 시동이 걸리는 트랙터를 보자 곰보는 신세대 물건이었던 마차가 지촌에서 십년도 견디지 못하고 이미 구시대의 유물로 전락해버렸다는 사실을 실감할 수 있었다.

곰보는 몸을 돌린 뒤 자신의 마차를 조심스럽게 끌채에다 연결했다. 그는 마차를 타고 싶어하는 아이들을 모두 태운 뒤 한바탕 길 위를 내달릴 심산이었다. 과거에는 마차를 타고 싶어도 아무나 마음대로 탈 수 없었다. 그는 아이와 여자를 그다지 좋아하지 않았다. 게다가 그 시절에는 마차를 타는 것이 신분을 상징하는 일이었기 때문에 많은 사람들, 특히 많은 아이들은 그의 마차를 타보지 못했다. 그러나 지금 말을 몰고 마을을 두어 바퀴나 돌았는데도 마차는 여전히 텅 빈 상태였다. 평소 같으면 마차가 멈춰서 있어야만 간신히 올라타 엉덩이를 비벼댈 수 있던 아이들도 지금은 트랙터 꽁무니를 따라 내달리고 있을 뿐이었다. 트랙터는 사람들 앞에서 자신의 위대한 능력을 마음껏 뽐내었다. 마을 밖 들판에 이르자 트랙터 기사는 사람들을 지휘하여 차 뒤의 짐칸에 있는 여섯 개의 무쇠 보습을 꺼냈다. 트랙터는 잠시 불이 꺼졌다가 다시 덜덜거리며 연기를 내뿜기 시작하더니 보습을 끌며 땅을 갈기 시작했다. 트랙터는 소 두 마리가 하루 종일 해야 할 일을 눈 깜짝할 사이에 해치워버렸다. 마을 사람들은 트랙터 뒤를 따라다니며 감탄사를 연발했다. 단지 곰보만이 마을의 텅 빈 광장에 앉아 담배에 불을 붙이고 있을 뿐이었다.

과거에 그는 마차를 너무나 사랑했고 지나치게 애지중지했다.

마차가 백년 천년 사용할 수 없고 '역사적 무대에서 퇴출될' 것임을 그가 진작에 알았더라면 마차를 그렇게까지 애지중지할 필요는 없었을 것이다. 세상이 너무나도 빨리 변해간다는 사실을 깨달은 그는 이제라도 마차에 아이들을 태워주기로 마음먹었다. 첫째날 밤에 나갔던 트랙터가 돌아왔을 때는 날이 이미 어두워진 뒤였다. 다음날 아침 일찍 그는 서둘러 마차를 끌채에다 연결했다. 사람들은 여전히 트랙터를 둘러싸고 왁자지껄 떠들어대고 있었지만 그는 말을 끌채에 비끄러맨 다음 마차 위에 꼼짝도 하지 않은 채 앉아 있었다. 사람들은 두어 시간 동안이나 트랙터를 둘러싸고 있는 다음에야 바로 옆에 곰보와 마차가 있다는 사실을 의식하게 되었다.

"저기 좀 봐, 곰보가 여전히 마차를 끌채에다 연결해놓았네!"

"여보게 곰보, 이제 마차는 별 쓸모가 없다는 걸 모르는가?"

"곰보, 자네 눈엔 트랙터가 보이지 않나?"

곰보는 대꾸도 하지 않고 마차 위에 앉은 채 묵묵히 담배에 불을 붙였다.

이때 트랙터가 움직이기 시작했다. 어제 이미 보여줬던 바처럼 트랙터에 장착된 거대한 무쇠 보습은 일을 시작하자마자 열댓 명이 하루 종일 해야 할 일을 순식간에 끝내버렸다.

트랙터의 매력은 정말 대단했다. 곰보는 보상이라도 하고 싶어 마을 아이들을 마차에 태워주고자 했으나 자신의 바람을 이루지 못했다. 그는 말을 끌채에서 떼어내고 복잡한 끌채와 밧줄 등을 정리한 다음 푸른 갈기 말을 타고 산으로 올라가버렸다. 이렇게 산으로 올라가버린 뒤 그는 다시는 내려오지 않았다. 이에 생산대의 간부가 그를 만나러 산으로 올라갔다. 간부가 말했다.

"곰보, 이만 산에서 내려가세. 말은 이제 쓸모가 없어졌어."

그가 되물었다.

"말이 어째서 쓸모가 없어졌다는 건가요?"

"트랙터가 생겼고, 자동차가 생겼잖은가."

"그럼 이 말들은 어떡하죠?"

수레 끌던 말을 셈해보니 생산대에 소속된 말은 열댓 마리가 되었다.

"어쨌든 누군가가 말을 먹여야 하지 않겠어요? 그 일을 제가 하지요."

지촌의 첫번째 마부는 지촌의 마지막 목동이 되었다. 지촌 사람들은 말과 곰보에 대해 모두들 애정을 가지고 있었다. 그들은 전문적으로 말을 키울 수 있는 목장을 마련해주었고 아울러 샘물 옆의 큰 나무 아래에 작은 집도 한 채 지어주어 목장지기가 거주할 수 있도록 했다. 시간은 속도를 높여 앞을 향해 나는 듯이 흘러갔다. 새로운 사람과 새로운 일들이 끊임없이 나타났다. 그와 동시에 목장지기 같은 사람들은 아련한 슬픔을 안고 이런 산속에 숨어들어야 했다. 곰보는 시간이 한참 흐른 뒤 어느날 산에서 내려와 식량을 받고 소금을 샀으며 사람을 한 명 만났다. 그의 굳어버린 곰보자국 사이의 살아 있는 근육 위로 약간의 웃음이 피어올랐고 가느다란 눈가에는 날카로운 빛이 스쳐 지나갔다. 그는 이것으로 사람들에게 인사를 건넨 셈이었다. 마차가 비바람에 마모되어 형편없는 모습을 드러내게 되었을 때쯤 그는 말들을 이끌고 산에서 내려왔다. 말의 등마다 목재가 실려 있었다. 그는 마차가 비바람을 피할 수 있게 천막을 설치했다.

지촌은 결국 그 짧은 기간에 마차와 마부를 과거로 만들어버렸고 과거의 형상에 가두어버렸다. 그러나 이러한 형상은 기억 깊숙한 곳에 있는 것이 아니었다. 마차는 여전히 광장 한 귀퉁이에 서 있고, 마차를 끌었던 말들도 마부가 정성껏 돌보아 모두 건재한 상태였다. 말과 마부는 구획지어진 산 위의 작은 목장 지대에 살았다. 현실에서는 사라지기 시작했지만 기억에서는 오히려 생생해지기 시작한 목장 주위를 떠돌아다니고 있었던 것이다.

트랙터의 페인트는 아직도 선명한데 말들은 벌써 늙어가기 시작했다. 말의 나이 스물 전후는 사람 나이 육칠십세에 해당한다. 때문에 말은 늙음에 관한 한 사람보다 못했다. 첫번째 말이 곧 숨이 넘어가려 하면서 크게 뜬 두 눈에 눈물이 그렁그렁했다. 곰보는 말머리 옆에 앉아 있다가 말의 눈에 비친 붉게 타오르는 저녁놀을 보게 되었다. 붉은 노을은 점차 희미해져갔다. 별들이 하나하나 하늘에 펼쳐졌다. 그는 말의 목구멍에서 마차의 줄이 끊어지는 듯한 소리를 들었다. 그러고 나자 말은 눈을 감고 하늘에 가득한 별과 세상 전체를 머리 바깥에 가둬버렸다. 곰보는 고개를 들어 하늘을 쳐다보는 대신 땅에 아주 깊은 구덩이를 파기 시작했다. 한밤중이 되어 구덩이를 다 파자 그는 땅바닥에 주저앉아 담배에 불을 붙였다. 이렇게 켜졌다 꺼지기를 반복하는 작은 불빛이 있는데도 말은 두 번 다시 눈을 뜨지 않았다. 그는 담뱃불을 끄고 듣기 시작했다. 청량한 밤, 나무와 수풀 위에 맺힌 이슬이 잎맥이 그리는 길을 따라 한방울 한방울 길 위로 떨어져 두텁고도 따스한 땅속으로 스며드는 소리를. 두터운 땅은 어두운 밤 속으로 녹아들어가 어두운 밤보다 더 깊게 어두워갔다. 물기를 머금은 잎사귀들이 희미한 빛을 뿌리며 흔들렸다.

그는 담배 한 대를 더 피우고 나서야 몸을 일으켰다. 그는 말의 시신을 깊은 구덩이 속으로 밀어넣었다. 날이 밝았을 때는 그가 이미 땅을 평평하게 다진 뒤였다. 엷은 안개가 흩어지고 붉은 해가 하늘을 가르며 떠올랐다. 차가운 밤을 선 채로 꼬박 지새운 말들이 서서히 움직이기 시작했다. 말들은 콧등을 젖히며 가벼운 울음소리를 냈다.

산을 내려온 곰보는 생산대에 말이 죽었다는 소식을 알렸다.

"말이 정말로 죽었다는 것을 무엇으로 증명할 텐가?"

그는 한번도 생각해보지 못한 문제와 맞닥뜨리게 되었다.

"매장했다고? 말은 생산대 재산이야. 뭘 믿고 맘대로 처리해? 가죽과 고기가 돈 된다는 것도 모르나?"

물론, 기수이자 마부로서 말을 몹시 사랑했기 때문에 그랬노라고 그는 말할 수 없었다. 이 일로 인해 그는 심한 굴욕과 억울함을 느꼈다. 하지만 그는 아무 말도 하지 않고 조용히 몸을 돌려 산으로 돌아갔다. 사실 생산대 간부가 그렇게 말한 것은 먼저 보고를 한 다음 매장하라는 뜻이었다. 단지 그는 그런 속내를 입밖으로 내지 않았을 뿐이었다. 생산대 간부도 지촌 사람이라 정말로 죽은 말의 가죽을 몇푼 안되는 돈을 받고 내다팔 리가 없었다. 간부로서 모진 말을 하지 않으면 사람들이 그를 간부로 봐주지 않기 때문에 그랬던 것이다. 하지만 너무나 고지식한 곰보는 적게는 자기 자신 때문에, 그리고 많게는 죽은 말과 앞으로 죽을 말들 때문에 심한 굴욕을 느꼈다. 그때부터 그는 말이 죽어도 그 사실을 보고하러 산 아래로 내려가지 않았다. 마음씨 좋은 마을 사람들이 몰래 산에 올라와 그에게 생활용품을 전달해주곤 했지만 그 자신은 두 번 다시 산에서 내려오려 하지 않았다.

이 또한 일종의 숙명이었다. 기계가 신생(新生)과 강력함의 상징이 되면서 말과 마차는 역사의 무대에서 퇴출될 수밖에 없는 운명이 되었고 곰보 자신은 자신도 모르는 사이에 마지막 기수이자 마지막 마부 역할을 성공적으로 연기해냈던 것이다. 그는 여전히 살아 있고 멍하니 목장을 지키고 있는데도 어느새 하나의 전설이 되어 있었다.

마을에서 산 위를 바라보노라면 목장 여기저기에 흩어져 있는 말들의 어렴풋한 형상을 언제나 볼 수 있었다. 그 먼 형상들은 해마다 줄어들더니 십년도 되지 않아 세 필만 남게 되었다. 그러던 어느 해 겨울에 특별히 큰 눈이 내렸다. 겨울로 들어서자마자 내리기 시작한 대설은 도무지 그칠 줄을 몰랐다. 말들은 먹을 것을 찾지 못했고 결국 두 마리가 더 쓰러지고 말았다. 그날, 예전에 곰보가 마차 위에 쳐놓았던 천막도 쌓인 눈에 무너지고 말았다. 한때 가장 젊고 힘이 좋던 푸른 갈기 말이 그날 산에서 달려 내려와 광장에서 '히히힝' 하고 울어댔다.

마을 사람들은 곰보가 죽었다는 사실을 알았다. 푸른 갈기 말은 이 소식을 알리기 위해 산에서 내려온 것이었다. 사람들이 산으로 올라가 보니 과연 곰보는 죽어 있었다. 그는 천막 안에 반듯하게 앉아 가느다란 눈을 뜬 채 죽어 있었다. 하지만 가느다란 눈 속에서 송곳처럼 예리했던 눈빛은 찾아볼 수가 없었다.

간소하게 곰보의 장례를 치르고 나서 사람들이 푸른 갈기 말에 관심을 돌렸으나 말의 종적은 찾을 수가 없었다. 겨울이 가고 봄이 오고 여름이 되었을 때, 마을의 누군가가 어느 깊은 산과 들판에서 그 말을 보았노라고 했다. 말이 이미 죽은 거야, 아니면 아직 살아 있는 거야? 살아 있다고? 그렇다면 아직도 물을 마시고 풀을 뜯어 먹고 있다는 거야? 그 답은 몹시 기이했다. 마치 한 줄기 광선처럼 말이 너무나 빨리 사라졌기 때문에 제대로 볼 수 없었다는 것이었다. 그렇다면 그 말이 푸른 갈기 말이라는 것을 어떻게 알았지? 어떻게 알았는지는 모르겠지만 그 말이 푸른 갈기 말이라는 것은 알 수 있었어. 그렇게 신비한 푸른 갈기 말은 사람들의 입에서 여러 해를 살았다. 그러다가 '문화대혁명' 운동이 시작되어 봉건적 미신에 반대하는 목소리가 높아지자 이미 전설이 되어버린 그 말은 점차 사람들의 기억 속에서 사라지고 말았다.

라마승 단바

　그 시절, 단바(丹巴)는 사원에 들어온 지 몇년밖에 되지 않은 자바(扎巴, 라마교의 비구승)에 불과해 라마(라마교의 고승)가 된다는 것은 상상도 할 수 없었다.

　그 시절, 거의 서른살이 다 된 단바는 눈매가 아름다웠으며 키가 7척이나 됐다. 그는 학문이 뛰어난 상밀원(上密院)의 아시 라마를 모시면서 불법을 배웠다. 단바는 심오한 가르침이 어느 땐 이해가 됐다가도 어느 땐 모호해지곤 하는 중요한 시기를 지나고 있었다. 어느 정도 시간이 지나면 자신도 득도할 수 있을 것 같았다. 그러나 그는 그럴 기회를 잃고 말았다. 1957년, 도시에 몇발의 총성이 울리자 라싸의 높디높은 궁전 안에 있던 대(大)라마들은 재빨리 외국으로 떠나버렸다. 이렇게 되면서 라싸와 이역만리 떨어져 있던 승려들의 생활도 끝나고 말았다. 정부의 금령에 따라 모두들 '기생충 같은 생활'을 그만두고 환속하여 고향으로 돌아가 양을 치거나 농사를 지어야 했다. 자력으로 먹을 것을 해결하는 보통 노동자의 삶을 살게 된 것이다.

승려들이 모두 사원을 떠나기도 전에 군대가 사원을 철거하기 위해 먼저 손을 쓰기 시작했다. 지난날 깨끗하고 조용하던 사원의 하늘은 순식간에 먼지로 뒤덮였다. 그 광경을 지켜보며 단바는 격정에 휘말렸다. 첫째는 매일 공부하던 대전과 대전에 모셔진 커다란 불상이 와르르 소리를 내며 무너져버렸기 때문이고, 둘째는 새로운 사회의 새로운 생활에 대한 염려로 마음이 뒤숭숭해졌기 때문이었다.

'사악한 종교활동에 사용하는 경서와 기구'를 가져가는 실수를 피하기 위해 단바는 민병한테서 짐 검사를 받았다. 떠날 때가 되자 얼굴에 늘 보일 듯 말 듯 미소를 짓곤 하던 아시 라마가 울기 시작했다. 아시는 자그마한 키에 작고 동그란 얼굴과 가느다란 눈을 가진 예순이 넘은 라마로, 작은 얼굴은 늘 환하게 빛났고 얼굴색은 말끔히 닦아놓은 구릿빛을 띠었다. 아시 라마가 울자 가느다란 그의 눈에서 지렁이 같은 눈물이 흘러내렸다. 하지만 커다란 입에서는 아무 소리도 나오지 않았다.

이런 모습을 지켜보던 단바는 속으로 좀 우습다는 생각이 들었다. 단바가 말했다.

"됐어요, 됐어요. 라마님은 몇십리나 되는 길을 어떻게 갈까 걱정이 돼서 그러시는 거죠? 제가 나귀를 벌써 준비해놓았어요."

아시 라마의 얼굴에는 여전히 하염없는 눈물이 흘러내렸다. 단바는 약간 짜증이 났다.

"라마님의 걱정하는 마음은 알지만 이제 부처님도 우릴 구해줄 수 없고 보살님도 우릴 구해줄 수 없어요. 의지할 데가 아무데도 없다고요. 이제 우린 모두 농사꾼이에요. 라마님은 일을 하실 리도 없고 일을 하실 줄도 모르지만 제가 라마님을 친아버지로 모시며 잘 부양할게요!"

라마의 입이 더 커지며 더 많은 눈물이 흘러내렸다.

단바가 말했다.

"그만 하세요. 제가 잘못했어요. 평생 계율을 지켜오신 라마님을 제가 아버지로 모시면 동정(童貞)을 깨뜨리는 셈이 되겠네요. 게다가 저희 아버지는 이미 돌아가신 분이에요. 라마님을 아버지의 형제라 여기고 큰아버지로 모실게요! 제가 라마님을 부양해드릴게요."

아시 라마는 여전히 눈물을 흘리고 있었지만 소리 없이 울던 입은 이미 다물어져 있었다.

단바는 싸놓은 짐을 등에 지고 몸을 돌려 아시 라마를 나귀 등에 태운 다음 나귀를 몰아 성큼성큼 사원을 떠났다. 때는 여름의 끝자락이라 고원에는 이미 가을색이 완연했다. 계곡 근처의 버드나무 가지 끝이 누렇게 물들고 있었다. 버드나무 숲을 지날 때 열매 맺은 봉선화 씨앗이 다리를 스치며 탁 하고 터지자, 가느다란 꽃씨가 힘차게 사방으로 날려갔다. 대를 잇기 위해 봄에 무리를 떠났던 종달새와 비둘기들은 윤회의 무거운 부담을 던 듯, 다시 무리를 지어 가볍게 하늘로 날아올라갔다.

그때 나귀 위에 편안히 앉아 있던 아시 라마가 서글픈 소리를 냈다. 단바는 막 좋아지기 시작한 마음이 다시 상해버렸다.

"왜 또 그러세요, 사부님?"

"너 때문에 그런다. 넌 거의 득도할 뻔했잖니!"

"제 생각에는 득도 안하는 게 더 나을 것 같아요. 득도해봐야 무슨 소용이 있겠어요. 사부님은 사람들을 득도하도록 가르치셨지만 무슨 소용이 있나요?"

마음을 가라앉히고 자기 자신을 꼼꼼히 점검해보니 이 말은 라마뿐만 아니라 모든 것이 뜻대로 된다는 가르침 자체를 의심하는 것이었고, 악의를 드러낸 것이라고 할 수 있었다. 하지만 다른 방법이 없었다. 평소에 백만번 천만번 엎드려 절하고 기도하고 공양하던 거대한 불상이 줄 한가닥에 목이 묶이고, 배신한 신도들에 의해 힘껏 잡아당겨 와르르 하고 땅에 내동댕이쳐질 때, 기적이 일어나기는커녕 바닥에서 산산조각 나면서 수많은 금가루 아래로 진흙만 드러났을 뿐이다. 사실이 그렇기는 했지만 단바는 자신의 말 속에 담긴 악의로 인해 놀라움을 금치 못했다. 그가 고개를 돌려 바라보니 사부는 이미 입을 다물고 있었고 눈시울 아래는 눈물 흐른 자국도 보이지 않았다.

단바가 몸을 돌리고 말했다.

"지촌으로 돌아가면 더이상 사부님이라 부를 수 없을 테니 큰아버지라고 부를게요."

사부의 작은 얼굴에 보일 듯 말 듯 웃음이 번졌다.

"진흙 부처님이 쓰러지니 사부님 모습이 도리어 부처님 같네요."

단바는 그후 어려운 나날을 보내면서 라마가 우는 모습을 딱 두 번 더 보았다. 두 번 다 방목하던 양떼와 관련이 있었다. 불경을 외거나 좌선을 하거나 명상을 하며 인생의 태반을 보낸 사람이 나이까지 들었으니 무슨 일을 할 수 있겠는가? 라마가 할 수 있는 일은 거의 없었다. 아침마다 단바는 큰아버지를 부축해 나귀에 태운 다음 양떼를 몰며 산비탈로 올라갔다. 날씨가 좋을 때면 큰아버지와 양떼를 한데 모아놓고 자기는 다른 일을 하러 갔다. 한번은 막 돋아나기 시작한 산나물을 캐기 위해 초원을 지나 숲으로 향할 때였다. 숲에 들어서려는 순간, 사나흘 동안 한마디도 하지 않던 큰아버지의 처량한 울음소리가 귀에 들려왔다.

재빨리 돌아와 보니 매 한 마리가 하늘을 빙빙 돌며 날고 있었고, 매의 날카로운 발톱 사이에는 이제 막 태어난 새끼 양 한 마리가 발버둥치고 있었다. 새끼 양은 처절하게 울부짖었다. 큰아버지의 입에서도 새끼 양과 똑같은 처절한 울음소리가 흘러나왔다. 이 약육강식의 세계에서 어미 양이 승냥이의 목표물이라면 새끼 양은 매의 목표물이었다. 매가 크고 힘이 넘치는 날개를 퍼덕이며 저 멀리 날아가버리자, 새끼 양의 울음소리도 푸른 하늘 아래로 점점 사라져갔다. 큰아버지가 천천히 입을 다물었다.

단바가 말했다.

"매가 날아오면 크게 소리를 지르세요. 그러면 매가 감히 내려오지 못해요."

단바가 한마디 더 덧붙였다.

"큰아버지는 평생 사원의 승려일 수만은 없잖아요. 이제 속세에서 사시니 이런 일도 아셔야 해요."

전직 라마였던 큰아버지의 얼굴에 다시 잔잔한 미소가 떠올랐다. 천진무구한 시선이 단바에게 향하자 그는 더이상 말할 수가 없었다. 단바는 한숨을 내쉬고 재차 숲으로 들어갔다. 매가 또 날아왔다. 세찬 바람을 타고 쏜살같이 내려와 새끼 양 한 마리를 낚아채갔다. 하지만 큰아버지는 다시 울지 않았다. 그렇다고 매를 위협하는 고함을 지르지도 않았다. 그후 단바는 산으로 양떼를 몰고 갈 때 큰아버지를 모시고 가지 않았다. 매일 아침 해가 뜨면 라마는 집 앞으로 걸어나와 처마 밑에 조용히 앉아 있곤 했다. 라마의 다갈색 작은 얼굴은 햇살에 반짝반짝 빛났다. 큰아버지의 몸은 나날이 쇠약해져갔지만, 머리와 얼굴은 점점 정갈해지고 윤이 났다. 가끔씩 그는 몸을 움직여 빗자루로 마을길을 청소하기도 했고, 때로는 읍내에 나가 다리 양쪽의 울퉁불퉁한 길을 평평하게 하는 일을 돕기도 했다.

단바가 말했다.

"이러시니 얼마나 좋아요? 공덕도 쌓고 또 노동하는 모양도 나고요."

손을 내젓는 큰아버지의 얼굴에 또다시 있는 듯 없는 듯 미소가 피어올랐지만 여전히 입을 열려 하지는 않았다.

"큰아버지가 벙어리 아니란 것 다 알고 있어요."

이렇게 거의 십년이 흘렀을 때 문화대혁명이 일어났다. 도시에서 온 홍위병과 마을의 향토 홍위병이 두 전직 승려의 집에 들이닥쳐 한바탕 샅샅이 뒤지기 시작했다. 그들은 전직 승려들이 아직도 사악한 생각을 버리지 않고 있다는 증거를 찾으려 애썼으나, 종교와 관련된 것은 아무것도 찾을 수가 없었다.

"저 노인네야말로 살아 있는 부처 같구먼!"

이런 말을 듣자 단바는 걱정이 되기 시작했다. 그들은 부처를 보기만 하면 때려부수는 놈들인데, 이 살아 있는 부처를 없애려 하면 어쩐단 말인가. 그러나 그들은 우레와 번개를 품은 구름처럼 한바탕 소란을 피운 뒤 유유히 사라져갔다. 그해 겨울, 큰 눈이 내렸다. 눈은 한번 내리기 시작하자 그칠 줄을 몰랐다. 사람들이 문밖에 나가는 것도 어려웠다. 더 심각한 것은 양을 우리 밖으로 몰고 나갈 수 없다는 사실이었다. 거의 매일 몇 마리의 양이 소리도 없이 양우리 문앞에서 고꾸라졌다. 단바는 죽은 양의 가죽을 벗겨 대나무 장대로 받친 다음 활활 타는 화로 가까이에 한 장씩 널어두었다. 일고여드레쯤 지나자 집 전체가 양가죽으로 가득 차게 되었다. 불꽃이 피어오를 때면 후끈한 피비린내가 물씬 풍겼다. 살아 있는 생물의 피비린내는 진했지만 가죽에서 나는 피비린내는 진하지 않았다. 단바는 이런 냄새도 참을 수 없었다. 그가 말했다.

"내일은 이것들을 다른 곳으로 옮겨놓아야 할 것 같아요."

큰아버지는 미동도 없이 조용히 앉은 채 아무 말도 하지 않았다.

"큰아버지, 제가 큰아버지한테 묻고 있잖아요. 큰아버지는 참을 수 있겠지만 저는 못 참겠어요."

이때 큰아버지가 갑자기 입을 벌리고 소리내 울기 시작했다. 울음소리는 어두운 밤 지붕을 스쳐가는 바람소리처럼 오랫동안 길게 이어졌다.

그리고 나서 큰아버지가 말했다.

"견딜 수 없으면 난 떠나면 되지만, 네가 못 견디겠다니 나로서도 어쩔 도리가 없구나. 내가 널 변화시킬 순 없으니까."

단바는 곧장 자리에서 일어나 바짝 말린 양가죽과 반쯤 말린 양가죽을 집 밖으로 옮겼다. 그리고 집 안 이곳저곳에 한바탕 측백나무 연기를 쏘였다.

"큰아버지, 드디어 입을 여셨네요. 앞으로는 매일 제게 몇 마디씩 하세요."

큰아버지가 한마디 했다.

"그만 자거라. 내일 또 할 일이 있잖니."

단바는 몸을 일으켜 잠을 자러 갔다. 그러나 그는 한숨도 자지 못하고 지난 일들과 앞으로 살아갈 일들을 생각했다. 문밖에서 얼어붙은 양가죽들이 내는 북소리가 들렸다. 그날 밤, 큰아버지가 화롯가에 앉은 채로 세상을 떠났다. 큰아버지의 몸은 화롯가에 꼿꼿이 앉은 채 굳어 있다가, 한동안 내리던 눈이 그치고 해가 창문을 뚫고 들어와 큰아버지의 몸을 비스듬히 비추자, 마치 누가 툭 밀기라도 한 것처럼 옆으로 쓰러졌다. 얼굴의 금속 광채가 사라지자 빛나던 얼굴은 순식간에 수분이 빠진 사과처럼 쭈글쭈글해졌다.

시신을 염하면서 단바는 눈물도 흘리지 않고 그저 중얼거리기만 했다.

"기다리지를 못하셨군요. 제가 보살펴드리는 것도 원치 않으셨군요. 조금만 있으면 나아질지도 모르는데."

겨울에 내린 눈이 다 녹아 없어질 무렵, 지난해 말라버린 수풀에서 새싹이 파릇파릇 돋아나기 시작했다. 양떼도 다시 새끼를 낳기 시작했다. 어느새 장년이 된 단바는 하마터면 한 여인의 몸에 정신을 잃을 뻔했다. 키가 7척이나 되고 용모도 준수하고 성격도 시원시원한 단바에게 이 여인 역시 한눈에 반해버린 것이 분명했다. 양들이 털갈이하는 봄날이 되었건만, 생산대에서는 봄갈이가 바쁘니 털은 나중에 깎으라고 했다. 양들이 그들 키까지 자란 관목 숲을 지날 때마다 커다란 양털 뭉치가 관목 가지에 걸리곤 했다. 며칠 후 여인이 나타나 양떼의 뒤를 좇으며 가지에 걸린 양털을 줍기 시작했다.

"단바, 당신은 왜 양털을 줍지 않죠. 한 근에 일 위안이 넘는데!"

단바는 아무 말도 하지 않았다. 양중(央宗)이라 불리는 이 여인이 몸을 숙일 때였다. 겉옷 위로 드러나는 그녀의 둥글고 육감적인 엉덩이에 자꾸만 그의 눈길이 갔다.

양중의 입술은 촉촉했고 발그레하니 윤이 났다. 그녀가 말했다.

"우리 딸 본 적 있어요?"

단바가 윙윙거리는 머리를 끄덕이자 양중이 말했다.

"애 아빠가 어제 우리 집에 구혼하러 왔었어요."

이 말에 단바는 하던 일을 멈추었다.

양중의 목소리는 더욱 나긋나긋해졌다.

"말해봐요. 결혼을 해야 할까요, 말아야 할까요?"

단바는 잔뜩 화가 나서 말했다.

"젠장, 벌써 딸까지 낳아놓고 결혼을 하지 않을 수 있단 말이오?"

그러자 양중이 가까이 다가가 앉더니 앞치마에 싼 양털을 한 줌 꺼내며 단바에게 주머니를 열라고 한다.

"단바, 당신이 아주 잘생긴 라마라는 거 알아요?"

단바는 추위를 탈 때처럼 어금니를 가볍게 맞부딪치며 드드득 소리를 냈다.

양중의 눈과 마주치자 혼을 빼는 무언가가 온몸을 휘감았다.

"단바, 사원도 없어졌고 사부님도 안 계시잖아요. 아름다운 것은 여자의 몸뚱이뿐이에요!"

단바는 머리에서 웅 하는 요란한 소리를 들음과 동시에 팔을 뻗어 여인을 안았다. 여인의 몸은 그의 품 안에서 노곤하게 풀어지면서, 이쪽을 부축하면 저쪽이 축 늘어졌다. 순간 단바는 허둥대며 가쁜 숨을 씩씩 몰아쉬었다. 양중은 반쯤 뜬 게슴츠레한 눈으로 그를 쳐다보며 교태를 부렸다.

"젊은 오빠, 피곤한 거예요, 아니면 마음이 급한 거예요?"

이렇게 놀리는 말에 단바는 자신은 숙맥이고 그녀는 노련하다
는 사실을 깨달았다. 머릿속에서 쨍 하고 징이 울리는 것 같더니
서늘한 기운이 머리꼭대기를 뚫고 내려왔다.

차가운 단바가 뜨거운 단바를 쳐다보았다.

상아처럼 하얀 가슴을 출렁이며, 온몸이 뜨거워진 여인이 눈앞
에서 중얼거리듯 말한다.

"난 당신 거예요. 내 일생을 모두 당신께 맡길게요. 그 지조 없는
인간은 이제 필요 없어요!"

단바는 머릿속 깊은 곳에서 또다시 쨍 하는 징소리가 울리자 퍼
뜩 정신이 들면서 몸이 단번에 굳어져버렸다.

그 뒤로 일이 없어 한가할 때면 그때의 장면이 시시때때로 눈앞
에 떠오르면서 뜨거워진 단바가 차가운 단바를 끊임없이 시험했
다. 차가운 단바가 그에게 정성껏 경문을 외우고 끔찍하게 늙어버
린 여인의 모습을 상상하게 하면서, 울며 보채는 더러운 얼굴의 아
기들이 어떻게 생기는지 생각하게 했다. 뜨거운 단바는 결국 깃발
을 내렸고 더이상 꿈틀거리는 욕망이 솟아오르지 않았다. 더욱 중
요한 것은, 몇년이 지나 갑자기 상황이 바뀌면서 '종교활동이 어
느 정도에서 회복되어' 그가 다시 사원으로 돌아가게 되었다는 사
실이다. 사부님은 돌아가셨지만 나귀는 아직 남아 있었다. 나귀가
다소 슬픈 눈빛으로 그를 바라보자, 문득 사부의 눈이 웃을 듯 말

듯, 말할 듯 말 듯한 모습으로 그 뒤에 숨어 있는 것 같은 느낌을 받았다. 부모님은 이미 세상을 떠난 터라 요 몇년 동안 모은 물건들은 전부 시집간 여동생들에게 나눠주었다. 그리고 자루는 나귀 등에 얹고 보따리는 어깨에 멘 뒤 다시 승려의 길로 들어섰다. 마을에서 벗어나 옛날에 사부님이 종종 청소하고 보수하곤 했던 계곡의 다리에 이르렀다. 뜻밖에도 같은 마을에 살던 몇몇 사람이 그의 앞에서 무릎을 꿇었다. 그 가운데는 여동생도 있었고, 등에 넷째딸을 업은 양중도 있었다. 그를 바라보는 양중의 눈에는 눈물이 가득했다. 단바의 눈도 젖어들었다.

그는 길을 가는 내내 최고의 법력을 쌓아 자신의 혈육과 관련있는 이 중생들을 괴롭고 고통스러운 윤회에서 벗어나게 하겠다는 다짐을 했다.

돌아와 보니 사원의 풍경은 그의 예상과는 전혀 다른 모습이었다. 폐허가 된 사원에 대전이 세워지고 있었다. 과거에는 수백명에 달하던 승려들이 이젠 얼마 되지 않았다. 많은 사람들이 부재중이었다. 많은 사람들은 귀향한 후 정말로 속인이 되어 아내를 얻고 자식을 낳았다. 그 때문에 사원으로 돌아와서도 속세와의 인연을 끊을 수 없었다. 일찍이 깨달음을 얻지도 못하고 득도한 적도 없는 자바(라마교의 비구승)가 몸가짐을 경건히 하면서 이날까지 기다려 왔다는 사실을 아무도 믿으려 하지 않았다.

사람들이 우스갯소리로 놀려댔다.

"바로 이 점 때문에 당신은 라마가 될 자격이 충분한 겁니다!"

사람들이 법난 중에 겪었던 일들이 사방에서 전해지면서 신도들과 승려들은 진심으로 그를 단바 라마라 부르기 시작했다. 가끔씩 단바는 속에 든 것도 없는 자신이 어떻게 라마가 될 수 있는지 걱정에 휩싸였다. 그러나 때로는 자신감으로 충만해 맑은 하늘과 깨끗한 공기를 느끼면서 자연과 인간세상, 그리고 부처님의 무한한 가르침이 한없이 크다는 생각에 가슴이 벅차오르기도 했다. 옛날의 사원 광장은 이제 짙푸른 풀밭으로 바뀌었고 풀밭 저편에서는 떠들썩한 소리와 함께 미래의 대전 벽이 올라가고 있었다. 목수와 석수들은 하나가 되어 분주하게 움직였다. 풀밭의 다른 한편에서는 나귀가 유유자적하며 푸른 풀을 뜯고 있었다. 단바는 풀밭에 돗자리를 펼치고 앉아 눈을 반쯤 감았다. 비스듬한 햇살이 일곱 빛깔의 스펙트럼이 되면서 눈앞에 조그만 얼굴을 한 사부의 담담한 미소가 떠올랐다. 그는 점점 높아져가는 대전을 바라보면서 사실 수행과 깨달음에는 화려하고 장엄하며 금빛 찬란한 대전이 꼭 필요한 것은 아니라는 생각을 했다. 그런데 주지가 사원 건설의 일로 그를 찾아왔다. 원래 사원 복구를 위한 정부의 특별 경비가 있었지만 사원 스스로 규모를 확대하는 바람에 공사가 반밖에 진행되지 않은 상태에서 돈이 바닥나고 말았던 것이다.

주지가 자리를 권하면서 말했다.

"보세요, 당신은 수행을 하고 있지만 나는 이런 세속적인 일로 바쁘다오."

단바는 부끄러워 어찌할 바를 몰랐다. 주지가 말을 이었다.

"지촌에는 나무가 많으니 수고스럽지만 가서 목재를 좀 구해와야겠소."

단바는 마을에 가보겠다고 했다. 그러더니 정말로 트럭 두 대 분량의 나무를 구해왔다. 주지가 말했다.

"주위 삼백리 안의 검은 머리 장족(藏族) 사람들 중 지촌 사람이 가장 능력있는 편이지요."

"뭐 꼭 그런 것 같지는 않은데요."

주지가 손을 내저으며 말했다.

"아니, 한번 생각해보시오. 도시 간부를 그렇게 많이 배출한 마을이 몇이나 되겠소. 그러니 수고스럽지만 라마께서 현성(縣城)과 주부(州府)를 한 바퀴 더 돌아주시오. 사원 건설은 이제 막 시작이란 말이오."

단바가 말했다.

"모두들 저를 라마라 부르긴 하지만 독경이나 수행이 아직 멀었습니다. 게다가 부처님 자신도 사원이 아니라 나무 아래서 도를 깨치셨고요!"

주지가 한숨을 내쉬며 말했다.

"에이, 장엄한 총림(叢林, 큰 사찰)이 없으면 어떻게 중생의 존경과 숭배를 이끌어낼 수 있겠소."

결국 단바는 현성으로 가서 간부를 맡고 있는 마을사람에게 자금이 필요하다는 보고서를 써달라고 부탁했다. 간부는 추천서를 써주면서 주부의 아무개를 찾아가보라고 했다. 생각지도 않게 꽤 많은 경비가 내려왔다. 그러자 주지 역시 아주 진지한 태도로 그를 라마라 부르기 시작했다. 단바가 놀라서 말했다.

"시험을 통과하고 의식을 치러야 라마가 되는 것 아닌가요?"

주지는 얼굴에 웃음을 머금고 개탄했다.

"이런!"

다른 승려들이 말했다.

"와, 알고 보니 단바 당신은 속세에 나가 사교술을 제대로 배워왔구먼!"

단바의 마음은 혼란스럽기만 했다. 이런 혼란은 수행하는 사람들에게 가장 큰 금기였다. 그는 마음을 다잡으려 애써봤지만 단번에 그렇게 되기란 쉽지 않았다. 밤마다 꿈을 꿀 때면, 양들이 푸른 산비탈을 가득 메우고 있는 가운데 양치기 단바가 가사(袈裟)를 입은 단바를 향해 조소를 보내곤 했다.

사원의 건설작업은 쉼 없이 이어졌다. 대전이 건설된 후에도 호법신전(護法神殿)과 접인전(接引殿), 장경루(藏經樓), 상밀원(上密院), 하밀원(下密院), 시륜금강원(時輪金剛院) 등이 연이어 건립되어 나지막한 산비탈 한 면은 온통 금빛 지붕으로 찬란하게 빛났다. 십여년이 지나 사원의 건설작업이 일단락되었다. 승려들의 마음은 경전에 있지 않았다. 나날이 모습을 갖추어가는 사원의 장엄한 기상에 그들의 모든 정력이 집중됐다. 이를 테면 이 사원의 승려들은 각자 독립적으로 사원 건물을 하나씩 세울 수 있었다. 그들은 사원 건축의 운영규칙을 잘 알았을 뿐 아니라, 정부나 회사, 신도들에게서

자금을 모집하는 갖가지 방법에 관해서도 훤히 꿰뚫고 있었다. 이 과정에서 단바는 실로 적지 않은 힘을 보탰다. 마지막에는 사원의 도요타 지프차를 타고 도시에 가서는 돈을 모금해 사원 전체에 수도 시설을 설치하기도 했다. 이때 사원에서는 그를 강좌(强佐) 라마라고 불렀다. '강좌'는 티베트어 '양좌(襄佐)'의 음역으로서 '양좌'라고 하면 음의 뜻이 그대로 구현된다. 단바는 바로 재무를 주관하는 '양좌'였던 것이다. 사실 티베트어로 재무총관에 해당하지만, 단바는 그러지 못했다. 단바는 그저 허울뿐인 감투를 쓰고 끊임없이 성에 가서 돈을 모금해온 것에 대해 칭찬을 들었을 뿐, 일단 기금이 사원의 은행장부로 넘어가면 그는 그 많은 돈의 그림자도 구경할 수 없었다.

그는 여전히 이 사원에서 가장 가난한 승려였다. 돈을 다루지 않았고 또 배운 것도 없었기에, 신도들을 대상으로 재앙을 떨쳐버리는 액막이를 할 자격도 없었으며, 더욱이 많은 제자들한테서 공양을 받는 일도 없었다.

눈 깜짝할 사이에 그의 나이는 예순을 넘었다.

주지가 말했다.

"오랜 세월 고생하셨으니 이제는 좀 쉬셔야죠."

주지에게 고맙다는 말을 하고 큰 사당 옆 자신의 작은 숙소로 돌아와 정좌한 그는 자신에 대해 한탄을 금할 수 없었다. "에이!" 탄식을 해봤자 이뿌리만 시려올 뿐이었다. 사람들은 자신을 라마라고 부르지만 그는 진정한 라마가 아니었다. 또한 사람들이 그를

'양좌'라고 부른 적도 있지만, 그는 자신이 무엇을 돕고 무엇을 보좌했는지 알 수 없었다. 그저 정부의 도장을 관리하는 지촌 사람을 찾아가 귀찮게 했을 뿐이다. 그러나 지촌으로 돌아가 양을 치던 시절에 그는 그 누구도 귀찮게 하지 않았었다. 지촌의 고향 사람들 역시 몸가짐이 엄격한 그를 매우 존경했었다.

장엄하고 웅장한 사원을 지은 덕에 주지는 널리 이름이 알려지면서 여기저기 돌아다니게 되었다.

사원 안의 상밀원과 하밀원, 시류금강원에서 경을 읽는 소리가 마치 호수의 물결이 기슭을 치듯 울려퍼졌고, 붉은 옷을 입은 승려들이 법호를 외칠 때면 하늘을 떠가던 구름도 푸른 하늘과 사원의 금빛 지붕 사이에 걸려 있곤 했다. 그러나 단바의 손에는 여전히 몇 십년 전, 열 몇살 때 배우던 초급 경전만 쥐어져 있을 뿐이었다.

겨울이 되었다. 인적이 드문 깊은 밤, 산 아래의 얼어붙은 호수 표면이 팽창하자 얼음 갈라지는 소리가 들렸다. 단바는 경전을 손에 든 채 큰아버지라고 부르던 사부님의 모습을 떠올리며, 자기 얼굴에도 있는 듯 없는 듯한 그의 미소를 지어보려 했다. 하지만 뜻대로 잘되지 않았다. 자신이 그를 비웃고 있는 것일까? 단바는 혼자 앉아 있었고, 아무도 보는 사람이 없었다. 스스로를 본다는 것은 내면을 본다는 말일까? 그것 역시 아는 사람이 없었다. 그 밤, 쩽 하고 호수 표면의 얼음이 갈라지면서 거대한 균열이 호수 이편에서 저편까지 이어졌다. 안개가 피어오르면서 갈라진 얼음 틈새로 솟구쳤던 호수의 물은 순식간에 얼어붙었다. 아침에 일어나 멀리 호수 표면의 구불구불한 선을 바라보았다. 어젯밤 호수의 물이 뒤집혀 솟아오른 흔적임이 분명했다. 해마다 이런 밤이 며칠 동안 계속되면서 호수는 완전히 얼어붙는다. 고요한 밤에 다시 호수의 얼음이 갈라지는 소리가 들릴 때면 이미 봄날의 따스한 바람이 호수의 얼음을 뒤덮고 있을 때다.

세상을 이리저리 떠돌아다니던 주지가 돌아왔다.

주지는 사원 안에 전통의학원인 '만바(曼巴)'학원을 설립하겠다고 선언했다.

단바가 기금을 모으러 성에 가겠다고 자원하고 나섰다. 주지가 자신의 부드럽고 살찐 손바닥 위에 단바의 손을 올려놓고 그 손을 살며시 잡으며 말했다.

"단바, 차마 당신에게 모금하러 돌아다니라는 말은 못하겠소. 당신은 이제 편안히 불경이나 읽고 수행에만 전념하시오. 앞으로는 무슨 일이 있어도 당신을 고생시키지 않겠소."

단바는 의학원 설립자금이 한 제약회사에서 나왔고 이 회사는 지금 한창 전통 티베트 약품을 개발하고 있다는 사실을 나중에야 알게 되었다. 의학원이 세워지고 회사의 신약이 시장에 나오자 의학원과 주지가 신약 광고지에 등장하기도 했다.

이는 가을에 있었던 일이다. 단바는 사원 뒤의 동굴에서 수행에만 정진하기로 마음먹었다. 세월을 헛되이 보내다 보니 그에게는 학식을 쌓을 가능성이 남아 있지 않았다. 남은 것은 고행의 길뿐이었다. 전해지는 바에 의하면 득도한 라마 미라르바(米拉日巴)는 일찍이 비법을 간청하는 제자에게 자신의 엉덩이를 보여주었다고 한다. 사부의 엉덩이는 말굽처럼 단단했고 상처투성이였는데, 이는 오랫동안 딱딱한 바위에 앉아 좌선한 결과였다. 미라르바가 제자에게 말했다.

"이 비법이 이렇게 소중한 것은 내가 사람들한테 쉽게 보여줄 수 없기 때문이다!"

단바 라마가 이 이야기를 들어본 적이 있는지 모르겠지만, 그는 결국 마음을 굳게 먹고 수행을 위해 동굴 안으로 들어갔다.

수행 라마의 운명은 어떠했을까? 이는 사원이 지키고 있는 수많은 비밀 가운데 하나이다. 수행 동굴이 빽빽이 들어차 있는 산봉우리는 얼룩덜룩 흰 눈에 덮여 있다.

한편 백여리 밖 지촌에는 오래전 하마터면 단바에게 몸을 맡길 뻔한 양중이 따뜻한 화롯가에 앉아 있었다. 그녀의 아들딸은 수확과 각종 새로운 일들에 대해 한담을 나누고 있었다. 그때 그녀가 갑자기 몸서리를 치며 말했다.

"아—그 사람이 벌써 가다니."

"누구요?"

그녀는 아득한 표정으로 외마디 탄식을 내뱉었다. 그리고 아무 말도 하지 않았다.

현자 아구둔바

이 이야기에 나오는 인물이 살았던 시대는 사람들이 이미 야크를 부리기 시작한 시대로, 길들여진 말과 야생말이 분명하게 구분되던 시대이기도 했다. 전설에서는 그 이전 시대를 아름다운 시절이라 불렀으나 이미 그때부터 하늘의 별자리들은 갖가지 의심으로 인해 서로 화목하지 못했다. 재산의 많고 적음이 현명함과 우둔함, 고귀함과 비천함을 결정하는 기준이 되었고, 교활한 사람들은 요괴의 도움으로 세력을 점점 키워갔다. 결국 사람들은 인간과 신이 분명하게 구분되지 않았던 시대와 달리 다시는 그렇게 정직하게 살지 못했다.

이즈음 세상에는 기적이 좀처럼 일어나지 않았다.

아구둔바(阿古頓巴)가 세상에 태어날 때도 이렇다 할 기적은 나타나지 않았다.

단지 나중에 전해지는 말에 의하면 아구둔바의 엄마는 그를 낳기 전 꿈에서 오색찬란한 거대한 구름을 보았는데 그 색깔이 끊임없이 변해갔다고 한다. 분명한 것은 이 아이의 출생이 아름다운 엄마의 생명을 앗아가게 했다는 사실이다. 그 때문에 아기를 받던 하녀도 함께 목숨을 잃어야 했다. 또 아구둔바는 태어나면서부터 영주인 아버지의 사랑을 받지 못했다. 하인들도 될 수 있는 한 아구둔바와 접촉하길 꺼려했다. 아구둔바는 어려서부터 장원 안에서 고독하게 살았다. 겨울에는 높고 웅장한 성채 앞의 반들반들한 돌계단 아래 앉아 따스한 햇볕을 즐겼고, 여름에는 정원에 있는 사과나무나 호두나무 그늘 아래 앉아 명상에 잠기곤 했다. 그의 머리는 큼직했고, 넓적한 이마 밑에는 우울한 두 눈이 자리하고 있었다. 그는 바로 이 조용하고 조숙한 눈으로 사계절의 시작과 끝, 사람들의 틀에 박힌 생활을 바라보곤 했다.

나중에 아구둔바가 유명해지고 지혜의 화신이 되었을 때, 장원 사람들은 그가 어떠한 일에 어떠한 반응을 보였는지 명확하게 기억해낼 수가 없었다. 어린 시절의 아구둔바는 삼엄하고 음침한 장원 속의 은은한 그림자에 불과했던 것이다.

문을 열면 바라보이는 뒤뜰 푸른 잔디밭에서 식모 아줌마가 말했다.

"그는 그렇게 자신의 머리를 이고 앉아 아무 소리도 내지 않았어요."

당시의 유모가 말했다.

"젖이 불어 아플 지경이어서 사방을 돌아다니며 그 불쌍한 아이를 찾았는데, 글쎄 그애가 내 등 뒤를 그림자처럼 따라다니고 있지 뭐예요."

많은 사람들이 이렇게 말했다.

"말하기를 그애보다 더 싫어하는 사람은 벙어리 문지기뿐이라니까."

공교롭게도 벙어리 문지기는 지금 사람들의 입에 오르내리고 있는 그 아이를 뚜렷하게 기억했다. 아이의 걷는 모습과 깊은 생각에 빠진 모습, 그리고 미소 짓는 모습까지, 아이가 자라는 모습 하나하나를 모두 기억해냈다. 벙어리 문지기는 아이의 그런 모습들을 떠올리다가 자신도 모르게 피식 하고 웃었다.

아구둔바는 나이가 들면서 몸만 성장했다. 머리는 엄마의 탯속에서 이미 다 커서 굳어버린 상태였다. 사실 그렇게 큰 머리 때문에 엄마가 생명을 잃었던 것이다. 그는 자라면서 큰 머리와 작은 몸에서 작은 머리와 큰 몸으로 변해갔고, 익살스런 모습에서 엄숙한 표정으로 변해갔다. 문지기는 그가 몇날 며칠 허리를 구부린 채 문 안쪽 깊숙한 곳에 앉아서 하늘과 첩첩한 산들을 바라보거나, 계곡물이 흐르드는 보리밭을 바라보고 있던 모습도 기억해냈다. 어느날 해가 비스듬히 서쪽으로 넘어갈 때 아구둔바는 마침내 몸을 일으켜 동남쪽으로 난 큰 길을 따라 발걸음을 내딛었다. 아구둔바의 기다란 그림자가 숲과 구릉과 제단 위를 미끄러지듯 걸어가던 모습을 벙어리 문지기는 선명하게 기억하고 있었다.

떠나기 전, 아구둔바는 병상 앞에서 임종을 눈앞에 둔 아버지와 깊은 대화를 나누었다.

"내가 널 제대로 사랑해주지 못했구나. 네가 네 엄마를 죽게 했기 때문이야."

숨쉬기가 몹시 힘든 영주가 또 말했다.

"지금 넌 내가 죽기를 바라느냐?"

기침이 끊이지 않아 공기를 호흡하는 것이 아니라 마치 흙먼지를 들이쉬는 듯한 노인을 바라보며 아구둔바는 생각했다.

'이 분은 아버지다, 내 아버지다.'

그는 손을 뻗어 앙상하게 마른 아버지의 떨리는 손을 잡았다.

"돌아가시지 마세요."

"하지만 너의 두 형은 내 자리를 이어받기 위해 내가 죽기를 바라고 있단다. 난 내 자리를 너에게 물려주고 싶다. 그러나 나는 너의 침묵이 걱정되고, 네가 하인들에게 동정심을 갖는 것이 걱정돼. 너는 알아야 한다. 아랫사람들은 소나 양과 같다는 걸 말이다."

"그런데 아버지는 왜 말을 그토록 좋아하시나요?"

"사람보다 말이 더 가치가 있단다. 네가 이런 이치를 알게 된다면 내 자리를 네게 물려주겠다."

아구둔바가 말했다.

"제가 그걸 깨닫기는 어려울 것 같아요."

늙은 영주가 한숨을 내쉬었다.

"가거라. 난 더이상 네게 신경을 쓸 수가 없구나. 널 사랑해준 적도 없는데 이제 내 영혼은 하늘나라로 올라가려 한다. 어쨌든 네 형들은 영주가 알아야 할 모든 도리를 잘 알고 있단다."

늙은 영주가 말을 이었다.

"가거라. 내가 널 불러 얘기 나눴다는 사실을 네 형들이 알게 되면 너를 죽이려 들 거야."

"네."

아구둔바는 몸을 돌려 양털로 짠 직물과 구리로 만든 그릇이 가득한 그 방에서 나가려 했다. "가거라"라는 아버지의 말은 번개처럼 자신의 앞날을 비추었고, 그 순간 그는 장차 다가올 모든 것을 분명히 볼 수 있었다. 분노와 비애가 어린 그의 발걸음은 곰가죽을 잇대어 만든 부드러운 양탄자 위에서 아무 소리도 내지 않았다.

처음으로 아구둔바의 얼굴에는 그의 익살스런 모습과 잘 어울리는 비웃음이 피어올랐다.

"이리 돌아오너라."

나이가 들어 위엄이 서린 목소리가 그의 등 뒤에서 들려왔다. 아구둔바는 몸을 돌려 목소리와 전혀 어울리지 않는 아버지의 간절하고 애절한 표정을 바라보았다.

"내가 죽은 다음에 천당에 갈 수 있을까?"

아구둔바는 갑자기 웃음소리를 냈다. 착 가라앉은 웃음소리에는 조롱기가 묻어났다.

"천당에 가실 수 있을 거예요, 나리. 사람이 죽으면 영혼이 갈 자

리가 있는 법이거든요. 어떤 영혼은 지옥으로 가고 어떤 영혼은 천
당으로 가지요."

"천당은 어떤 사람들에게 자리를 내어줄까?"

"착한 사람들이죠, 나리. 천당은 착한 사람들에게 자리를 내줄 거
예요."

"부자들의 자리도 천당에 있을 거야. 부자들은 다 좋은 사람이
니까. 나는 신령님께 무수히 많은 공물을 바쳤거든."

"그렇겠군요, 나리."

"나를 아버지라고 부르렴."

"네, 나리. 이치대로라면 나리의 자리는 천당에 있겠지요. 하지
만 사람들은 누구나 자기의 자리가 천당에 있다고 말해요. 때문에
천당의 자리는 벌써 꽉 차버렸어요. 나리는 지옥으로 갈 수밖에 없
어요!"

말을 마친 그는 아주 공손한 태도로 허리를 숙여 인사한 다음 방
에서 나왔다.

이후 아주 오랫동안 그는 그늘이 져 시원한 마당 밖 현관 앞에 앉
아 있었다. 마음속 가득 가족들에 대한 한없는 안타까움과 그리움
이 솟았다. 동시에 그의 비할 데 없는 지혜가 이런 그리움은 실제로
는 일종의 갈망, 조용하고 자상한 혈육의 정에 대한 갈망이라는 점
을 일깨워주었다. 그의 상상 속에서 아버지의 얼굴은 죽음을 직면
한 영주의 얼굴이 아니라 숯쟁이의 참고 견디는 정신과 문지기의
평온하고 사심 없는 마음이 하나로 합쳐진 그런 얼굴이었다.

그가 정결한 진흙 위에 정좌하고 있는 동안 깨끗하고 맑은 느낌이 발밑에서부터 정수리로 서서히 올라왔다.

아구둔바는 가벼운 바람이 푸른 나무들을 스치며 차가운 물처럼 모든 것을 일깨우고 모든 것을 흔드는 모습을 바라보았다. 그는 왕자였던 석가모니를 떠올렸다. 이렇게 그는 장원을 떠나 맑고 찬 저녁바람이 스치는 속으로 걸어갔다. 지혜와 진리의 이치를 찾기 위해 긴 여정에 오른 것이다.

장원의 유유자적하던 생활에서 막 벗어난 아구둔바에게 길은 풍부하고 험난하며 까마득했다. 그의 신발은 어느새 닳아 너덜너덜해졌고 발은 퉁퉁 부어올라 고통스러웠다. 그는 기후가 온화한 지역을 걷고 있었다. 쌀보리와 밀, 담마를 가지런히 심은 밭이 높은 산의 목장들 사이로 이어져 있었다. 자유롭게 흐르는 계곡물은 여기저기 흩어져 있는 과수원들을 에돌며 물을 대주고 있었다. 사람들이 심은 식물은 말할 것도 없고 몸을 그대로 드러낸 화강암마저도 구름처럼 옅은 향기를 풍겼다. 이렇게 평화롭고 아름다운 풍경 속에서 몸이 바위처럼 무겁게 내려앉은 적이 한두 번이 아니었다. 그러나 영혼은 두둥실 떠오르며 곧장 하늘 끝으로 날아가 이 세상의 심오한 비밀이 있는 곳에 가 닿았다. 그는 자신의 영혼이 심오한 비밀을 감싸안고 있음을 느꼈다. 어쩌면 이미 심오한 비밀이 혼돈스럽고 모호한 상태로 그의 머릿속을 억지로 차지한 채 그윽하고 은은한 빛을 발했는지도 모른다. 지금 필요한 것은 더욱 강렬한 영감의 빛으로 이런 혼돈을 꿰뚫는 것이라는 점을 아구둔바는 잘 알고 있었다. 하지만 배고픔 때문에 그의 내시력(內視力)은 갈수록 허약해져갔고, 꽉 붙잡고 있던 것들마저 점차 사라져갔다.

할 수 없이 그는 눈을 부릅뜨고서 처음부터 다시 진실한 세상과 마주하고자 했다. 엉킨 채 멈춰 있는 구름 아래로 대지가 가볍게 흔들리고 있었다. 그는 어쩔 수 없이 자리에서 일어나 먹을 것을 찾아나섰다. 길을 걷는 동안 발밑의 대지는 더욱 심하게 흔들렸다. 이번에는 영혼이 무겁게 내려앉았지만 몸은 가볍게 떠오르는 듯한 느낌이 들었다.

결국 그는 산신에게 제물로 바쳐진 양의 머리를 훔쳐먹다 잡혀서 감옥에 갇히는 신세가 되고 말았다. 그는 이런 감옥이 매우 익숙했다. 예전에 자신의 장원에도 이런 감옥이 있었던 것이다. 사람들은 그가 곧 죽게 될 것이고 그의 머리는 양머리 대신 산신에게 제물로 바쳐질 것이라고 했다. 그날 밤에는 아무 일도 일어나지 않았다. 하늘에는 밝은 달 사이로 저 멀리 별이 보였다. 그는 두루마기를 뒤져 살점이 약간 붙어 있는 양의 이빨 뼈를 꺼내 씹기 시작했다. 날카로운 숫양의 이빨이 그의 눈앞에서 차가운 빛을 내며 번쩍였다. 그는 손으로 이빨을 이리저리 만지작거리다가 그만 뺨에 상처를 내고 말았다. 손가락을 대보니 양 이빨이 칼끝처럼 날카로웠다. 그는 재빨리 양의 이빨 뼈로 감옥의 나무창살을 톱질하여 손목만큼이나 두꺼운 창살을 잘라냈다. 아구둔바가 작고 뾰족한 머리를 바깥으로 내밀자 하늘 가득 빛나는 별무리가 보였다. 그러나 안타깝게도 양의 이빨 뼈는 어느새 닳아 뭉뚝해져버렸다.

그는 내일 양머리 대신 자신의 머리를 제단에 바치게 되면 정말 끝장이라고 생각했다. 그는 한숨을 내쉰 뒤 여전히 배고픔이 느껴지는 배를 살살 어루만지며 스르르 잠이 들었다. 잠에서 깨어나니 어느덧 한낮이었다. 옥졸이 그에게 하룻밤만 더 지나면 죽게 될 것이라고 했다. 그러면서 죽기 전에 먹고 싶은 것이 있으면 말해보라고 했다.

아구둔바가 말했다.

"양머리요."

"이런 거지새끼를 봤나. 넌 한번도 맛있는 걸 먹어본 적이 없는 모양이구나?"

옥졸이 물었다.

"술이나 돼지고기는 어떠냐?"

아구둔바가 눈을 감은 채 빙긋이 웃는다.

"푹 삶은 양머리가 먹고 싶어요. 전 그것만 있으면 돼요."

양머리를 얻자 아구둔바는 이빨을 아주 조심스럽게 다루었다. 그는 머리뼈 사이에 붙은 고기를 조금씩 뜯어내 깨끗이 먹어치웠다. 한밤중이 되자 그는 새로 구한 양의 이빨 뼈로 창살을 잘라내고 감옥을 빠져나와 밤이슬에 흠뻑 젖은 큰길을 따라 걸었다. 큰길은 하늘의 새벽기운처럼 회백색으로 빛났다. 큰길은 그를 한 곳에서 다른 한 곳으로 늘 새로운 땅으로 인도했다.

그 시절, 온통 눈으로 뒤덮여 있던 티베트에는 아직 톱이란 물건이 없었다. 감옥에서 빠져나올 때 톱을 발명한 아구둔바는 길고 긴 여행길 내내 이 발명품을 목수와 나무꾼에게 전수해주었다. 톱은 이들의 손에 의해 점점 더 정교하게 다듬어져 어느덧 작은 나무토막뿐만 아니라 커다란 나무도 벨 수 있게 되었다. 나중에 톱은 심지어 석수나 구리를 다루는 장인, 금은세공 장인들의 도구로 발전하기까지 했다.

당시 아구둔바의 옷은 낡아서 남루해진 데다가 이까지 옮아 있었다. 햇빛과 바람, 빗물과 흙먼지로 인해 옷의 색깔은 희미하게 바래버렸고, 그의 얼굴은 더욱 초췌해졌다.

아구둔바는 가난뱅이 즉 자유자재한 사람이 되었다.

한 작은 왕국에서 그는 자신의 지혜로써 국왕을 징벌받도록 만들었고, 또한 계율을 어긴 대역무도한 라마(라마교의 고승)도 죽였다. 이런 일들은 백성들이 간절히 원하던 바지만 감히 할 수 없었던 일이었다. 덕분에 지혜롭고 정의로운 아구둔바는 아주 먼 곳까지 그 이름을 떨치게 되었다. 사람들은 아구둔바가 솥 하나를 탐욕스럽고 인색한 한 상인의 전 재산과 맞바꾸었으며, 심지어 귀한 말까지 얻은 이야기도 자세히 알고 있었고, 아구둔바가 알고 있는 것보다 더 정확하게 알고 있었다. 사람들의 말에 따르면 아구둔바에게 속아넘어간 라싸의 그 상인은 그를 뒤쫓아갔다고 한다. 그때 아구둔바는 사원의 광장 앞에 있는 높다란 깃대를 받치고 있었다. 깃대는 파란 하늘을 향해 쭉 뻗어 있었으며 파란 하늘 깊은 곳에는 흰 구름이 떠다니고 있었다. 아구둔바는 상인에게 깃대를 따라 하늘 위를 한번 바라보라고 했다. 상인이 깃대 끝을 바라보자 떠다니는 흰 구름 아래로 깃대가 천천히 쓰러지는 것 같았다. 아구둔바는 상인에게 말하길, 재산을 되돌려주고 싶지만 사원에 있는 라마들의 부탁으로 깃대가 쓰러지지 않도록 꽉 잡고 있어야 한다고 했다. 상인은 자신의 재산을 되찾을 수만 있다면 아구둔바 대신 깃대를 받치고 있겠다고 했다.

아구둔바는 그곳을 떠났다. 그리고 상인의 재산을 가난한 백성들에게 나누어준 다음 또다시 방랑의 길을 떠났다.

상인은 단단히 박힌 깃대를 꽉 잡은 채 아구둔바가 자기 재산을 가지고 돌아오기만을 기다렸다.

여기저기 떠돌던 아구둔바가 "지(機)"라는 지역에 이르렀을 때 그의 이야기는 그보다 먼저 도착해 있었다.

사람들이 그에게 말했다.

"그 간사하고 어리석은 상인은 그 깃대 아래서 죽은 지 이미 오랩니다."

아구둔바가 말했다.

"제가 바로 그 아구둔바입니다."

사람들은 익살맞게 생긴 데다 비쩍 마른 그의 모습을 보면서 말했다.

"당신은 아구둔바가 아니에요."

사람들은 아구둔바가 국왕 같은 용모에 신선 같은 자태를 갖췄을 거라며 거지 행색일 리가 없다고 했다. 또 자신들은 아구둔바를 기다리고 있는 중이라고 했다. 이들은 이웃 부락과의 전쟁에서 패해 쫓겨난 유랑민들로서 몸을 의지해 살던 초원과 소떼를 떠난 후 살길이 막막해진 사람들이었다. 이들은 역병으로 폐허가 된 마을에 내려와, 넓고 비옥했던 토지가 지금은 모밀밭으로 덮여 완전히 황무지로 변해 있는 것을 바라보며 햇볕 아래서 이를 잡고 있었다. 이미 부락 사람들 중에는 꿈에서 아구둔바가 자신들을 구하러 오는 것을 본 사람도 있다고 했다.

아구둔바는 고개를 가로저으며 한숨을 내쉬었다. 그는 그들 가운데 용모가 아름답고 우울해 보이는 한 여자를 사랑하게 되었다.

"내가 바로 당신들이 애타게 기다리고 있는 그 아구둔바요."

내내 말이 없던 여자가 입을 열었다.

"당신은 아니에요."

그녀는 부락 수령의 딸이었다. 그녀의 아버지는 웅장하고 위풍당당했던 지난날의 모습을 잃고 조용히 죽음을 기다리고 있었다.

"내가 정말 그 아구둔바라고요."

그가 고집스럽게 말했다.

"아니에요."

여자는 천천히 고개를 가로저었다.

"아구둔바는 영주의 아들이에요."

그녀는 우울한 눈빛으로 멀리 구세주가 나타날 방향을 바라보았다. 그녀의 처량하고 서글픈 말투는 사람의 마음을 움직이게 했다. 그녀는 아구둔바가 이곳에 오기만 하면 자신을 사랑하고, 자기부락을 구해주며, 사람들이 오랫동안 먹어보지 못한 버터와 삶은 고기를 먹게 해줄 것이라고 말했다.

"내가 그것들을 얻게 해주겠소."

아구둔바는 그녀를 아름다운 환상 속에 빠져 있도록 놔둔 채 버터와 삶은 고기가 담긴 구리솥을 찾으러 황무지로 갔다. 길 양쪽에 백양나무가 빽빽하게 들어서 있고 짙푸른 수풀이 우거져 있는 큰길을 따라 그는 이틀을 걸었다. 점심때가 되자 그의 눈앞에 갈림길이 나타났다. 아구둔바는 갈림길 앞에서 잠시 주저했다. 한쪽 길은 자유, 즉 아무런 구속이나 책임이 없는 자유로 통하는 길이고, 다른 한쪽 길은 책임감을 갖게 하고 희망없는 사랑을 가져다주는 길임을 그는 잘 알고 있었다. 길 입구에서 배회하며 결정을 내리지 못하던 아구둔바는 갑자기 화미(畵眉)새 한 쌍이 날아오는 것을 보았다. 화미새가 지저귀는 소리를 가만히 듣고 있자니 어찌된 영문인지 새의 언어를 알아들을 수 있게 되었다.

화미새 한 마리가 눈먼 노파가 곧 굶어죽게 될 거라고 말했다.

다른 화미새는 그 노파의 아들이 호랑이를 잡다가 죽었기 때문이라고 했다.

아구둔바는 자신이 장차 자유를 잃게 되리라는 사실을 알게 되었다. 양심이 부르는 소리를 들으면서 자유를 잃게 되리라.

그는 새들을 향해 그 노파가 어디에 있는지 물어보았다. 화미새는 그 노파가 산봉우리 아래 세번째 커다란 바위 위에서 아들이 돌아오기만을 기다리고 있다고 일러주었다. 말을 마친 화미새 두 마리는 휙 하고 날아가버렸다.

그 뒤로 갈림길을 만날 때마다 그는 우울하고 무거운 느낌이 드는 길을 택했다. 마침내 그는 산봉우리가 보이는 계곡에 이르러 연기가 끊긴 작은 오두막을 발견하게 되었다. 오두막은 빽빽한 숲에 둘러싸여 윤곽조차 희미했다. 소가 엎드려 있는 모양처럼 오두막 앞쪽으로 툭 튀어나온 바위 위에 한 노인의 구부정한 그림자가 보였다. 멀리 떨어져 있긴 했지만 고독하고 고통스러운 노파의 형상이 그의 눈앞에 선명했다. 그 형상은 그가 그동안 보아왔던 수많은 가난한 여인들의 형상과 겹쳐졌다. 그 형상들이 가슴의 아픈 부위를 칼로 에는 듯 찔러댔다. 불어오는 솔바람을 맞으며 그는 눈물을 흘렸다.

그는 내면의 외침을 들었다.

"어머니."

아구둔바는 자신이 여러 겹으로 뒤얽힌 세속의 감정에 얽매이게 되었음을 알았다.

하지만 그가 장원을 떠나 곳곳을 돌아다니며 유랑했던 까닭은 이런 것을 원해서가 아니었다. 화미새 두 마리가 또다시 날아와 눈앞에서 오락가락하며 끊임없이 지저귀고 있었다.

그가 물었다.

"내게 무슨 말을 하고 있는 거지?"

"짹! 짹짹!"

수컷 화미새가 지저귀었다.

"지, 지지."

암컷 화미새가 지저귀었다.

아구둔바는 새들의 말을 알아들을 수가 없었다. 그는 두 손으로 머리를 감싸쥐고 땅바닥에 쪼그려앉아 울기 시작했다. 그 울음소리는 나중에 웃음소리로 바뀌어갔다.

큰길 저쪽에서 젊은 승려 다섯이 걸어오다가 걸음을 멈추고 서서 아구둔바를 호기심 어린 눈으로 바라보며 울고 있는 건지 웃고 있는 건지 물었다.

아구둔바가 일어서며 말했다.

"아구둔바는 환하게 웃고 있어요."

과연 그의 얼굴은 깨끗했고 눈물 흘린 자국이라곤 조금도 찾아볼 수 없었다. 젊은 승려들은 그를 못 본 체하며 한쪽에 앉아 요기를 하려 했다. 그들은 각자 마지막 남은 보리찐빵을 꺼냈다. 아구둔바가 자신에게도 조금 떼어줄 것을 간청했다.

그들이 말했다.

"그럼 여섯 명이네. 여섯 명이서 찐빵 세 개를 어떻게 나눠먹지?"

아구둔바가 말했다.

"난 조금이면 됩니다. 각자 반씩만 떼어주면 돼요."

승려들은 기꺼이 허락하면서 아구둔바를 공정한 사람이라고 칭찬했다. 승려들은 또 사원의 총관(總管)이 이렇게 공정하면 얼마나 좋을까라는 말을 하기도 했다. 아구둔바는 찐빵 반쪽을 먹었다. 그때 바람이 방향을 바꾸었고 아구둔바는 찐빵 두 쪽을 가슴에 품고 산언덕 아래로 내려왔다. 그리고 그곳에서 바위를 발견했다. 바위는 빙하가 남기고 간 빙퇴석이었다. 바위 위에 있는 깊고 매끄러운 마찰의 흔적을 보면서 그는 사람도 신도 아닌 거대한 힘을 생각했다. 노파의 울음소리가 그의 아득한 상상을 멈추게 만들었다.

아구둔바는 노파의 울음소리를 듣자 소녀처럼 아름답고 애달픈 눈먼 노파의 몸이 어느새 자신의 운명 중 일부가 되었음을 느낄 수 있었다.

그녀가 말했다.

"아들아."

그녀의 손이 아구둔바의 얼굴을 이리저리 마구 더듬었다. 덜덜 떨리는 그 손은 점점 아래로 내려가 그의 품에 감춰진 찐빵을 더듬어 만졌다.

"찐빵이니?"

그녀가 군침을 흘리며 물었다.

"네, 찐빵이에요."

"내게 주렴, 아들아. 난 배가 고프단다."

노파가 여왕처럼 엄숙한 말투로 말했다. 노파는 찐빵을 받아들고 땅바닥에 앉아 게걸스럽게 먹기 시작했다. 찐빵이 입으로 들어가면서 허연 부스러기가 입가로 비어져나왔다. 아구둔바에게는 그 모습이 너무도 무섭고 혐오스럽게 느껴졌다. 노파가 게걸스럽게 먹고 있는 틈에 그는 얼른 몸을 돌려 그 자리에서 벗어나려 했다. 바로 그때 맑은 하늘에서 벼락 치는 소리가 들리더니 이어서 불덩어리 하나가 떨어져 노파가 살고 있는 오두막을 태워버렸다.

아구둔바는 들어 올리려던 다리를 다시 내려놓았다.

찐빵을 다 먹은 눈먼 노파가 고개를 들며 말했다.

"아들아, 날 집으로 데려다주렴."

그녀는 두 손을 뻗어 아구둔바의 가느다란 목을 휘감고 그의 등 위에 업혔다. 아구둔바는 하늘 위로 정처 없이 흘러가는 구름을 한번 올려다보았다. 그러고는 다시 허리를 숙여 노인을 업은 채 아래쪽으로 무거운 발걸음을 옮겼다.

노파가 물었다.

"네가 내 아들이냐?"

아구둔바가 대답하지 않았다.

그때 그는 도도하면서도 아름다운 부락 수령의 딸을 다시 떠올리고 있었다. 그가 말했다.

"그녀는 이제 정말로 내 말을 믿지 않을 거야. 내가 아구둔바라는 걸 절대 믿지 않을 거야."

"누구? 아구둔바가 사람이냐?"

"제가 아구둔바예요."

파종하기에 좋은 계절이 다가오고 있었다.

아구둔바의 몸에서 유유자적하는 시인(詩人)의 자태와 분위기는 흔적도 없이 사라지고 말았다. 그는 하늘이 그에게 떠맡긴, 영원히 배고픈 상태의 눈먼 어머니를 위해 굶주린 개처럼 사방을 헤매며 돌아다녔다.

그는 앞날이 캄캄한 부락민들과 함께 여전히 생활하고 있었다.

수령의 딸이 그에게 말했다.

"당신은 이제 아구둔바라고 주장하지 않는군요. 아구둔바는 훌륭한 가문 출신이에요."

이렇게 말하면서 그녀는 아름다운 얼굴을 들어 매혹적인 눈빛을 반짝였다. 말투도 어느새 잠꼬대처럼 변해 있었다.

"……그 사람은 틀림없이 영웅처럼 잘생기고 총명한 왕자의 모습을 하고 있을 거예요."

진짜 아구둔바는 피골이 상접한 모습으로 손을 축 늘어뜨린 채 행복하기 그지없는 표정으로 그녀 앞에 서 있었다. 아름다운 아가씨가 차갑게 말했다.

"가세요. 가서 그 비천한 어머니에게 마노나 몇 알 캐어다 줘요."

"네, 아가씨."

"어서 가세요."

바로 그날, 아구둔바는 흙속에서 뾰족이 고개를 내민 통통한 새싹을 보게 되었다. 그는 문득 이 부족을 구해줄 좋은 방법이 생각났다. 그는 즉시 수령의 딸을 찾아가 말했다.

"제가 보배를 하나 파냈습니다. 그런데 그것이 그만 다시 흙속으로 도망치고 말았습니다."

"그 보배를 찾아서 내게 바쳐요."

"한 사람의 힘으로는 찾기 어렵습니다."

"부락민 전체가 당신을 따라갈 거예요."

아구둔바는 마을 사람들을 지휘하여 드넓은 지역을 파내려갔다. 천년의 농경 역사를 지닌 황무지는 쉽게 갈아졌다. 검고 푸석푸석한 진흙에서 사람들을 도취시키는 야릇한 냄새가 풍겨나왔다. 물론 부락민들은 흙속에서 아무런 보배도 파내지 못했다. 아구둔바는 새로 개간된 토지가 충분히 넓은 것을 보면서 말했다.

"보배가 더 깊은 곳으로 들어간 것 같습니다."

사람들은 더 깊이 파기 시작했다. 사람들이 저주를 퍼부으며 미친놈의 지시에 따르는 자신을 자책하고 있을 때 갑자기 맑고 깨끗하며 따뜻한 온천수가 터져나왔다.

"보배는 이미 멀리 날아가버렸소. 아가씨한테 가까이 가고 싶지 않은 모양이오. 아구둔바도 오지 않으니 차라리 여기에 쌀보리나 심고 우물이나 만듭시다."

가을이 되자 사람들은 굶주림에서 완전히 벗어날 수 있었다. 거의 멸망할 뻔했던 유목민 부락은 삼년 만에 새롭고 강대한 농경부락으로 변모했다. 부락의 수령은 영주가 되었고, 그의 아름답고 도도한 딸은 새로 지은 장원에서 존귀하고 영화로운 생활을 하게 되었다. 아구둔바와 노파는 여전히 낮고 초라한 오두막에서 살았다.

어느날, 노파가 소녀처럼 아름답고 감미로운 목소리로 말했다.

"아들아, 어째서 차에 우유와 버터를 넣지 않는 게냐? 어째서 접시에 고기와 치즈가 없는 게냐?"

"어머니, 그건 영주나 누릴 수 있는 음식들이에요."

"난 늙었어. 곧 죽게 될 게다."

노인의 입에서 노여움에 찬 말들이 제멋대로 튀어나왔다.

"난 그런 것들이 먹고 싶단 말이다."

"어머니……"

"어머니라고 부르지 마라. 그런 멋진 생활을 누리지도 못하게 하면서 어찌 날 어머니라고 부르느냐."

"어머니……"

"에이, 못난 놈이 무슨 얘기를 하려는 게야?"

"저는 그렇게 살고 싶지 않아요."

노파의 목소리가 다시 부드러워졌다.

"그럼 나만이라도 편하게 살도록 해달란 말이다. 영주처럼 말이야."

"멍청한 돼지처럼 사시겠다는 말씀이에요?"

아구둔바는 또다시 자신의 목소리에 조소와 조롱이 담겨 있음을 알았다.

"난 곧 죽을 게다, 난 정말 불쌍하단 말이다."

"그럼 죽으세요."

돌연히 집을 나와 긴 여행길에 오르기 전 죽음을 눈앞에 둔 부친에게 했던 것처럼 아구둔바는 예전의 그 냉혹한 어투로 말했다.

아구둔바는 말을 마치고 노파의 처량한 울음소리를 뒤로 한 채 집을 나왔다. 그는 불쌍한 모친을 위해 맛있는 음식을 구걸하기로 마음먹었다. 해가 서쪽으로 기울 때 그는 자신의 길고 비쩍 마른 그림자가 자신보다 몇 걸음 앞서 걸으며 소리 없이 미끄러지는 모습을 보았다. 너덜너덜해진 옷자락이 새의 깃털처럼 바람에 펄럭이는 모습도 보았다. 그는 자신의 우스꽝스럽고 뾰족한 머리 그림자가 장원의 높은 문루(門樓)로 오르는 것을 보았다. 이때 악기 소리에 맞춘 노래가 들려왔다. 정원 안은 갖가지 진귀한 마구를 얹은 말들로 가득했다.

영주가 곧 죽을 모양이군. 그는 속으로 생각했다.

그러나 사람들이 그에게 전해준 것은 영주 딸이 결혼한다는 소식이었다.

"어느 딸요?"

그가 얼떨떨한 말투로 물었다.

"영주에게는 딸이 하나뿐이라오."

"그녀가 아구둔바에게 시집가는 건가요?"

"아니오."

"그녀는 아구둔바를 기다리는 게 아니었나요?"

"이젠 기다리지 않기로 했나보오. 영주의 딸은 아구둔바는 존재하지 않는다고 했다오."

영주의 딸은 예전에 전쟁에서 이겨 자기 부락민들을 쫓아냈던 그 부락의 수령과 결혼했다. 두 부락 사이에 더이상 불상사가 일어나지 않게 하려는 정략적인 결혼이었다. 이날은 사람들의 귀천을 가리지 않았기에 누구나 좋은 대접을 받을 수 있었다. 술을 실컷

마신 아구둔바는 날이 어둑해질 무렵 기름에 튀긴 과자와 치즈를 잔뜩 챙겨 가지고 그곳에서 나왔다.

낮은 오두막의 무거운 나무문을 밀고 들어가자 달이 함께 따라 들어왔다. 그가 말했다.

"나가줘, 달아."

달빛은 원래 있던 자리에 머물렀다.

"제가 맛있는 음식을 가져왔어요, 어머니."

그러나 눈먼 노파는 안 보이는 두 눈을 부릅뜬 채 이미 죽어 있었다. 임종 직전에 노파는 몸을 깨끗하게 씻고 머리를 빗은 모양이었다.

동이 틀 무렵 아구둔바는 또다시 유랑의 길에 올랐다. 자작나무가 빼곡하게 늘어선 산언덕을 넘자 그의 지혜로 이룩된 장원이 눈앞에서 사라져버렸다. 맑고 차가운 이슬이 그의 발걸음을 재촉했다.

달이 옅은 구름 속을 뚫고 들어갔다.

"이리 나와, 달아."

아구둔바가 말하자 달은 구름 밖으로 나와 그의 걸음을 따르기 시작했다.

소년 시편

팔려버린 들판은 푸르렀다. 나는 그 들판을 질주했다.
──두·부서(杜·布舍)『백색 모터』

외할아버지

단포(丹泊)가 외할아버지라고 부르던 사람은 진짜 외할아버지가
아니었다. 당시 소년이었던 단포는 위의 형과 사촌누나가 외할아
버지라고 불렀기 때문에 그렇게 부른 것뿐이었다.

외할아버지는 강제로 환속당한 라마였다. 그는 예전에 자신의
제자였던 단포의 외삼촌과 함께 살았다. 제자는 스승님을 아버님
이라 부르며 세상물정을 전혀 모르는 그 노인을 봉양했다. 이리하
여 단포에게도 외할아버지가 생기게 되었던 것이다.

외삼촌은 아주 오랫동안 라마로 있었기 때문에 농사일을 할 줄
몰라 생산대에서 양 치는 일을 맡았다.

단포의 기억 속에 있는 외할아버지는 언제나 나이 많은 노인의

모습이었다. 푸른 산림으로 둘러싸여 있는 쥐리르깡(居裏日崗) 마을 사람들은 나이가 들면 피부가 점점 나무껍질처럼 거칠어지고 놋쇠처럼 뻣뻣해졌다. 사람들은 서른 무렵부터 조금씩 주름살이 생기기 시작해 점점 깊게 패어갔다. 승려들도 그렇게 늙어갔는데, 이 과정에서 키가 점점 줄어들면서 성정만은 천진난만하고 선하게 변해갔다. 단포가 처음 외할아버지를 알게 되었을 때, 외할아버지는 그런 과정 속에 있었다. 마치 사람이 어린아이에서 성인으로 성장해가는 과정을 거꾸로 재현하는 것 같았다. 이처럼 사람이 죽을 때가 되면, 결코 죽는 것이 아니라 마치 세상에 그런 사람이 존재하지 않았던 것처럼 홀연히 사라지게 되는 것이다.

가끔 햇빛 아래 가부좌를 틀고 앉아 있는 노인을 보면 숨소리조차 들리지 않았다. 그럴 때마다 단포는 소리를 꽥 질렀다.

"외할아버지! 외할아버지!"

그러면 노인의 눈에서 콩알만 한 빛이 뿜어져 나왔다.

마을에는 이처럼 겉으로 보기엔 복잡해 보이지만 실제로는 아주 간단하고 자연스럽게 가족을 이룬 집이 단포네 집뿐만은 아니었다. 때는 마침 여름이라 적막하던 벌판이 울창한 녹색으로 끝없이 펼쳐졌다. 어느날 외삼촌은 화원 울타리 안에 있는 정자 옆에다 세 그루의 사과나무에 측백나무 판자를 기대 평상을 만들었다. 맑은 날이면 외할아버지는 하루 종일 그 위에 앉아 있곤 했다. 그럴 때 햇빛과 나무 그림자는 외할아버지의 몸 위에 번갈아 어른거렸다. 화원의 울타리 밖은 거대한 보리밭이었다. 그 중앙에 큰길이

나 있고, 강 위를 가로지른 나무다리를 건너면 구불구불한 길이 산 위까지 뻗어 있었다. 외할아버지의 시선을 따라가면 아주 멀리 있는 활엽수림 지역을 볼 수 있다. 그 일대는 산간지역으로서 활엽수림과 침엽수림 중간에는 아주 가파른 초원지대가 있었다.

그 초원지대가 바로 외삼촌이 양을 치는 곳이었다.

당시는 책에서 말하는 바처럼 새로운 티베트가 성장해가던 시기였다. 쥐리르깡 마을은 행정상으로는 쓰촨성(四川省)에 속했지만 사람들은 여전히 티베트에 속해 있다고 생각했다. 당시 단포는 성장기의 소년이었다. 천지만물을 비롯하여 모든 것이 이전의 조상 때와 별로 달라진 것이 없었고 지극히 정상적이었다. 마을에는 이미 국가에서 세운 초등학교와 수력발전소가 있었다. 물을 퍼올리는 펌프와 물방앗간의 거대한 나무바퀴가 한 시냇물에 있었다. 발전소를 건설할 당시 초등학생들은 등에 포대자루를 지고 노래를 부르며 작업에 참여하기도 했다.

수력발전소 짓는 곳으로 가려면 작은 외딴집을 지나야 했다. 그곳을 지날 때면 학생들의 노랫소리는 점점 작아졌다. 아이들이 호기심과 함께 두려움을 느꼈던 것은 그 집에 나병을 앓던 여인이 나환자촌에서 돌아와 혼자 살고 있었기 때문이었다. 마을 사람들은 그 여인에게 마을에서 수백 미터 떨어진 곳에 집을 짓고 혼자 농사를 지으며 살되 마을 사람들과는 일절 내왕을 하지 말라고 했다. 그러면서 젖소를 한 마리 주었다. 노랫소리가 들리자 여인은 얼굴에 환한 미소를 지으며 아이들을 바라보았다. 아이들이 짊어진 포대자루에는 시멘트에 섞을 모래가 잔뜩 들어 있었기 때문에 무서워도 뛸 수가 없었다. 그래서 아이들은 대열을 정비한 다음 더 큰 목소리로 노래를 불렀다.

"혼자 일하는 것은 외나무다리와 같지. 한 걸음을 떼면 세 번 흔들흔들!"

공사현장에 모래를 나르는 것으로 수업이 끝나서 아이들은 집으로 돌아갈 수 있었다. 단포는 집으로 돌아가는 길에 외할아버지 집에 들렀다. 외할아버지한테 다가가자 외할아버지는 눈이 감길 정도로 환한 미소를 지었다. 묵직한 은귀고리가 귓불 밑으로 늘어져 귀와 따로 노는 것처럼 보였다.

"외할아버지!" 하고 단포가 불렀다.

외할아버지가 품속에서 얼음사탕을 꺼내 단포에게 건넸다. 외할아버지의 양털 저고리 안에는 언제나 얼음사탕이 들어 있었다. 얼음사탕에는 항상 양털이 묻어 있었지만 단포는 개의치 않았다. 그가 먹는 모든 음식에 늘 양털이 묻어 있었기 때문이다. 보리찐빵에도, 양고기 요리에도, 발효유에도 항상 양털이 묻어 있었다. "티베트 사람 뱃속에는 양털 뭉치가 들어 있고, 한족 사람 뱃속에는 쇳덩이가 들어 있다"라는 새로운 속담이 마을에 생겨났다. 초등학교의 중국어 선생님은 항상 무쇠냄비에 야채를 볶아 드시면서 늘 냄비 긁는 소리를 요란하게 냈다. 아마도 그래서 그런 말이 생겨난 것이리라.

얼음사탕을 입에 넣으니 가장 먼저 양가죽과 노인의 살맛이 느껴졌고, 그 다음에야 비로소 단맛을 느낄 수 있었다. 단포가 달콤한 목소리로 "외할아버지!" 하고 불렀다.

외할아버지는 아무 말도 하지 않은 채 가끔씩 단포의 머리를 쓰다듬어줄 뿐이었다. 외할아버지는 늘 깔고 앉는 양가죽 방석 한 귀퉁이에 외손자를 앉히고 외손자와 함께 양들이 산에서 내려오는 광경을 바라보았다. 간혹 단포가 평상에 엎드려 숙제를 할 때면 외할아버지는 연필을 집어들고 연필심에 침을 묻혀주기도 했다. 그런 모습은 학식이 높은 라마가 아니라 한번도 연필을 잡아본 적이 없는 시골 노인처럼 보였다.

단포는 외할아버지가 아무 일도 하지 않는다고 생각했다.

외할아버지가 일하는 모습을 처음 본 것은 티베트 제사 때였다.

그날 엄마는 아버지 몰래 단포에게 보따리 하나를 건네주면서 외할아버지께 갖다드리라고 했다. 평소에 엄마는 아버지 몰래 외할아버지께 먹을 것을 갖다드리곤 했다. 아버지는 공산당 입당을 준비하는 후보였기 때문에 외삼촌과 외할아버지 같은 사람을 싫어했다. 아버지가 이 일을 알게 되면 화를 내며 "기생충이 아직도 기생하고 있군" 하고 소리칠 것이다. 제삿날 아침 외할아버지 집 안으로 들어가는 통로엔 이슬에 흠뻑 젖은 단포의 발자국이 선명하게 찍혔다.

단포가 큰 소리로 외쳤지만 대답은 종소리뿐이었다. 평소에 잠겨 있던 작은방은 열린 채 등불이 환하게 밝혀져 있었다. 외할아버지가 등불 아래에 앉아 한 손에는 요령(搖鈴)을, 다른 한 손에는 '요

동경륜(搖動經編)'을 들고 외우고 계셨다. 이러한 행동은 단포 세대엔 금지되어 있는 것들이었다. 어린 단포의 눈앞에 펼쳐진 광경은 마치 귀신을 불러내기라도 하는 것처럼 무시무시해 보였다. 단포는 허둥지둥 밖으로 나오면서 선명하게 찍힌 자신의 발자국이 빨리 사라지기를 빌었다. 집 밖으로 나와서 단포는 보따리를 풀어 보았다. 보따리 안에는 밀가루와 함께 보기 흉측한 기름 바른 돼지머리와 소머리가 들어 있었다. 단포는 집까지 단숨에 달려온 뒤 울음을 터뜨렸다.

엄마가 말했다.

"그건 너의 진짜 외할아버지와 외할머니께 드리는 음식이야. 우리가 직접 드릴 수 없기 때문에 외할아버지께 부탁한 거였는데!"

엄마가 훌쩍훌쩍 울기 시작했다. 그 울음소리는 마치 벌이 앵앵거리는 소리 같았다.

며칠 후 산에 풀을 베러 올라가면서 사촌누나에게 그 일을 들려주었다.

사촌누나가 "조용히 말해" 하고 주의를 주었다.

"조용히 말해. 귀신이 듣고 있다가 외할머니의 음식을 빼앗아갈지도 모른단 말이야. 그 귀신은 아귀 귀신이거든."

단포가 사방을 둘러보았지만 보이는 것은 나무 아래의 그늘과 그 사이를 날아다니는 나비뿐이었다. 훗날 단포는 사람들이 귀신에 대해 말할 때마다 아름다운 숲이 생각나곤 했다. 너무나 고요해서 쉽게 접근할 수 없는 곳, 시간마저도 흐르는 방향을 잃어버린 곳.

단포 주변에는 너무 높은 곳에 있어 거리감이 확연히 느껴지는 아버지와, 다정하지만 잔소리가 심하고 제대로 아는 것이 별로 없는 엄마가 있을 뿐이었다. 때문에 단포에게는 예쁘고 청초한 사촌누나가 매우 소중한 존재였다.

사촌누나는 외삼촌이 어디론가 멀리 떠나갈 것이라고 했다.

"뭐 하러 가는데?"

"너는 몰라도 돼. 사람을 찾으러 가는 거야."

"난 알 것 같은데. 외삼촌은 여자를 찾아 떠나는 거야."

사촌누나는 단포보다 겨우 한 살 많았지만 마치 열 살은 많은 것처럼 굴었다. 단포는 낫질을 하고 있는 사촌누나의 등 뒤에다 대고 물었다.

"그럼, 누가 양을 치는데?"

사촌누나는 고개를 돌리지도 않고 대답했다.

"외할아버지!"

단포는 웃음을 터뜨리며 배꼽을 잡고 초원 위를 데굴데굴 굴렀다. 단포는 하루 종일 앉아 있기만 하는 눈 작은 노인이 과연 양을 칠 수 있을지 의심스러웠다. 외삼촌이 말을 타고 떠나가는 날, 단포는 양 우리 옆에서 외삼촌을 배웅했다.

벨벳 중절모 하나가 안개 속에서 두둥실 다가오고 있었다. 마침내 모자 밑의 얼굴이 선명하게 보이기 시작했다. 외할아버지였다! 반짝이는 얼굴에 깊게 주름이 패어 있는 외할아버지는 허리에 돌팔매 도구와 긴 칼을 차고 있었다. 외할아버지가 말했다.

"이 라마의 복장이 오늘처럼 위풍당당해 보인 적이 있니?"

단포가 보기에 외할아버지의 복장은 양 치는 일과 전혀 상관없는 것이었지만 차마 사실대로 말할 수가 없었다. 사원에서 줄곧 불공 드리고 참선하던 시절의 외할아버지는 귀족보다 더 높은 신분이었다. 환속한 후에도 제자의 봉양을 받으며 지냈을 뿐 노동이라곤 해본 적이 없는 분이었다. 제자가 신비한 여인을 만나러 떠난 지금 외할아버지는 진정으로 속세 생활을 시작하게 되었다.

외할아버지는 양떼가 우리 밖으로 몰려나갈 때 아마도 정신이 없었을 것이다. 진정한 양치기라면 마치 수문이 열려 물이 한꺼번에 쏟아져 나가는 것처럼 보이는 양떼의 숫자를 한눈에 셀 수 있어야 한다. 이런 일은 아침에 한번으로 그치는 것이 아니라 저녁에 우리로 다시 들여보낼 때도 똑같이 해야 한다. 외할아버지의 눈에는 한 마리가 멀리 도망가서 없어지기도 했고, 다른 한 마리가 무리에 섞이지 못해 돌아오지 못하기도 했다. 하는 수 없이 단포가 외할아버지에게 소리를 쳐서 알려줘야 했다.

"백서른두 마리예요."

외할아버지는 이마의 땀을 훔치며 허허 웃었다.

"나는 백여덟 마리라고 생각했지 뭐냐. 염주알 개수처럼 말이다."

외할아버지가 얼음사탕을 항상 넣어두는 윗옷 속주머니를 만지며 말했다.

"오늘은 얼음사탕이 없구나."

양떼가 멀어지자 필요 이상으로 크게 고함치는 외할아버지의 목소리가 들리기도 했고, 피융 하고 돌팔매가 날아가는 소리가 나기도 했다.

단포가 엄마에게 말했다.

"나는 외할아버지가 금방 돌아가실 줄 알았는데 양 치러 산에도 올라가시네요."

엄마가 말했다.

"외할아버지는 인생의 대부분을 편안하게 지내셨기 때문에 육십이 넘은 나이인데도 그다지 늙지 않으신 편이야."

엄마는 단포에게 학교가 파하면 사촌누나와 함께 외할아버지가 계시는 산에 꼭 올라가보라고 당부했다.

수업이 끝났지만 사촌누나를 기다릴 여유가 없어 단포는 곧장 산으로 달려갔다. 눈앞에 양들이 보였고, 외할아버지는 초원 위에 단정히 앉아 계셨다. 그 모습이 마치 작은 부처상 같았다.

가까이 다가가 보니 외할아버지가 입을 오물거리고 있었다. 단포가 혼자서 무엇을 드시냐고 하자 외할아버지가 웃으며 대답했다.

"아! 라마교의 경문을 외우고 있단다."

단포가 물었다.

"외할아버지, 귀신을 본 적 있으세요?"

외할아버지가 단포의 머리를 쓰다듬으며 말했다.

"넌 겨우 열 살밖에 안됐지? 네 눈에는 아직 귀신이 안 보이겠구나."

"제사 때 경문을 읊으시던데, 외할아버지는 죽은 사람들에게 음식도 갖다드리나요?"

노인의 얼굴에 마음을 움직이게 하는 서글픈 기운이 감돌았다.

"그걸 너에게 어떻게 말할 수 있을까?"

노인과 아이의 대화는 갑자기 들려오는 소리에 뚝 끊겨버렸다. 양떼들 사이에서 종종 생기는 일이 벌어졌다. 젊은 숫양이 우두머리 양에게 감히 도전을 한 것이다.

굵직하고 구불구불한 두 뿔을 세운 우두머리 양이 수염을 휘날리며 꼿꼿이 서 있는데 젊은 양이 한 걸음씩 천천히 뒷걸음질하다가 갑자기 앞으로 돌진하기 시작했다. 두 마리 양이 머리를 들이박는 소리가 어찌나 크게 울리던지 사람의 심장까지 흔들릴 정도였다.

박치기를 몇번 하자 두 양의 머리에서 피가 줄줄 흘러내렸다. 박치기를 한번 더 하자 외할아버지가 가지런한 치아를 드러내며 입을 크게 벌리고 아이처럼 울기 시작했다. 외할아버지의 울음소리는 어쩐지 엄마가 부르는 소리 같았다. 잠시 후 외할아버지는 갑자기 울음을 그치고 양들이 박치기하는 소리에 귀를 기울였다. 그러다가 또다시 울기 시작했다. 이 모든 일들이 한데 엮이면서 왠지 장난 같다는 느낌이 들었다.

심한 박치기 끝에 젊은 양의 뿔이 부러져 빙그르르 하늘로 날아올라갔다.

외할아버지는 울지 않았다. 대신 허리춤에 차고 있던 장도를 뽑아 휘두르며 두 마리 양의 사이로 들어가 둘을 갈라놓았다. 외할아버지가 칼집으로 양의 머리를 내리치며 소리쳤다.

"물러서라. 네놈들을 죽여버릴 테다. 또 싸우면 이 라마가 살계
(殺戒)를 범하고 말 테다!"

외할아버지가 선혈이 낭자한 양의 머리를 내리치자 진달래나무
로 만든 칼집이 부러지고 말았다. 두 양은 외할아버지의 계속된 위
협 때문인지 싸움을 멈췄다. 뿔이 부러진 도전자는 멀리 물러갔고,
우두머리 양은 의연한 모습으로 여전히 그 자리에 서 있었다.

외할아버지가 숨을 헐떡이며 말했다.

"내가 이겼다."

그러고는 칼에 묻은 피를 보며 탄식했다.

"세상에! 내가 보지 말아야 할 것을 보고 말았구나."

의연하게 서 있는 우두머리 양의 뒤편으로 저녁놀이 서서히 물
들기 시작했다. 아이를 찾는 엄마처럼 우두머리 양이 메~ 하고 울
자 모든 양들이 우두머리 양 뒤로 줄을 지어 질서정연하게 산을 내
려가기 시작했다.

산을 내려가던 중간에 단포는 나무숲 사이로 나병을 앓았던 여
인을 얼핏 보고 외할아버지에게 말했다.

"저 귀신을 봤어요."

"육십 노인도 감히 봤다고 말하지 못하는 귀신을 겨우 열 살짜리
가 봤다는 게냐?"

집으로 돌아온 뒤 단포는 엄마에게도 말했다.

"저 오늘 귀신 봤어요."

"얘야, 이상한 소리 하지 말거라."

아버지가 엄마에게 소리쳤다.

"당신 집안 사람들이 우리 아들에게 무엇을 가르쳤는지 좀 보라고."

외삼촌은 기약한 날이 지나도 돌아오지 않았다. 외삼촌은 예전에 승려생활을 한 사원에서 가까운 어느 지역으로 갔다고 했다. 아버지는 외삼촌에 대해 말할 때면 항상 "흥, 그 땡중은 아마 암캐에게 물려갔을 거야"라고 했다.

의외로 외할아버지는 갈수록 더 양치기다운 모습을 갖춰갔다. 양떼들이 나무다리를 천천히 건널 때면 나무판을 쾅쾅 구르기도 했다. 사촌누나와 단포는 외할아버지가 외삼촌보다 몸이 더 건장해져가는 것을 지켜보았다. 환속한 늙은 라마는 짧은 기간 동안 고된 노동을 견뎌내는 건장한 남자로 변해갔다.

일요일, 단포가 양을 치러 가려고 하자 사촌누나가 말했다.

"이제는 안심해도 돼. 외할아버지가 잘하실 거야. 오늘은 나랑 풀이나 베러 가자."

풀을 베고 난 뒤 둘은 집 뒤편에 볕이 잘 드는 곳으로 풀을 지고 가 삼나무 위에 널어놓은 다음, 널따란 나무선반 위에 나란히 누웠다. 콧속으로 송진냄새와 풀냄새가 스며들었다. 단포가 사촌누나에게 빨리 건초더미로 변해보라고 말했다.

"웃기네, 나는 사람이지 건초더미가 아니야."

"그럼 왜 누나 손이랑 귀에서 건초냄새가 나는 거지?"

사촌누나가 깔깔거리며 웃는다.

"이런 엉큼한 놈, 너 엄마한테 이른다."

단포가 사촌누나에게 물었다.

"외삼촌은 왜 그 먼 곳으로 여자를 찾으러 갔을까?"

"예전에 두 사람이 사랑에 빠졌는데 외할아버지가 반대하셨대. 이제 외할아버지가 허락하셔서 그 여자를 찾으러 간 거야."

"와! 외삼촌은 정말 땡중이었네."

사촌누나가 말한다.

"피, 너 엄마한테 이른다."

단포는 누나가 뭘 이르겠다고 그러는지 알 수 없었다. 그는 모르는 것이 너무나 많았다. 단포가 건초냄새를 맡으며 스르르 잠이 들었다. 사촌누나는 거울을 꺼내들고 자작나무 껍질을 돌돌 말아 새로 뚫은 귓불에 귀걸이처럼 끼웠다. 사촌누나는 마을의 같은 또래 아이들 중에서 가장 부지런했다. 단포가 공부를 잘한다는 것도 마을 전체에 널리 알려진 사실이다.

사촌누나가 계속 거울로 단포의 얼굴에 빛을 쏘았지만 단포는 깨어나지 않았다. 거울 속의 해가 사라지는가 싶더니 하늘 가득 검은 먹구름이 몰려오기 시작했다. 그녀는 급히 단포를 깨우며 외할아버지한테 가보자고 소리쳤다. 그러나 그 말이 끝나기도 전에 우르릉 꽝 하며 번개가 치기 시작했다.

번개가 치자 겁을 먹은 양들이 푸른 초원 위를 이리저리 뛰어다녔다. 이럴 때 양치기는 위험이 도사리고 있는 깊은 산속으로 양들이 뛰어들지 못하게 잘 막아야 한다. 외할아버지는 두 어깨를 쫙 편 채 숲 가장자리에 서 있었다. 바람은 그의 고함소리를 입에서부터 막아버렸다. 외할아버지의 옷이 바람에 펄럭였다. 예전엔 생계를 위해 아무것도 할 줄 몰랐던 할아버지는 지금 양을 막고 있는 게 아니라 죽어라 애를 써도 하늘로 날아오르지 못하는 커다란 새처럼 몸부림을 치고 있는 것 같았다. 그 옆에서 사촌누나와 단포가 채찍을 휘두르며 양떼를 바람이 없는 낮은 지대로 몰아갔다. 여름에 폭우가 쏟아질 때면 하늘은 밤처럼 캄캄하게 변하고 때맞춰 번갯불이 내려치기라도 하면 양떼가 푸른빛으로 보였다. 모두들 양떼를 보호하려고 애썼다. 쏟아지는 비가 채찍처럼 그들을 머리부터 발끝까지 때렸다.

한바탕 쏟아지던 폭우가 순식간에 물러나버렸다. 먹구름이 천둥 번개를 숨긴 채 다른 곳으로 흘러간 것이다. 먹구름이 사라지자 하늘에 무지개가 나타났다. 양들은 몸에 남아 있는 물기를 털어내며 더 깨끗해진 몸으로 다시 초원 위에 흩어졌다.

사촌누나와 단포도 양들처럼 머리를 흔들며 얼굴에 남은 물기를 털어냈다. 외할아버지의 빡빡 깎은 머리에는 물기가 벌써 사라지고 없었다. 외할아버지가 말했다.

"나는 너희들처럼 머리를 털 필요가 없단다."

외할아버지의 얼굴에서 자그마한 은빛 물방울 하나가 떨어졌다. 단포는 외할아버지가 또 울고 있다는 사실을 알았다.

단포가 사촌누나에게 말했다.

"외할아버진 아직도 꼭 애기 같아."

사촌누나가 얼굴색을 싹 바꾸고 단포를 흘겨보았다.

"가자."

두 사람은 그 자리를 떠나 숲으로 가서 떨기나무에 젖은 옷을 널었다. 잠시 후 외할아버지가 다가왔다. 외할아버지의 옷은 김이 모락모락 올라오고 있었다. 외할아버지가 품속에 손을 넣으면서 물었다.

"애들아, 얼음사탕 먹을래?"

사촌누나가 말했다.

"생각해보고요."

단포가 말했다.

"라마의 사탕을 얻어먹으면 엄마한테 혼나요."

외할아버지가 품에서 손을 빼냈지만 사탕은 없고 양털만 묻어나왔다. 외할아버지가 하하 웃었다.

"이런, 사탕이 전부 녹아버렸네!"

사촌누나가 말했다.

"외할아버지도 이제 양 칠 줄 아시네요."

외할아버지 코에 주름이 잡히는 것을 보면서 단포는 외할아버지가 또 울 거라고 생각했다. 그런데 외할아버지가 뜻밖의 말을 했다.

"너희 외삼촌은 이제 자유다."

이 말은 마치 민간설화에서 사람들이 마법을 풀 때 하는 말 같았다. 민간설화에서는 마법을 풀어주는 사람이 "넌 이제 자유다"라고 하거나, 마법에서 풀려난 사람이 "나는 자유다"라고 말하곤 했다. 하지만 단포가 소년시절에 경험한 이 이야기는 환속한 라마에 관한 이야기이자 평온한 마음으로 죽음을 기다리던 사람이 다시 삶속으로 뛰어든 이야기에 지나지 않았다.

그들의 옷이 햇볕에 서서히 말라갔다. 외할아버지가 물었다.

"단포야, 너 나에게 칼집 만드는 법을 가르쳐주지 않으련?"

"아버지한테 물어보고 알려드릴게요."

외할아버지가 말했다.

"그렇다면 내가 직접 가서 네 아버지에게 배우마."

사촌누나

사촌누나는 나의 가족이다. 누나는 나중에 훌륭한 사냥꾼에게 시집을 갔다.

그런데 매형이란 사람은 국가에서 지정한 2급 보호동물을 사냥한 죄로 2년형을 언도받아 감옥에 들어갔고, 출옥한 뒤로는 빈둥빈둥 노는 무뢰한으로 변했다. 단포는 이미 무장경찰의 상위(上尉, 장교계급으로 중위, 상위, 대위가 있다)가 되어 있었고, 지금 현(縣)의 정치협상회의 주석의 딸과 연애를 하고 있었다. 그의 부대원들 가운데 무예가 뛰어난 사람들은 퇴역한 뒤 농촌으로 가기 싫어서 귀향하지 않고 현성(縣城, 현 정부의 소재지로 도청소재지에 해당됨)의 치안연방대(治安聯防隊)에 들어가 술주정뱅이나 좀도둑들을 혼내주는 일을 하고 있었다. 단포는 현성의 거리에서 건초냄새가 사라진 사촌누나를 만났다. 사촌누나는 남편이 또 집을 나갔다고 했다. 단포 상위는 사촌누나의 등에 업혀 있는 아이의 손에 이십 위안을 쥐여주고는 연방대로 가서 예전에 자신의 부하였던 사람을 불러 아무개를 아느냐고 물었다. 예전의 부하는 어젯밤에 술 취한 그가 식당에서 난동 부리는 것을 목격했노라고 답했다. 단포는 예전의 부하에게 아무개를 찾아 똥을 한 바가지 퍼부어 다시는 거리를 활보하지 못하게 하라고 명령했다. 그러면서도 덧붙이길 그를 죽이거나 병신으로 만들지는 말라고 했다.

예전의 부하는 차렷 자세로 대답했다.

"임무를 반드시 완수하겠습니다."

"제기랄!"

상위는 욕을 한마디 내뱉으며 씩 웃었다. 그는 여자친구를 만나러 갔다. 길가에 늘어선 홰나무 그늘을 지나면서 왠지 마음이 편치 않았다.

사촌누나를 보니 소년시절의 처량하면서도 아름다운 날들이 떠올랐다.

당시의 사촌누나는 지금의 모습과는 영 딴판이었다.

외삼촌은 겨울이 돼서야 돌아왔다. 그 무렵은 외할아버지가 양치기 일을 훌륭하게 수행할 때였다. 그날은 큰 눈이 내렸다. 단포는 지붕 위에 엎드려 아버지의 사냥총으로 눈밭에서 먹이를 찾고 있는 비둘기떼를 조준했다. 고개를 들고 방아쇠를 당기자 총에서 찰칵 하는 소리가 맑게 울렸다. 총에 총알이 들어 있지 않았던 것이다.

어디서 뛰어왔는지 여우 한 마리가 비둘기떼를 쫓으며 달려들었으나 한 마리도 잡지 못했다. 놀란 비둘기는 하늘만 빙빙 맴돌았다. 햇빛은 한동안 밝고 명랑한 음표가 되었다가 다시 한동안은 짙은 산 그림자 속으로 들어가곤 했다. 단포는 여우를 바라보며 소리 내어 웃었다.

여우는 눈 위에 앉아 하늘을 쳐다보며 이리저리 두리번거리더니 입을 크게 벌리고 개처럼 날카롭게 울부짖었다. 그때 누군가 대담하게도 여우를 향해 총을 쏘았다. 여우의 몸은 축 늘어졌고, 공중으로 날아간 탄피는 천천히 눈 덮인 땅 위로 떨어졌다.

단포는 환호성을 지르며 손에 있던 빈총을 들고 지붕 아래로 내려갔다. 그는 재빨리 달려가 아직 온기가 남아 있는 여우의 귀와 꼬리를 쓰다듬고 싶었다. 그래야 살아 있는 여우를 만져봤다고 말할 수 있기 때문이었다. 그가 여우를 향해 달려가고 있을 때, 멀리서 외할아버지와 사촌누나가 등에 건초더미를 짊어지고 양 우리를 향해 걸어가는 모습이 보였다. 단포가 눈길을 여우에게로 돌리는 순간, 건초 끝에 남아 있던 여름날의 푸른빛 잔상이 그의 눈 속에 잠시 머물렀다.

단포는 눈밭에 몸을 움츠리고 있는 여우의 멋진 꼬리털을 향해 손을 뻗었다.

순간 여우가 갑자기 거센 기세로 뒷다리를 들어올려 그의 눈앞에 눈보라를 날렸다. 단포가 감았던 눈을 다시 떠 보니 불꽃처럼 흔들리던 여우의 모습은 사라져버린 채 텅 빈 설원만 눈앞에 펼쳐질 뿐이었다.

"여우란 놈은 항상 그렇단다."

외삼촌이 그의 앞에 서 있었다! 외삼촌이 떠나고 없던 반년 동안 외할아버지는 어엿한 양치기로 변했고, 그사이 외삼촌의 모습도 많이 달라져 있었다. 박박 깎았던 머리는 어느새 장발이 되었고 얼굴에는 무서운 칼자국이 나 있었다. 손에 들고 있는 총에서는 화약 냄새가 났다.

"외삼촌이 총을 쏜 거예요?"

"내 사격솜씨가 아직 신통치 않나 보구나."

단포가 물었다.

"누나 말로는 외삼촌이 말에 여자를 태우고 돌아올 거라고 하던데요."

외삼촌은 얼굴에 새겨진 칼자국을 실룩거리며 말했다.

"내 말 등에 아무도 태우지 못했단다. 그 여자는 다른 사람의 말을 타고 가버렸어."

단포는 뭐라고 말해야 좋을지 몰랐다. 외삼촌이 물었다.

"비둘기들이 다시 날아오는데 한번 쏘아볼래?"

단포는 하늘을 빙빙 돌고 있는 비둘기를 향해 총을 쏘았다. 난생처음 총을 쏘아보는 것이어서 총의 반동으로 땅바닥에 넘어지고 말았다.

외삼촌은 종종 단포를 데리고 산으로 사냥하러 갔다. 그러나 조카가 사냥을 그다지 좋아하지 않았기 때문에 외삼촌은 아이들 중에서 자신과 동행할 사람을 찾았고, 이때 찾은 사람이 바로 훗날에 사촌누나의 남편이 된 사람이다.

단포가 사촌누나에게 물었다.

"외삼촌은 어째서 최고의 사냥꾼인 커주환(克珠環)보다 사냥을 더 좋아하지?"

누나가 말했다.

"외할아버지가 양 치는 일을 외삼촌에게 넘기려고 하지 않으셔서 그래."

그 무렵 외할아버지의 머리에 흰머리가 나기 시작했다. 외삼촌은 농사일을 배워 농사를 지으면서 시간만 나면 산으로 사냥하러 갔다. 사촌누나가 단포에게 말했다.

"그 여자가 변심해서 다른 남자를 따라 도망가버렸대. 너 여자가 변심했다는 말이 무슨 뜻인지 아니?"

단포는 잠시 생각에 잠겼다가 대답했다.

"그건 누나가 처음에는 나랑 풀 베러 다니다가 나중에는 다른 남자랑 풀 베러 다니는 거랑 같은 거지."

"피!"

누나는 그를 가볍게 나무랐다.

"너처럼 쥐그만 녀석도 남자 축에 끼니?"

그해 여름 사촌누나는 이미 열두 살을 넘기고 있었다.

단포가 말을 받았다.

"그래도 난 누나한테 장가갈 테야!"

사촌누나는 단포의 머리를 잡고 세게 흔들더니, 허리에 줄을 묶고 낫을 챙겨 들고는 산으로 풀 베러 갔다. 어느새 여름이 찾아왔고 바람에 누운 푸른 풀들이 은빛 파도가 되어 저 멀리까지 출렁였다. 풀들이 용솟음치면서 어린 소년의 걱정거리와 달콤한 슬픔을 때렸다.

평소에 그들이 풀을 베던 곳에서 나병을 앓았던 여인이 풀을 베고 있었다.

이 세상에 정말로 귀신이 있다면 이 여인이야말로 단포의 마음 속에 있는 귀신이었다. 그녀는 마을 사람들의 삶 바깥에 있었지만 보일 듯 말 듯 존재하고 있었던 것만은 분명했다. 사실 그녀는 죽은 사람과 다를 바 없었다. 그녀 역시 전에는 마을의 한 구성원이었으나 정부에서 운영하는 나병 병원으로 보내진 뒤로는 죽은 사람처럼 여겨졌던 것이다. 하지만 이 여인은 무척이나 아름다웠다.

단포가 물었다.

"저 여자도 풀을 베나?"

사촌누나가 말을 받았다.

"얘는? 저 여자한테 젖소가 있잖니?"

단포는 뭔가 더 말을 하고 싶었다. 그러나 사촌누나가 손가락을 입에다 대며 "쉿" 하고 말을 막았다. 둘은 그녀가 풀 베는 모습을 가만히 바라보았다.

낫을 휘두르는 그녀의 자태는 나긋하고 아름다웠다. 넓은 풀밭이 그녀의 발 아래에 엎드려 있었다. 여인이 풀 베는 곳은 작은 길 가였다. 이 길은 외삼촌이 산에 사냥하러 갈 때마다 지나다니는 길이었다. 외삼촌은 산을 오르면서 아무것도 못 본 척했다. 여인은 사냥꾼의 뒷모습을 지켜보다가 사냥꾼의 모습이 사라지자 낫을 들고 산 아래로 내려갔다.

단포가 물었다.

"저 여자는 왜 베어놓은 풀을 안 가져가는 거야? 그러면서 풀은 왜 베는 거야?"

사촌누나가 말했다.

"저 여자는 남자의 마음을 훔치고 싶은 거야."

나중에 단포는 이 말을 엄마에게 전했다. 엄마가 말했다.

"네 사촌누나는 능력이 있어서 세상물정을 잘 안단다. 난 그 아이가 좋아."

그러면서 한마디 더 덧붙였다.

"나에게 그런 복이 찾아올는지 모르겠구나."

방앗간에서 밤을 지샐 때 단포는 이 말을 외삼촌과 사촌누나에게 전했다. 외삼촌은 차사발을 든 채 크게 웃었다. 그때 외삼촌은 이미 나병 여인과 교제하고 있었다. 사람들이 그 여인을 가까이 하지 말라고 말렸지만 외삼촌은 얼굴에 난 흉터를 가늘게 떨며 말했다.

"공산당이 우리 같은 사람도 바꿔놓았는데, 설마 병 하나 못 고쳐놓았겠어?"

이 말은 한동안 공작조(工作組)가 수집한 새로운 격언이 되어 반봉건의 성과를 설명하는 각종 서류와 보고서, 결산서 등에 자주 인용되곤 했다. 외삼촌은 자신이 환속한 뒤 언어에 있어서 이런 대단한 업적을 세웠다는 사실을 알지 못했다. 하지만 자신에게 식량과 여인이 필요하다는 것은 잘 알고 있었다. 외삼촌은 보리 두 자루를 당나귀 등에 싣고, 다른 자루에는 쇠끌과 나무망치, 육포와 술을 담았다. 그리고 침대용 소털담요 두 장을 단포의 몸에 묶으면서 말했다.

"어이 친구, 가자."

단포가 말했다.

"사촌누나를 불러올게요."

걸어오면서 사촌누나가 외삼촌을 향해 혀를 쑥 내밀었다. 외삼촌이 당나귀의 엉덩이를 세게 때리며 말했다.

"가자, 친구."

길 위에서 사촌누나는 쉬지 않고 종알거렸다.

"외삼촌, 외할아버지는 어째서 외삼촌에게 양 치는 일을 넘기시지 않는 거죠? 외삼촌, 사냥하러 가는 길목에 풀이 베어져 있는 거 봤어요?"

외삼촌이 말했다.

"아가씨, 입을 그만 좀 놀려요."

사촌누나는 또다시 혀를 내밀었다.

방앗간이 위치한 지역은 무척이나 아름다웠다. 깨끗한 물이 여름의 녹음과 햇빛을 전부 이곳으로 끌고 온 것 같았다. 수문이 있는 곳에서는 맑은 물이 사방으로 튀었다. 사촌누나는 대나무 빗자루로 방앗간을 쓸었고, 외삼촌은 끈 한쪽을 허리에 묶고 다른 한쪽을 맷돌에 묶은 다음 맷돌을 선반 아래로 내려 햇빛이 비치는 쪽으로 옮겼다. 나무망치로 쇠끌을 두드리는 소리가 산속으로 울려퍼졌다. 외삼촌은 반나절을 일해서야 간신히 맷돌에 새로운 이를 낼 수 있었다. 단포는 당나귀를 큰 나무 밑 그늘에 묶어두었다. 사촌누나는 단포를 데리고 숲으로 들어가 땔감을 주웠다. 여름에는 바짝 마른 땔감이 많지 않은 데다 계곡을 따라 이어진 초지(草地)에 잘 익는 딸기들이 많아 둘은 숲속에서 오랜 시간을 보냈다.

나병 여인도 방앗간을 찾아왔다. 그녀는 바닥에 앉아 손으로 계속 물레를 돌리며 털실을 자았고, 외삼촌은 여전히 맷돌에 새로운 이를 냈다. 두 사람 사이에는 넓은 초지가 덩그러니 가로놓여 있었고, 초지 위에는 작디작은 딸기꽃이 여기저기 피어 있었다. 나병 여인은 두 아이를 바라보며 살포시 웃음을 머금었다. 단포와 사촌누나도 이 여인을 자세히 볼 수 있었다. 이 여인은 정말 아름다웠고 사람들이 말하는 것처럼 눈썹이 없거나 손가락이 없지도 않았다. 사촌누나는 여인을 향해 억지로 웃음을 지어 보였다. 그러고는 단포를 발로 차면서 자기처럼 웃는 얼굴을 해 보이라고 했다. 땔감을 내려놓으며 사촌누나가 물었다.

"내가 웃는 모습 아주 흉했지?"

"누나는 원래 웃는 얼굴이 예뻐."

사촌누나는 짐짓 놀라는 척하며 소리쳤다.

"세상에, 내가 어떻게 그 여자를 보고 미소를 지을 수가 있담?
그 여자가 바로 그 여자인데 말이야."

"이미 다 웃어놓고 뭘 그래."

"너도 웃었잖아! 망했다, 그 여자를 보고 웃으면 안되는데."

두 아이는 굳은 얼굴로 외삼촌 옆에 가서 앉았다. 외삼촌 역시
부자연스러워 보였다. 처음에는 다들 그 여자를 쳐다보지 않으려
했지만, 사촌누나는 자신도 모르게 그 여자를 쳐다보고 말았다. 여
인이 아름다운 미소를 짓자 단포와 사촌누나는 또다시 웃기 시작
했다. 이번에는 자연스런 웃음이었다. 해가 산 아래로 떨어지자 여
인은 돌아가버렸다. 여인의 모습이 나무 사이로 사라지면서 노랫
소리가 들려왔다.

단포는 사촌누나가 자신을 향해 곁눈질하는 것을 보고 외삼촌
에게 물었다.

"노랫소리 참 듣기 좋죠?"

외삼촌은 단포를 곁눈질하며 말했다.

"난 죽은 여인의 말소리는 들어보았지만, 노랫소리는 들어보지
못했단다."

외삼촌은 낑낑대며 맷돌을 방앗간 안으로 들고 들어가서 아랫
돌 위에 잘 올려놓은 다음, 소가죽 자루에 들어 있던 보리를 움켜
쥐며 큰 소리로 외쳤다.

"수문을 열어라!"

단포가 밖으로 나가 지렛대를 누르자 수문이 열리며 물이 나무 바퀴 사이로 콸콸 쏟아져 내렸다. 물이 쏟아지자 단포는 방앗간 안으로 들어가 아랫돌이 움직이는 광경을 바라보았다. 곡식 자루는 맷돌 위에 꽂힌 나무굴대 옆에 있어서 진동이 느껴졌다. 보리 한 알 한 알이 소가죽 자루에서 맷돌의 중심부로 빨려 들어갔다. 맷돌에서 보릿가루가 흘러나오는 것을 기다리고 있자니 어느새 날이 저물었다.

사촌누나가 밖에다 불을 지피자고 졸랐다. 밥도 밖에 있는 풀밭 위에서 먹자고 우겼다. 누나가 말했다.

"그러지 않을 거면 방앗간에 온 게 무슨 의미가 있겠니?"

외삼촌이 밖에다 불을 지폈다.

식사를 마친 사촌누나는 그곳에 그대로 누워 잠을 청했다. 외삼촌이 방앗간 안에 있는 건초더미를 들고 나와 바닥에 깐 뒤 두 아이를 그곳에 누인 다음 소털담요를 가져와 덮어주고는 정작 자신은 방앗간으로 들어가서 잤다.

사촌누나가 심술궂은 목소리로 말했다.

"장화 벗어."

맨발이 서로 부딪치자 사촌누나가 낄낄거리며 웃었다.

이제 그들 주위에는 온통 칠흑 같은 어둠뿐이었다. 하늘에는 밝게 빛나는 별들 뒤로 더 작은 별들이 촘촘히 박혀 있었다. 콸콸 흐르는 물소리를 따라 별들이 맴돌며 천천히 흐르고 있는 것 같았다……

단포가 잠든 지 얼마 되지 않아 사촌누나가 그를 깨웠다.

"저기 좀 봐."

정신은 몽롱했지만 몸집이 커다란 사람 하나가 방앗간을 나와 자신들이 누워 있는 건초더미를 소리 없이 지나 달빛이 비추는 작은 길로 걸어가는 것이 보였다. 외삼촌은 그 여인이 갔던 길로 걸어갔다. 누나가 단포를 발로 차면서 말했다.

"외삼촌은 덮지 않을 테니까 외삼촌 담요도 가져와."

담요 한 장을 더 덮자 금세 따뜻해졌다. 누나가 낄낄대며 말했다.

"옷을 벗고 자. 그렇다고 홀랑 다 벗지는 말고."

단포가 말했다.

"나는 외삼촌이 뭐 하러 가는지 다 알아. 외삼촌은 그 여자를 찾아간 거야."

사촌누나가 꾸짖었다.

"엉큼한 놈! 엄마한테 이를 거야."

사촌누나가 어른스러운 말투로 한마디 덧붙였다.

"외삼촌이 곧 결혼하겠네."

단포는 속으로 생각했다.

'사람들은 왜 결혼하고 싶어하는 걸까? 외삼촌은 결혼 때문에 얼굴에 칼자국이 생겼고, 그로 인해 밤에도 깊은 잠을 이루지 못하는데 말이야.'

이런 생각을 하며 단포가 중얼거렸다.

"나는 결혼 같은 거 하지 말아야지."

사촌누나가 말했다.

"네가 감히!"

사촌누나가 갑작스레 단포의 얼굴에 입을 맞췄다. 그러더니 자신도 약간 놀랐는지 둘러댔다.

"네가 나랑 결혼한다고 했었잖아."

"내가 누나랑 결혼하길 바라는 사람은 우리 엄마야."

이듬해 여름 외삼촌과 그 여인은 아기를 낳았다. 그와 동시에 인민공사(1958년에 설립된 중국 농촌의 생활 및 행정의 기초 단위)에서는 그 여인의 병이 완쾌된 것을 인정하여 그녀를 인민공사의 일원으로 받아주었다. 인민공사는 이 일을 공식화하기 위해 서기와 위생소 소장을 마을에 보내 군중대회를 열게 했다.

단포는 사촌누나가 외삼촌의 아기를 안고 아기의 발그레한 볼에 입 맞추는 것을 보았다. 단포와 눈이 마주치자 사촌누나는 눈길을 돌려버렸다. 사촌누나는 키가 훌쩍 컸고, 어느새 가슴도 봉긋해져 있었다. 사촌누나와 같은 공간에 있는 것이 불편하게 느껴져 단포는 대회장을 빠져나와 외할아버지와 함께 양을 치러 갔다.

그해 사촌누나는 열세 살을 넘어 열네 살에 가까워지고 있었다. 단포는 사촌누나보다 한 살 어린 열두 살이었다.

얼마 후 사촌누나는 학교를 그만두었다. 성숙한 여인이 된 것이다.

어떤 사냥

우리 세 사람은 사냥 동료이다. 사회적 지위나 성격이 제각각인 남자들이 장기를 두거나 카드놀이를 하는 일로 함께 어울릴 수 있는 것처럼 우리 세 사람도 우연히 함께 어울렸고, 함께 어울렸다 하면 항상 뭔가 수확이 있다는 사실을 발견했다. 그리하여 우리는 장기간 명콤비가 되었다.

군부대 정찰참모인 인바(銀巴),

나,

농목국(農牧局) 운전기사인 친커밍(秦克明).

우리가 사냥하러 가는 곳은 행정상으로는 쓰촨(四川)에 속하지만 지리적으로는 티베트에 속했다. 우리 셋 가운데 그 누구도 미국이나 중국의 서부활극에 나오는 전형적인 남자배우의 이미지는 아니었다. 혹시 군부대 정찰참모인 인바를 분장시키면 그런대로 그 표준에 맞을는지 모르겠다. 그는 싸움도 해봤고 살인도 해봤다. 장족(藏族)인 그는 억지로 시켜서 그렇게 했을 따름이다. 친커밍은 잠이 부족한지 항상 푸르뎅뎅한 얼굴색을 하고 있었고 마누라를 무서워했다. 나 자신으로 말할 것 같으면 위아래로 청재킷에 청바지를 입고 있긴 하지만 아주 예민한 성격에 보통 체격이고, 문화공작단의 두 민요 가수에게 남의 것을 베낀 민요 가사를 전문적으로 써주고 있다.

한마디로 말해서 우리는 마얼캉(馬爾康)이라는 읍에서 모든 중국인의 공통적인 생활준칙에 따라 평범한 생활을 하면서도 오랜 세월에 걸쳐 관습처럼 굳어진 약간 특수한 생활도 병행하고 있는 사람들인 것이다. 사냥감을 쫓을 때면 만사를 잊어버린 채 자유롭고 초탈한 기분을 만끽하게 된다.

주말이 올 때마다 우리 셋은 밖으로 나가지 않고 읍에 그대로 머물면서 전화상으로 "민족단결을 한번 하자"라고 약속한다. 이는 우리가 쓰는 은어(隱語)다. 수천년 동안 사냥꾼들은 자신들만의 특수한 은어를 사용해왔다. 우리는 우리가 사용하는 은어에 담긴 신비하고 전문적인 분위기를 좋아했다. 야생동물보호법이 생겨나면서 우리가 잡고 싶어하는 동물들은 모두 보호동물로 지정되어버렸다. 고라니나 흑곰, 영양, 노루, 꿩, 목도리꿩 등은 개체수도 적고 민첩하게 움직이거나 하늘을 날아다니는 동물들이다. 우리는 사냥 도중에 저절로 잡히는 경우를 제외하고는 작은 동물을 억지로 잡지는 않는다.

"민족단결"이라는 말을 사냥 은어로 사용하게 된 것은 우리들 각자의 혈통과도 관계가 있다. 친커밍은 한족(漢族)이고 인바는 장족이며, 나는 친밀해진 두 민족이 단결한 결과물이었다.

우리는 여느 때와 마찬가지로 토요일 오후가 되자, 농목국에서 차를 일제 승용차로 바꾸면서 폐기명령이 내려진 성능 좋은 베이징213을 타고 몇십 킬로미터 떨어진 장족 거주지의 숲으로 갔다. 총과 먹을 것, 그리고 커다란 자루를 등에 짊어지고 우리는 사냥꾼들이 다니는 작은 오솔길을 따라 깊은 산속으로 들어갔다. 사방은 아주 고요했다. 높은 산에는 꽃이 거의 피어 있지 않았다. 대기를 가득 메운 신선한 공기는 대부분 땅 위에 난 이끼류와 가문비나무의 빽빽한 침엽에서 나오는 향기였다. 이날은 모든 것이 잘 풀려가는 것 같았다. 발밑의 오솔길에는 이끼가 푹신하니 잔뜩 깔려 있었는데, 이는 사냥꾼들이 많이 지나다니던 이 오솔길이 이삼년 동안 한적했다는 증거이다. 그곳을 지난 다음에는 숲도 울창하지 않았고, 땅 위에 까맣고 동글동글한 신선한 노루 똥만 눈에 띄었다. 농담을 즐겨 하지 않는 친커밍이 나를 가리키며 농담조로 말했다.

"자네, 냄새 좀 맡아봐. 수놈일까, 암놈일까?"

내가 말했다.

"암놈이라 해도 자네에겐 그런 전화를 하지 않을 거야."

그의 얼굴이 어두워졌다. 나는 그의 표정을 보면서 이런 농담을 그에게 해서는 안된다는 걸 알았다.

잠시 침묵이 흐르는 가운데 드디어 오두막에 다다랐다. 이곳은 한때 많은 사냥꾼들이 밤을 지새우던 곳으로 간간이 수리가 되어진 오두막이다. 오두막의 기둥은 단단한 자작나무로 되어 있고 지붕은 두툼한 이끼와 촘촘한 삼나무 껍질로 이어져 있었다. 어둡고 눅눅한 밀림에서 나와 햇빛에 빛나는 오두막이 보이자 우리는 잠시 다리를 쉬어가기로 했다. 우리는 짐승 가죽으로 만들어진 낡은 장막이 사방에서 불어오는 미풍에 나부끼는 모습을 바라보았다.

친커밍이 급히 침을 삼키다 사례가 드는 바람에 심하게 기침을 해댔다. 노루 한 마리가 오두막에서 뛰쳐나와 인바가 총을 겨눌 새도 없이 산비탈로 뛰어 내려갔다.

인바가 말했다.

"사례 들렸다는 건 고기가 먹고 싶다는 뜻이야."

사냥꾼들에게는 대대로 전해져 내려오는 금기와 징조 같은 것이 있다. 사례 들리는 것은 사냥꾼들에겐 사냥감을 잡을 수 있는 징조 가운데 하나였다. 인바는 금기와 징조를 유난히 맹신했다. 그는 자신이 베트남전에서 적을 죽이고 공을 세울 수 있었던 것도 이런 금기를 믿은 결과라고 생각한다.

우리가 오두막 안에서 불을 피우고 있을 때, 아까 본 노루가 건너편 산마루에 다시 나타났다. 친커밍이 총을 조준하자 인바가 그의 손을 잡으며 말렸다.

"내일 잡자. 거리가 너무 멀어."

"좋아, 내일 잡지 뭐."

친커밍의 말투에는 어쩔 수 없다는 체념이 묻어 있었다. 그는 총과 나란히 마른땅 위에 드러누워버렸다. 노루는 여전히 바위 위에 서서 우리를 내려다보고 있었다. 나뭇잎 쓸리는 소리가 나는 걸 보니 다른 노루 한 마리가 부근에서 서성이고 있는 것 같았다. 보아하니 우리는 노루의 보금자리 안으로 들어온 것 같았다. 아주 드문 일이지만 가끔씩 겁 없은 노루들이 사냥꾼의 오두막에서 지내는 경우가 있다. 우리가 누워 있는 곳에서 노린내가 나는 것도 그런 사정과 무관치 않음을 말해주고 있었다.

"인바! 이게 무슨 징조지?"

"조상들도 이런 경우를 만난 적은 없었어."

이 희귀한 일이 길조인지 흉조인지를 놓고 토론하는 동안 밤이 깊어갔다.

내가 채취해온 목이버섯을 돼지고기 통조림과 섞어 끓였다. 빛이 비치는 주위로 향내가 감돌면서 오두막에 배어 있던 야생동물의 노린내를 제압해버렸다.

그때만 해도 우리는 오두막 안에 노루가 있다는 사실을 전혀 알지 못했다. 태어난 지 얼마 되지 않은 새끼 노루가 오두막 깊은 곳의 마른 소나무 가지 더미 아래에 엎드려 있었다. 그런 까닭에 어미 노루가 오두막 곁을 떠나지 못하고 배회하고 있었던 것이다. 어미 노루는 오두막 주변에서 계속 울어댔다.

인바가 말했다.

"나오려면 어서 나와."

과연 노루가 나무 뒤에서 머리를 내밀었다. 노루의 두 눈은 초롱초롱했다. 나는 소구경 보병총을 들고 보석같이 반짝이는 노루의 두 눈 사이를 조준했다. 이마의 중앙이 급소다. 방아쇠를 당기자 찰칵 하는 소리가 나면서 총알을 장전하지 않았다는 사실을 깨달았다. 총에 탄알을 장전하고 다시 쏘려 하자 노루가 훌쩍 뛰어 달아나 버렸다. 어둠속에서 나뭇가지 흔들리는 소리만 들려왔다.

"이제 보니 노루의 감각이 자네보다 낫군."

친커밍이 나 같은 업종에 있는 사람들이 즐겨 사용하는 말로 나를 놀려댔다.

인바는 총에 탄알만 장전되어 있었더라면 충분히 맞출 수 있는 사정거리였다면서 노루는 조준당한 부위가 개미에게 물린 것처럼 간지러울 것이라고 했다. 빈총 때문에 그럴 리야 없겠지만 나는 나도 모르게 손을 올려 양미간을 문질렀다. 친커밍의 반응은 달랐다.

"참 이상한 일이네."

요 며칠 동안 친커밍은 정신이 좀 흐릿했다.

"자네 컨디션이 안 좋으니 내일 돌아갈 때는 인바더러 저 차를 운전하라고 해. 자네가 왔다고 해서 자네한테 우리를 다 책임지라고 할 수는 없지."

"이 차야. 저 차가 아니고."

그가 나를 쳐다보며 말했다.

저 차는 일제 도요타 지프차를 가리키는 말이었다. 우리에게 혹사당하긴 했으나 아직 70퍼센트가 멀쩡한 이 베이징 지프차는 새로 생긴 저 차 덕분에 폐기처분 명령을 받았다.

지난주 그가 직장 건물 앞에서 세차를 하던 때였다. 갑자기 차에 달린 라디오 채널이 저절로 바뀌는 일이 생겼다. 라디오에서 사무실 주임의 목소리가 흘러나왔다. 주임이 부속기관에 전화를 걸어 국장님이 업무를 검열하러 간다고 알려주는 내용이었다.

국장이 차에 오를 때 친커밍이 물었다.

"축산과학연구소에 회의가 있으십니까?"

국장이 친커밍을 노려보며 짧게 한마디 했다.

"운전이나 하게."

두 시간 후 국장이 다시 말했다.

"앞으로 업무 이외의 일은 묻지 말게."

친커밍은 국장이 축산과학연구소 회의를 자신이 어떻게 알게 되었는지 추궁할까 봐 두려웠지만 다행히 그냥 넘어갔다. 그러고 보니 차에서 내릴 때마다 국장은 서류가방에만 신경을 썼다. 도로를 따라 놓인 전화선을 보면서, 친커밍은 그 속에 더 많은 비밀이 있을 거라고 생각했다. 길 위에서 친커밍은 기회를 엿보아 세 번 정도 도청을 했다. 첫번째 도청 내용은 숫자들의 조합이었고 두번째는 국장의 전화회의로서 주로 사회치안에 관한 내용이었다. 세번째 도청은 누군가의 사망소식을 상대방에게 알리는 내용이었다.

나중에는 아무것도 들을 수 없게 되었다. 그는 그렇게 된 것이

기뻤다. 누구나 은밀하고 불길한 내용을 그렇게 많이 알고 싶어하지는 않는 법이다. 어쨌든 세상의 사물이나 생활, 그리고 사람들은 모두 겉으로는 깔끔하고 단정하다는 느낌을 주었다. 하지만 도청을 못하게 된 데 대해 전혀 유감이 없었던 것은 아니었다. 정말로 아무 유감이 없었다면 다시 들으려고 하지 않았을 것이다. 그는 장거리 전화를 도청했던 직장 건물 앞에서 라디오 채널을 조정하여 다시 한번 도청을 시도했다.

이번에는 남녀가 전화로 연애하는 내용이었다. 두 남녀가 순전히 말로써만 갖가지 화려한 기교의 성행위를 벌이는 내용이었다.

"그 여자일 거라고는 꿈에도 생각 못했어."

"누구 말이야?"

"그 바이(白) 비서 말이야. 평소에 시를 쓴다고 했잖아? 그 여자가 남자랑 춤을 추면서 그런 짓을 하다니."

"어쩐지 마누라가 그렇게 춤을 좋아한다고 자네가 투덜거리더라니."

"됐네. 잠이나 자자고."

나는 그물침대에 누웠고, 친커밍은 노루가 숨어 있는 소나무 가지 위에 외투를 둘둘 말아 올려놓고 몸을 기댔다. 인바는 침낭 속으로 들어갔다. 나는 한동안 오두막을 둘러싸고 있는 숲을 바라보았다. 나뭇잎에 반사되는 별빛으로 숲의 윤곽을 알아볼 수 있었고 휘황찬란한 별빛도 볼 수 있었다.

한숨 자고 깨어나 보니 하늘의 별들은 모두 사라지고 나뭇잎 위로 떨어지는 빗소리만 들렸다. 얼떨떨한 가운데 바라보니 안개가 계곡 저 아래서부터 스멀스멀 피어올라 우리가 있는 곳으로 밀려오는 것 같았다. 모든 일이 꿈속에서 일어나고 있는 것처럼 느껴졌고 나를 둘러싸고 있는 환경과 시간이 모두 비현실적으로 느껴졌다.

탕 하는 총소리가 들렸다. 비몽사몽 중이던 나는 총소리에 잠이 확 달아나버리고 말았다. 갑작스레 공허해지면서 가슴이 저리듯 아파왔다.

"사향노루다!"

인바가 총을 치켜들며 몹시 흥분했다.

"입 밖으로 길게 나온 송곳니를 봤어. 자네들 못 믿겠어?"

"그래, 수노루는 송곳니를 가지고 있지. 그리고 수노루 배꼽에는 황금보다 더 비싼 사향이 들어 있어. 누가 못 믿는다고 그래?"

인바가 다시 말했다.

"자네가 못 믿는 것 같아서 그래."

전쟁 때 피 흘리며 죽어가는 사람들을 수없이 봤다는 인바가 이만한 일로 흥분하는 이유를 도무지 이해할 수가 없었다. 작은 일에도 민감하게 반응하곤 하던 친커밍은 오히려 조용했다.

친커밍이 말했다.

"내가 꿈을 꿨는데 말이야, 희고 동글동글한 것들이 여기저기에서 쑥쑥 자라고 있었어."

"그게 뭔데? 희고 동그랗다고?"

"버섯인가 봐. 확실히 보지 못한 채 놀라서 깼어."

내가 물었다.

"이건 또 무슨 징조지?"

"개꿈이야!"

인바가 매섭게 나를 쳐다보며 다시 말했다.

"자네 마누라나 그런 개꿈을 믿겠지."

"내 마누라가 믿는 걸 자네도 믿잖아. 둘이 같은 장족이면서."

나와 인바는 친커밍의 꿈이 불길한 징조라는 걸 알고 있었다. 나는 총신을 세워 차가운 부위에 뺨을 갖다대었다. 마모되어 거칠어진 총 개머리판에 뺨을 대고 있으면 마음이 편안해져 안정을 되찾을 수 있기 때문이었다.

인바와 친커밍은 불을 다시 피운 뒤 술을 마시기 시작했다.

내가 누워 있는 그물침대가 좌우로 가볍게 흔들렸다. 그들에겐 근심거리가 있었다. 그렇다고 내가 그들 마음속을 들여다볼 수 있을까? 우리는 사냥할 때만 잠깐 만나는 사이일 뿐이다. 앞으로도 지속적인 관계를 유지해갈 수 있을까? 알 수 없는 노릇이다. 언제쯤 해가 떠오를지 몰랐다. 우리는 노련한 사냥꾼이 되기 위해 손목시계마저도 집에 두고 왔던 것이다. 과거의 사냥꾼들처럼 맑은 날엔 별과 태양에 의지하고 흐린 날엔 새의 울음소리로 시간을 가늠해야 했다. 하지만 지금은 새들도 모두 잠들어 있다. 우리 세 사람은 모두 뛰어난 사격솜씨를 자랑했고, 노련한 사냥꾼으로서 동물의 흔적을 분별하는 법 정도는 다 알고 있었다.

마침내 들꿩이 울기 시작했다. 새가 울기 시작하면 반 시간 이내에 날이 밝아온다. 여전히 비가 내리고 있었지만 이제 막 내리기 시작한 것처럼 흥겹고 상쾌했다. 나는 그물침대 밑으로 내려오면서 물었다.

"자네들 안 자고 있었어?"

인바가 입을 실룩거리며 말했다.

"친커밍은 잤어."

친커밍이 눈을 비비며 말을 받았다.

"나 또 꿈꿨어. 마누라가 문화궁에서 다른 남자와 춤을 추는 꿈이었어."

"라디오를 바꿔야겠군."

"안 들으면 되지."

"안 듣고는 못 배기겠는걸."

새소리는 잦아졌지만 비는 여전히 내렸다. 새벽빛이 비구름 뒤로 쏟아지고 있었다. 날씨가 좋을 때면 짐승들이 활동할 시간이지만 지금처럼 비가 내리면 짐승들도 휴식을 취한다. 비가 그치기를 기다리다 보면 내일이 될 터인데 우리는 출근해야 한다. 무작정 기다릴 수만은 없는 노릇이었다.

빗물이 하늘빛을 받아 빛나면서 빗물에 젖은 나뭇잎도 빛났다. 부드럽고 순수하고 깨끗한 빛과 함께 한 줄기 향기가 피어오르니 신선의 세계에 들어와 있는 것만 같았다. 우리가 묵고 있는 오두막 옆 진흙땅에서 하룻밤 사이에 버섯이 자라났다! 향기는 바로 이 버섯에서 피어오르고 있었다! 우리는 버섯요리로 아침식사를 하기로 했다. 버섯갓에 소금을 약간 뿌린 다음 불에 구워 먹었다.

인바가 말했다.

"자네가 이곳의 버섯을 다 따먹을 수 있을지 우리 내기할까?"

과연 솔잎으로 뒤덮인 주변 땅이 서서히 부풀어 오르더니 반 시간도 채 지나지 않았는데 버섯들이 흙을 뚫고 나왔다.

"어젯밤에 본 사향노루를 걸지."

이렇게 말하고 인바는 총을 들고 숲으로 들어갔다. 그가 입고 있는 군복이 차츰 빗물에 젖어든다. 그는 서서히 숲속으로 사라져갔다. 나는 버섯을 따먹으면서 우리가 헤어지게 될 날을 생각했다. 우리가 헤어지고 난 먼 훗날 나는 그의 얼굴은 잊겠지만 빗물에 젖은 그의 뒷모습만은 영원토록 기억하리라.

"먹지 마, 먹지 말라고."

친커밍은 기세 좋게 쑥쑥 자라고 있는 동그랗고 하얀 버섯들을 노려보며 말했다.

"내가 꿈속에서 본 것이 바로 이거야."

그는 여전히 겁에 질린 표정이었다.

"꿈속에 본 것과 정말 똑같아."

갑자기 등 뒤에서 양 울음소리 같은 게 들렸다.

울음소리는 몹시 구슬프고 처량했지만 한두 번 울고는 뚝 그쳤다. 우리가 버섯을 먹지 않자 버섯은 엄청난 크기로 쑥쑥 자랐다. 양 울음소리가 빗속을 뚫고 점점 더 가까이에서 들려오기 시작했다. 자세히 보니 비에 흠뻑 젖은 어미 노루였다. 수유기인지 어미 노루의 젖가슴이 크게 부풀어올라 있었고 젖까지 흘러내리고 있었다. 아마도 오랫동안 새끼에게 젖을 물리지 못한 모양이었다.

어미 노루의 울음소리는 초조하면서도 구슬펐다. 그러나 이리의 눈빛처럼 눈에서 빛이 뿜어져 나왔다. 이때 오두막 깊은 곳 마른 소나무 가지 아래서 새끼 노루의 울음소리가 들려왔다. 새끼 노루가 어젯밤 우리와 같이 지냈는데도 우린 그 사실을 전혀 알아채지 못하고 있었다. 우리가 소나무 가지를 덮치자 비명소리가 들렸다. 우리는 부들부들 떨고 있는 새끼 노루를 안아올린 뒤 다시 바닥에 내려놓았다. 그러나 새끼 노루는 제대로 서지 못했다. 자세히 살펴보니 다리가 부러져 있었다. 우리가 덮칠 때 눌려서 그리 된 것 같았다. 내가 버섯을 하나 따서 입에 갖다대자 새끼 노루가 오물오물 씹기 시작했다. 어미 노루가 이리저리 뛰어다니며 구슬피 울어대는 바람에 우리는 몹시 심란했다. 친커밍의 얼굴에 깊은 주름이 생겼고 눈에서 금방이라도 눈물이 떨어질 것 같았다. 그가 커다란 사냥총을 들고 노루의 다리를 향해 쏘았다. 흙이 튀어오르면서 노루는 배가 뒤집힌 채 산비탈 아래로 굴렀다.

"노루를 죽이진 않았어."

나는 얼른 고개를 끄덕였다. 우리는 반듯한 나무를 구해다 새끼 노루의 부러진 다리에 부목을 대고 낡은 천으로 잘 묶어주었다. 낡은 천은 내 내복의 양쪽 소매를 잘라낸 것이다. 바로 그때 비가 그쳤다.

멀지 않은 곳에서 총소리가 크게 울렸다. 인바에겐 좋지 않은 습관이 있었는데, 먼저 동물들을 놀라게 한 다음 그들이 빠른 속도로 도망치면 그때 멋진 자세로 계속 사격하는 것이었다. 그러다 보면 그 총에 맞는 동물이 있기 마련이다. 달리는 도중에 총을 맞은 동물은 그 자리에서 거꾸러지지 않고 더욱 맹렬히 달려가다가 어느 순간 멋진 포물선을 그리면서 땅에 쓰러진다. 인바는 자신의 습관에 대해 말하길 그것은 사격술을 자랑하려는 의도에서가 아니며 자신은 다만 동물을 그런 방식으로 잡는 것을 좋아할 뿐이라고 했다. 가만히 서 있는 동물을 잡으면 총 맞은 동물이 마지막 순간까지 살려고 발버둥치는 모습을 보게 되는데, 그 순간 죄책감을 느끼지 않을 수 없다는 것이다.

　마지막 총소리가 산속에서 울리더니 메아리마저 사라졌다.

　"인바가 명중시킨 모양이군."

　한 줄기 햇살이 구름 사이로 우리를 비추며 주변의 경치도 비춰주었다.

　인바가 돌아왔다.

　그는 한 이리가 어젯밤에 우리가 본 사향노루를 잡아먹고 있기에 그 이리를 쏴 죽였다고 했다. 그러고는 사향을 꺼내 우리 앞에 내밀며 말했다.

　"한 사람당 이삼백 위안씩 내야 돼."

　인바는 우리가 놀랄 거라고 생각했다가 부드럽게 데운 과자를 새끼 노루에게 먹이는 우리의 행동을 놀란 눈으로 지켜보아야 했다.

잠시 멍청히 서 있던 인바가 내 손에 있던 컵을 빼앗아 세심한 손길로 새끼 노루에게 물을 먹인다.

다 먹인 다음에 그는 부드러운 풀을 새끼 노루의 입에 갖다주면서 말했다.

"내가 네 아빠의 원수를 갚았단다."

새끼 노루는 새끼 양처럼 울었다. 정말 새끼 양하고 똑같은 울음소리였다.

나는 나도 모르게 울음소리를 따라 했다.

음메~

음메~

두 친구가 말했다.

"가사를 쓰는 사람은 역시 다르군 그래. 야생동물 우는 소리를 저렇게 멋지게 흉내내다니 말이야."

그런데 나는 무슨 가사를 지었던가? 모방하거나 각색한 장족의 민요뿐이었다. 우리 예술단에는 록 가수가 한 명 있다. 전에 고등학생이었던 그는 노동개조소(18세에서 25세의 문제 청소년을 수용하는 곳)에서 막 석방된 상태이다. 노동개조 기간 동안 그는 신생 예술단에 참여한 바 있었다고 했다. 지금 나는 전문적으로 그를 위해 록 가요의 가사를 쓰고 있다. 사실 나는 무엇이 민요이고, 무엇이 록인지 확실히 구분하지도 못한다. 그런데 이 순간 갑자기 머릿속에서 가사 한 편이 뚜렷하게 떠올랐다.

나는 양이 아니야, 양이 아니야

비록 푸른 하늘을 향해 외치는 소리는 비슷할지라도.

나에게는 기다란 이빨이 자라날 거야

멋진 모습으로 나는 듯이 뛰어다닐 거야.

나는 한 마리의 수노루

온몸으로 멋진 향기 뿜는다네.

바람이 나를 스쳐가고, 햇빛이 나를 지난다네.

아, 나는 멀고 먼 푸른 산바람 속을 노닌다네.

만일 여기에 작곡가가 멋진 곡을 입힌다면, 이 노래를 마이클 잭
슨이나 마돈나에게 부르게 할 수도 있을 것이다. 나는 나도 모르게
메~ 메~ 하는 울음소리를 냈다. 그러자 새끼 노루가 따라서 울기
시작했다.

"우는 소리 내지 마, 어미 노루가 다시 올라."

친커밍이 말했다. 나와 인바는 크게 웃었다.

"왜 웃어? 어미 노루가 다시 나타나면 내가 어미 노루를 쏘게 될
까 봐 겁난단 말이야."

"지금 농담하는 거야? 우린 지금 사냥하는 중이야."

얘기를 나누는 사이에 어미 노루가 다시 찾아왔다. 새끼는 생포
당하고 남편은 이리의 밥이 되어버린 어미 노루였다. 숲속에서 이
슬 떨어지는 소리가 들리는 가운데 우리 눈앞에 어미 노루가 서 있
었다. 내가 총을 어루만지자 어미 노루가 뛰기 시작했다.

이때 친커밍이 말했다.

"어미 노루에게 이리 오라고 해. 진짜 사냥꾼은 수유중인 동물을 죽이지 않는다는 말도 못 들어봤어?"

인바와 나는 웃으며 그의 말에 따라 총을 내려놓았다.

"자네 정말 이리를 잡은 거야?"

"정말이라니까."

"내가 가서 이리 가죽을 벗겨가지고 올게. 가죽을 집으로 가지고 가야지. 마누라가 류머티즘을 앓고 있는데 그 가죽으로 요를 만들어 주어야겠어."

"이런 계절에는 이리 가죽이 별로 안 좋아. 털이 빠지거든."

친커밍은 새끼 노루의 머리를 한번 쓰다듬고는 밖으로 나갔다. 인바가 입을 벌려 그의 등 뒤에 대고 무슨 말을 하려다가 결국 아무 말도 하지 않았다.

우리는 모닥불을 끄고 짐을 챙겼다. 인바가 내 자루 속에서 병을 하나 꺼내 사향을 담았다. 나무로 병 입구를 잘 틀어막고 라이터로 촛불을 켜서 촛농으로 병 입구를 봉하자 신기하게도 사향 냄새가 전혀 나지 않았다.

우리 둘은 어깨를 나란히 하고 앉아 햇볕을 쬐며 이리 가죽을 벗기러 간 친커밍과 새끼 노루를 데리고 갈 어미 노루를 기다렸다.

'노루야, 우리는 절대 새끼 노루를 죽이지 않는단다. 새끼 노루가 수노루로 잘 자라 배꼽에서 사향 냄새가 나고 값어치가 있는 보배가 되었을 때, 그때 가서 사냥을 할 거란다.'

나는 잔뜩 겁을 먹고 근처 숲속에 숨어 있을 어미 노루를 향해 수백년 동안 전해져 내려오는 사냥꾼의 수칙을 마음속으로 외었다. 그러면서 내가 너무 예민해진 것은 아닐까 하는 생각을 했다.

멀리서 들려오는 비명소리 때문에 나의 생각은 중단되었다. 비명소리는 친커밍이 지른 것이었다. 인바와 나는 재빨리 총을 들고 소리난 방향으로 뛰었다.

소리난 곳으로 가보니 친커밍이 이리와 함께 나자빠져 있었다. 갈라진 이리의 배에서 파르스름한 내장이 드러나 퀴퀴한 냄새가 진동했다. 친커밍의 배에도 선홍빛 핏자국이 나 있었다. 원래 이리라는 동물은 총으로 쏴 맞췄다고 해서 숨이 완전히 끊어지지 않고, 칼로 배를 갈랐다 해도 마지막 힘을 다해 뒷다리를 들어 적을 공격하는 습성이 있다. 공교롭게도 예리한 이리의 발톱이 친커밍의 배를 갈라놓았던 것이다.

마치 종교화에 나오는 사람처럼 하늘의 노여움을 사서 고통스런 벌을 받은 한 사람이 지금 이리와 함께 너부러져 있는 것 같았다. 쓰러진 이리와 친커밍의 모습은 난형난제였다. 친커밍의 배에는 다섯 줄의 이리 발톱자국을 따라 피가 흐르고 있었다. 이리는 죽었지만 살아 있는 그는 달콤한 피비린내 속에서 태양의 애무를 받고 있었다. 쓰러진 그는 하찮은 실수를 자책하는 예민한 어린아이가 되어 있었다.

"창자가 튀어나왔어?"

그가 침착하게 물었다.

가장 깊은 상처에서 창자를 보호하는 지방이 삐죽 흘러나왔다.

"아니."

"하지만 움직여선 안돼."

"그럼 나온 거잖아."

친커밍이 차분히 말한다.

"어젯밤 꿈은 흉몽인 게 분명해. 나는 창자가 흘러나올까 봐 무서워 꼼짝할 수가 없었던 거야. 버섯이 자라는 것을 보고 이제 흉몽에서 벗어났다고 생각했는데, 어떤 꿈은 벗어날 수 없는 모양이야."

정찰부대 참모인 인바 중위는 부대에서 쓰는 구급상자 안에서 붕대를 꺼내 그의 배를 싸매주었다. 나는 이리 가죽을 벗긴 뒤 부상자를 핏자국이 남아 있는 이리 가죽 위에 앉혔다. 나와 인바는 이리 가죽의 네 다리 부분을 꽉 잡은 채 친커밍을 들어올린 다음 야영지로 향했다.

우리는 낮은 지대에서 위쪽을 향해 올라갔다. 잠시 쉬게 되었을 때 인바가 내게 물었다.

"왜 이리의 머리를 잘라내지 않았어?"

"박제하려고."

인바의 손에서 번쩍하고 빛이 나더니 이리의 머리통이 가파른 산비탈 아래로 굴러 떨어졌다. 나는 그의 속뜻을 알 수 있었다. 나는 이리를 박제할 생각이었지만 친커밍은 아내의 류머티즘을 고치기 위해 요를 만들 작정이었던 것이다. 이곳에서는 대대로 많은 영웅들이 탄생했지만 동시대 사람들이나 후대의 사람들에게 자랑하기 위해 무언가를 남긴 경우는 거의 없다.

친커밍이 말했다.

"저기 좀 봐."

우리가 고개를 들자 앞쪽으로 낮은 산이 보였고 그 위로 오두막의 형상과 함께 다친 새끼에게 젖을 먹이고 있는 어미 노루가 보였다. 그 광경은 보는 사람의 마음을 뭉클하고 훈훈하게 했다.

인바가 말했다.

"우리의 부상병도 집에 가면 젖을 먹을 수 있지."

친커밍이 입술을 일그러뜨리며 웃었다.

우리가 가까이 다가가자 어미 노루는 새끼 노루를 데리고 천천히 물러나더니 우리로부터 이삼 미터 떨어진 곳에 멈춰섰다.

어미 노루는 우리가 이리 가죽 양쪽을 긴 나무막대에 묶고 그 위에 그물침대를 깔아서 임시 들것을 만드는 장면을 바라보고 서 있었다. 친커밍이 배를 움켜쥐고 조심스럽게 들것 위에 누웠다.

인바가 노루를 향해 손을 흔들며 말했다.

"젠장, 너희도 어서 집으로 돌아가."

우리는 인바가 욕하는 것을 한번도 말려본 적이 없다. 인바는 열네댓 살 때 중국어를 배우기 시작했는데, 그가 가장 먼저 배운 말은 바로 이런 욕이었다. 현재 그의 중국어 어투는 아주 무겁게 들리지만 이런 욕을 할 때만큼은 아주 부드러우면서 발음도 명확했고 음율감까지 살아 있었다. 우린 다른 민족의 언어에 통달했다는 그의 쾌감을 가로막을 수 없었다.

"사실 난 아직 산을 내려가고 싶지 않아."

부상자가 말했다.

"그러다가 상처가 감염될 수 있어."

내가 말했다.

"젠장, 그래 가자."

우리는 들것을 들고 산에서 내려왔다. 뒤를 돌아볼 때마다 시야 가득 들어오는 모습은 석양에 밝게 빛나는 푸른 나무의 신비한 광채뿐이었다.

소년은 자란다

"엄마, 눈이 올 것 같아요."

흙먼지로 뿌연 날씨에 거라(格拉)의 목소리가 은구슬처럼 맑게 울렸다. 거라는 문에 기대 서 있고, 엄마는 그 뒤에서 노래를 부르고 있었다. 창문을 덮고 있는 낡은 양가죽이 바람에 날려 펄럭펄럭 요란한 소리를 냈다.

"엄마, 양가죽과 바람이 엄마 노래에 장단을 맞추고 있어요!"

마을 한가운데의 작은 광장에 모여 있던 여자들이 거라 모자의 대화와 거라 엄마의 노랫소리를 들으면서 입을 모아 한탄했다.

"정말 간도 쓸개도 없고, 얼굴도 체면도 가리지 않는 것들이야! 저런 처지에 어쩌면 저렇게 희희낙락할 수 있을까!"

거라는 사생아였다. 그는 엄마와 둘이 이 마을에서 가장 낮고 좁은 데다 변변한 가재도구조차 없는 휑한 오두막에서 살고 있었다. 중요한 것은 이 집 여주인 쌍단(桑丹)이 어딘가 좀 모자라는 바보라는 사실이었다. 쌍단은 원래 이 마을 사람이 아니었다. 십년 전쯤, 마을의 양치기가 양 우리의 문을 열고 양떼가 우두머리 양을 따라 우리 바깥으로 나가는 모양을 지켜보고 있을 때였다. 양떼는 생산대 소유였기 때문에 양치기는 매일 아침저녁으로 양 우리 앞에서 손으로 울타리 문을 잡은 채 양의 숫자를 헤아려야 했다. 다 합쳐 백서른다섯 마리나 되는 양떼가 서로 밀치며 그의 눈앞에서 지나갔다. 그런데 양떼가 다 나가고 난 자리에 마른풀을 베고 잠든 양 한 마리가 눈에 띄었다. 양치기가 가까이 다가가 꼬리를 잡아당기자 양가죽이 휙 벗겨졌다. 양가죽 아래서 한 여인이 잠자고 있었던 것이다!

그 여인이 바로 지금 간도 쓸개도 없이 노래 부르고 있는 거라 엄마였다.

그 양치기는 불에 덴 듯 깜짝 놀라 염불을 외면서 달아나버렸다. 양치기는 다름 아닌 환속한 라마였다. 라마들은 문화대혁명 때 사원이 해체되자 어쩔 수 없이 환속해야 했다. 그 시절 혁명가들은 라마들이란 기생충으로서 스스로 밥벌이를 할 수 있는 노동자로 개조돼야 한다고 책을 외듯 외쳐댔다. 그래서 라마는 양치기가 된 것이다.

양떼 속에 내력이 분명치 않은 여인이 한 명 있다! 이런 소식은 생동감이라고는 전혀 없이 침체되어 있던 마을을 번개처럼 환히 밝혀주었다. 마을 사람들이 우르르 양 우리로 모여들었다. 여인은 여전히 양가죽 아래서 달콤한 잠을 자고 있었다. 여인의 얼굴은 더러웠다. 아니, 아니다. 사람들에게 정말 혐오감을 주는 그런 더러움이 아니라 경극 배우가 일부러 얼굴에 칠하는 까만 도란과 회색 도란을 묻혀놓은 것 같았다. 그때는 눈 내린 뒤의 이른 새벽이었다. 내력을 알 수 없는 여인이 양 노린내가 나는 마른 풀더미 위에 누워 달콤한 잠에 빠져 있었다. 그녀의 모습은 신비스러울 정도로 평온했다. 그녀 주위를 둘러싼 사람들은 숨 죽인 채 말없이 지켜만 보고 있었다. 얼마 후 여인이 천천히 눈을 떴다. 여인은 자신을 에워싸고 있는 낯선 사람들을 올려다보았다. 자신을 굽어보는 있는 사람들을 말끄러미 바라보는 그녀의 맑고 투명한 눈빛이 점차 흐려졌다. 여인은 얇은 입술을 달싹거리며 뭐라고 중얼거렸다. 그러나 아무도 그 여인이 하는 말을 알아들을 수 없었다. 그녀의 중얼거림에 따라 얇은 입술이 빠르게 움직였지만 입에서 아무 소리도 나오지 않았다. 때문에 사람들은 그녀가 뭐라고 하는지, 무슨 생각을 하는지 도무지 알 수가 없었다.

어마가 목청을 크게 돋우어 어디서 왔느냐고 그녀에게 물었다. 그녀는 부끄러워 멈칫거리는 기색을 보이더니 고개를 숙이고 아무 대답도 하지 않았다.

뤄우둥주도 목청을 높여 말했다.

"그럼 이름이라도 알려줘야 하지 않겠어?"

어마가 말했다.

"저 여자가 말을 못하는 게 안 보여?"

사람들 무리 속에서 약간의 웃음소리가 터져나왔다.

"남의 일에 간섭하기 좋아하는 저 두 사람의 목청 좀 봐."

사람들의 웃음소리 속에서 가냘프면서도 맑은 목소리가 들려오리라고는 아무도 예상하지 못했다.

"저는 쌍단이라고 해요."

부녀주임 어마가 말했다.

"어머나, 목소리가 참 곱기도 해라."

사람들은 어마의 큰 목소리보다는 그녀의 목소리가 더 아름답다고 했다.

어마가 호호 웃으며 말했다.

"이 불쌍한 여자를 우리 집으로 데려가서 뭘 좀 먹여야겠어."

어마가 경계심을 드러내는 뤄우둥주를 향해 말했다.

"물론 이 여자의 내력도 밝혀낼 거야."

쌍단이 볏짚에서 일어나 머리와 옷에 붙은 지푸라기를 말끔히 털었다. 옷차림은 남루했지만 더럽다는 느낌은 들지 않았다.

전해지는 바에 의하면 이때 환속한 라마가 칭찬을 했다고 한다.

"범속한 시골 처녀가 아니라 고귀한 대갓집 규수 같군!"

어마가 말했다.

"어차피 당신이 찾아낸 여자니까 당신 아내로 맞아들이지 그래요."

양치기는 연신 손을 내저으며 양떼를 따라 가버렸다.

그때부터 내력을 알 수 없는 쌍단이 지촌 마을에 머물게 되었고, 날 때부터 이 마을에서 살아온 사람처럼 마을 구성원이 되었다.

나중에 사람들은 쌍단의 노랫소리가 그녀의 말소리보다 더 맑다는 사실을 알게 되었다. 경박한 마을 남자들에 따르면 그녀의 몸매는 마을의 그 어느 여자보다도 훌륭하다고 했다. 어쨌든 약간 멍청하면서도 우아한 느낌을 지닌 이 여인은 그렇게 마을에 남게 되었다. 그녀의 노랫소리는 항상 들을 수 있었지만, 말하는 소리는 좀처럼 듣기 어려웠다. 누구의 아이인지 알 수 없었지만 그녀는 첫째아들 거라를 낳았다. 거라는 올해 열두 살이 되었다. 둘째는 딸이었지만 태어난 지 두 달도 채 안 되었을 때 젖을 빨며 잠들다가 젖에 눌려 질식사하고 말았다. 딸이 죽자 쌍단은 강가에 만들어놓은 작은 무덤 옆에 주저앉아 멍하니 넋을 놓고 있기 일쑤였다. 여름이 되어 무성한 풀들이 무덤을 뒤덮을 때 쌍단은 그 일을 완전히 잊은 듯했다. 그녀는 항상 우아한 모습으로 문에 몸을 기댄 채 작은 마을 광장을 바라보곤 했다. 광장에 사람이 있을 때는 사람을 쳐다보았지만, 사람이 없을 때는 그녀가 무엇을 보고 있는지 알 수가 없었다. 거라의 몸에도 그녀가 그러한 것처럼 어떤 신비한 기운이 감돌았다.

그래서 엄마가 노래할 때 거라는 앞에서 언급한 그런 말을 하곤 했다. 이런 그의 어투에는 아무도 알아차릴 수 없는 뭔가가 있었다. 단지 거라만이 자신의 마음이 즐겁지 않다는 것을 알 따름이다.

할 일이 없는 사람들은 늘 마을 광장으로 모여들곤 했다. 그 시절엔 사람들의 얼굴도 하늘빛처럼 어두웠다. 바람이 거세게 불기 시작하자 사람들은 사방으로 흩어져 각자 자기 집 대문 안으로 들어가기에 바빴다. 얼굴은 참으로 이상한 물건이다. 운수 사나운 얼굴이나 별 볼일 없는 사람의 얼굴이 어두워지면 별 상관이 없지만, 도덕적인 사람의 얼굴이 어두워지면 그건 정말로 어두워진다는 것이다. 그 시절에는 대부분의 사람들이 도덕을 매우 중시했다고 한다. 뿐만 아니라 사람들은 걸핏하면 새로운 도덕을 세우기 위해 회의를 열곤 했다.

눈이 내리려 할 때면 머리 위의 하늘뿐만 아니라 여기저기 쑤셔대는 관절이 거라에게 눈이 올 거라는 사실을 알려주곤 했다. 열두 살 거라가 문 앞에 서 있다. 그의 눈앞에 펼쳐진 지촌의 작은 광장은 그가 어렸을 때 본 모습과 조금도 달라진 게 없다. 광장은 집들로 둘러싸여 있고 바람이 광장에 회오리를 일으키면서 새로운 도덕을 세우는 데 사용됐던 찢어진 종잇조각들과 함께 둘둘 뭉쳐진 소털이나 양털, 낡은 천이나 잡초 같은 것을 서쪽에서 동쪽으로 날려 보냈다가 우르르 소리를 내면서 이 잡동사니를 다시 서쪽으로 날려 보내 쌓이게 했다.

이런 모습을 바라보던 거라가 웃음을 터뜨렸다. 웃을 때마다 거라의 날카로운 송곳니가 입술 밖으로 드러났다. 목소리가 큰 뤄우둥주가 말했다.

"저것 좀 봐, 저애 이빨을 보면 저애가 개처럼 살고 있다는 사실을 알 수 있어. 엄마 개는 두 다리를 벌려 남자를 받아들이고 말이야. 창피한 줄도 모르고 그 짓을 할 때마다 소리를 질러댄다니까."

다른 여자가 입을 열었다.

"애를 낳기만 했지 아이의 헌 이를 뽑아줘야 한다는 것도 몰라요."

아이가 이를 갈 때가 되면 빨간 실로 흔들리는 이를 묶어서 뽑아낸 다음 아랫니는 지붕 위로 던지고 윗니는 담장 밑에 버린다는 것, 그래야 새 이가 빨리 자란다는 것을 거라에게 알려준 여인들은 바로 그 암소들(거라는 자기 자신이 항상 옳다고 여기면서 하찮은 일에 화를 내거나 우는 여자들을 마음속으로 이렇게 불렀다)이었다. 거라의 엄마 쌍단은 이런 것조차 알지 못했다. 새 이가 나오자 빼지 않은 헌 이가 거라의 입술 밖으로 비죽이 튀어나와 번쩍였다. 그 모습은 마치 왕왕거리며 짖어대는 귀여운 개 같았다. 이빨도 개 이빨처럼 번쩍거렸다.

자기보다 더 재수없는 사람에 관해 얘기하는 것은 항상 사람들을 흥분시키기 마련이다. 흥분에 들뜬 나머지 여자들 가운데 누군가가 강아지 짖는 소리를 흉내내기 시작했다.

"왕! 왕왕!"

개 짖는 소리에 많은 사람들이 따라서 짖어댔다. 그중에서도 젊은 아낙들이 유난히 기세 좋게 짖어댔다. 때는 마침 황혼 무렵이었다. 아버지가 있고 제때에 이를 뺀 아이들은 산 아래 목초지에서 암소를 끌고 내려왔다. 여자들은 팽팽하게 부풀어오른 암소 배에 머리를 대고 젖을 짰다. 여자들의 쾌활한 웃음소리가 울려퍼지자, 젖을 짤 암소가 없던 거라 엄마 쌍단이 방 밖으로 나왔다. 그녀는 문틀에 살며시 몸을 기대고 여인들의 젖 짜는 모습을 바라보았다.

이러쿵저러쿵 떠들면서 젖을 짜던 여인들이 거라 엄마의 시선에 놀라 우유통을 뒤집어엎고 말았다. 그리하여 그날 황혼 무렵에는 신선한 우유냄새가 사방으로 퍼져나갔다.

다음날, 마을 사람들이 하나같이 말했다.

"그 암캐가 또 임신을 했지 뭐야. 어느 놈이 만든 화근 덩어리인지 몰라."

거라는 문틀에 몸을 기댄 채 혀로 마른 입술을 적시며 금방이라도 눈이 내릴 듯 대기에 촉촉한 습기가 가득 차는 것을 느끼고 있었다. 거라와 엄마는 아주 오랫동안 우유를 마셔보지 못했다. 거라는 텅 빈 광장을 바라보았다. 언제 첫번째 눈송이가 하늘에서 떨어질지 짐작할 수 없었다. 거라는 츠뚸와 함께 쌀을 바꾸러 현의 쇄징쓰(刷經寺) 읍으로 가다가 차가 뒤집어진 일, 술에 취했던 일이 떠올랐다. 한낮인데도 하늘은 황혼처럼 어둑했고 바람 속에서는 약간의 습한 기운과 온기가 느껴졌다. 이는 곧 봄이 온다는 신호였다. 이번에 내릴 눈은 틀림없이 대설일 것이고, 대설이 내리고 나면 곧 봄이 올 것이다. 거라는 성장기 소년이고 곧 어른이 될 것이다. 거라는 어른이 된 자신의 모습을 상상해보았다. 엄마가 육중한 몸을 이끌고 등 뒤 화롯가에서 혼잣말하는 소리가 들렸다. 엄마가 불쏘시개로 화로 한가운데를 파헤치자 불길이 활활 피어올랐다.

"거라야, 우리 집에 손님이 온단다!"

"오늘이에요, 엄마?"

"그래, 오늘이란다."

거라는 방으로 들어가 엄마를 도와 불을 더 세게 지폈다. 손님이란 다름 아닌 산처럼 커진 엄마 뱃속에 들어 있는 아기를 가리키는 말이다. 거라는 이제 그 정도는 알 만한 나이가 되었다. 방 공기가 따뜻하게 데워져갔다. 집 안이 너무 휑해 방이라도 따뜻하게 해야 겠다고 생각했다. 거라는 이미 열두 살이고 충분히 땔감을 마련해 올 수도 있었다. 여자인 엄마가 어린 남자의 도움을 받아 좀더 따뜻해지기를 원하니 그렇게 해주어야겠다는 생각이 들었다. 거라는 올해 열두 살이고 내년이면 열세 살이 된다.

엄마가 주의를 주었다.

"나의 보물 거라야, 이제는 강아지처럼 왕왕 짖지 말거라."

엄마가 마음대로 입을 맞추는 바람에 거라는 약간 머쓱해졌다.

쌍단이 화롯가의 항아리에 준비해둔 보리밥을 먹기 시작했다. 밥 속에는 큼지막한 돼지고기가 들어 있었다.

"오늘은 네게 양보하지 않을 생각이다, 아들아."

거라는 단정하게 앉은 채 꼼짝도 하지 않았다.

"오늘은 아주 배불리 먹어야 하거든."

"곧 눈이 내리려나 봐요, 엄마."

엄마의 입은 돼지고기 때문에 유난히 번들거렸다.

"눈이 내리기 시작하면 손님이 올 거야. 아주 깨끗한 백설 아기가 오겠지?"

거라가 얼굴을 붉힌다.

거라는 엄마가 무슨 말을 하는지 알았지만, 마음 한구석으로는 은근히 걱정되기 시작했다. 거라는 간도 쓸개도 없이 유쾌하게 떠들어대는 엄마의 목소리를 다시 들었다.

"남동생이 좋겠니, 아니면 여동생이 좋겠니?"

거라는 자신이 웃어야 할 때라고 생각해 억지로 웃으려고 애썼다. 원래 거라도 엄마와 똑같이 간도 쓸개도 없는 바보 같은 웃음을 웃을 수 있었다. 단지 이번에 웃는 순간, 자신의 심장과 폐부를 느낄 수 있었고, 자신의 심장과 폐부가 알 수 없는 무언가에 의해 심하게 찢겨져 내리는 것을 느낄 수 있었다.

"엄마는 네게 여동생을 낳아줄 거야. 고양이처럼 내 옆에 꼭 붙어서 자는 조그마한 여자아이가 한 명 필요하거든. 넌 어떻게 생각하니?"

거라는 엄마를 향해 고개를 끄덕였다. 그런데 이상하게도 그 순간, 잡초와 흰 눈에 뒤덮인 강가의 작은 무덤이 떠올라 거라의 마음이 또다시 찢겨져 내렸다. 거라에게 걱정거리가 생긴 것이다.

"아들아, 너의 불쌍한 엄마를 위해 물 한 솥만 끓여 주렴. 그리고 아들아, 가위도 좀 내 옆에 갖다놔 주렴."

이렇게 말하는 사이 엄마는 밥 한 그릇을 말끔히 비웠다. 전에는 맛있는 음식이 있으면 언제나 아들에게 양보했지만 오늘만큼은 쌍단 혼자 밥을 다 먹었다. 거라는 엄마가 그렇게 한 것이 기뻤다.

바로 이때 진통이 엄마를 급습하기 시작했다. 그녀는 허리를 쭉 펴고 입술을 깨물었다. 고통이 금세 사라졌다.

엄마가 말했다.

"거라, 착한 아들아, 손님이 문을 두드리고 있구나. 여자가 아이를 낳을 때는 남자가 옆에 있는 게 아니란다. 밖에 나가서 좀 돌아다니다 오렴."

말을 마치고 그녀는 미리 준비해둔 소가죽 위에 누웠다. 소가죽 위에는 마른풀이 두툼하게 깔려 있었다.

자리에 누운 뒤 엄마는 거라를 향해 애써 웃음을 지어 보였다. 문을 나서는 순간 거라의 마음은 영원히 이별하는 것처럼 괴로웠다.

그가 문을 나설 무렵, 드디어 짙게 덮인 회색 구름층에서 눈이 내리며 휘날리기 시작했다.

흩날리는 눈발 속에 선 거라는 허리춤에 비스듬히 찬 장도(長刀)를 누르고 또 눌러 잡았다.

등 뒤에서 엄마가 내지르는 날카로운 비명소리가 들려왔다. 거라는 온 마을 사람들에게도 그 비명소리가 들릴 것이라고 생각했다. 그의 머리 위에 내린 눈은 떨어지자마자 녹았다. 눈은 머리의 열기로 인해 곧 수증기로 변했다. 엄마가 내는 소리가 그를 마을 밖으로 내몰았다.

거라는 문득 피를 보았다.

눈을 비비자 피는 사라져버렸다. 눈꽃송이만 여전히 춤추듯 내리며 소리없이 자꾸 쌓여갔다.

엄마의 비명소리가 들리지 않을 무렵 그는 이미 마을 밖 산기슭을 오르고 있었다. 등 뒤에서 눈을 밟는 소리와 함께 흥분한 사냥개가 짖어대는 소리가 들려왔다. 누군가가 눈 내리는 때에 맞춰 사냥을 나선 것이다. 그들은 거라보다 몇살 더 많은 건방진 녀석들로 커지 집안의 아가와 왕친 형제, 그리고 목소리가 큰 뤄우둥주의 아들 토끼입 치미였다. 아이들의 행색을 보니 어른들의 사냥총을 몰래 메고 나왔음을 한눈에 알 수 있었다. 아이들은 거라를 지나치면서 사냥개의 쇠사슬을 일부러 철렁철렁 흔들며 소리를 냈다. 아이들이 눈 속으로 사라지자 거라는 그들을 바짝 뒤쫓아갔다. 잠시 후 아이들이 눈발 속에 다시 모습을 드러냈다. 거라를 기다리고 있던 아이들은 하얀 김을 내뿜으며 거라를 향해 큰 소리로 웃어댔다. 거라는 그들의 입에서 나올 더러운 말들에 대비해 마음속으로 준비를 했다. 그러나 바로 그때 엄마가 날카로운 비명소리를 질렀다. 즐거운 것 같기도 하고 분개한 것 같기도 한 날카로운 소리가 저 아래 마을에서 들려왔다. 그것은 마치 번개가 친 다음 곧이어 빛나는 번개가 또다시 치는 것 같았다. 녀석들이 말했다.

"가자. 우리랑 같이 사냥하러 가자. 아기 낳는 저 여자에겐 먹을 것이 없잖아. 한 마리 잡으면 네게도 좀 나눠줄게."

"아기에게 아빠가 없으니 네가 아빠가 되어줘야지."

거라가 막 대답하려는 순간 토끼입 치미가 웃기 시작했다. 그의 언청이 입에서 거라 엄마와 똑같은 웃음소리가 흘러나왔다. 산골짜기를 흐르는 물처럼 옥구슬이 구르듯 경쾌한 소리였다. 웃음소리를 들은 거라는 자기도 모르게 따라 웃었다. 엄마를 닮은 거라 역시 눈살을 찌푸리는 사람들 앞에서 언제나 간도 쓸개도 없는 사람처럼 히죽거리며 웃곤 했다. 거라가 웃자 토끼입 치미의 눈에는 남을 놀리는 데 성공했다는 득의의 빛이 흘렀다. 거라는 깔깔거리며 웃다가 녀석의 몸 위를 덮쳤다. 토끼입 치미가 손발을 내저으며 눈 내린 산비탈 아래로 굴렀다. 이때 엄마의 숨김 없는 고통소리가 산 아래 마을에서 들려왔다. 비명을 질러대는 그녀는 또다시 아비 없는 아이를 낳고 있는 중이다. 마을 사람들은 뭐라고 할까? 혹시 그들은 암캐가 기세 좋게 짖고 있다고 하지나 않을까? 거라는 다시 토끼입 쪽으로 덮치며 그의 등을 발로 세게 걸어차 구르는 속도를 더욱 빠르게 했다.

아기를 가져 스스로 키우며, 어떤 남자에게도 폐를 끼치지 않는 여인이 또다시 큰 소리로 비명을 지르기 시작했다.

마침내 토끼입 치미가 몸을 일으켰다. 그는 거라가 몸을 똑바로 세우기도 전에 험악한 말을 내뱉었다.

"네가 감히 날 쳤어?"

치미는 자기 아버지와 마찬가지로 힘있는 사람 앞에서 아부하는 겁쟁이에 불과했지만, 그런 겁쟁이도 이때만큼은 약이 올랐는지 눈이 벌게져 있었다.

"네가 감히 날 쳤어?"

"너 또 웃기만 해봐라!"

치미가 배를 내밀며 보기 흉한 토끼입으로 쌍단의 비명소리를 흉내내기 시작했다. 거라의 마음속에 사무쳐 있던 증오가 한꺼번에 폭발해버렸다. 거라는 허리춤에 차고 있던 칼을 굵직한 칼집째 뽑아들고 치미의 얼굴을 세게 후려쳤다. 치미가 괴로운 비명을 지르는 순간 치미의 사냥개가 뒤에서 거라의 다리를 물어 꼼짝 못하게 했다. 토끼입의 좁은 얼굴에다 거라는 두번째 공격을 하지 못했다. 개가 거라의 장딴지를 단단히 물고 있었던 것이다. 거라는 날카로운 비명을 지르며 칼집으로 개의 목을 내리쳤다. 너무 세게 내리쳤는지 칼집이 부서져버렸다. 진달래 나무로 만든 칼집 파편이 사방으로 날렸고 개는 외마디 비명을 지르며 멀리 달아났다.

이제 칼이 맨몸을 드러내며 차디찬 빛을 번쩍였다. 칼 위로 눈송이가 떨어지자 쩽 하는 소리가 났다. 토끼입 치미의 얼굴에 공포의 빛이 어리면서 낮은 코가 더욱 흉측해 보였다.

얼굴이 온통 피범벅이 된 토끼입을 부축하며 아이들이 산 아래로 내려갔다.

거라는 눈 덮인 땅바닥에 앉아서 개한테 물려 피 흐르는 자신의 다리를 바라보았다. 피가 눈 위로 떨어져 검붉은 꽃봉오리를 만들었다. 엄마는 피곤하지도 않은지 창피하게도 고음과 저음을 번갈아가며 계속 비명을 질러댔다. 거라는 엄마가 자기를 낳을 때도 이랬을 것이라고 생각했다. 이제 아들과 엄마는 똑같이 아프고 똑같이 피 흘리고 있다. 피를 흘리면 사람들에게 보여줄 수 있는 데다, 고통을 피로 바꿀 수 있으니 얼마나 좋은 일인가. 치미를 산 아래

까지 부축한 아가와 왕친 형제가 사내아이들을 데리고 되돌아왔
다. 상처를 닦은 눈뭉치가 붉게 물들자 거라는 깨끗한 눈뭉치로 바
꿔 상처를 닦았다. 거라는 검붉게 물든 눈뭉치를 버리고 말없이 아
이들을 바라보았다. 예닐곱 명의 아이들은 거라 옆을 지나 크게 모
퉁이를 돌더니 아버지의 개를 끌고 아버지의 총을 멘 채 사냥하러
산으로 올라갔다.

마침내 피가 멈췄다.
엄마의 목소리가 좀 잦아들었다. 아마도 피로를 느낀 모양이다.
눈이 차츰 개면서 마을 윤곽도 뚜렷해졌다. 눈이 모든 잡동사니들
을 뒤덮자 초라하던 마을이 아름답게 바뀌었다. 눈앞에 펼쳐진 먼
풍경을 바라보던 거라의 얼굴에 웃음이 번졌다. 거라는 몸을 돌려
아이들의 발자국을 따라 산으로 올라가기 시작했다. 그는 한 마리
개처럼 아이들을 뒤쫓아 달려갔다. 어차피 그의 이름은 개라는 의
미이다. 산에서 사냥할 때는 사냥감을 같이 발견한 사람에게 한몫
떼어주는 것이 관례이므로 아이들이 사냥감을 잡으면 자신에게도
좀 나눠줄 것이다. 거라는 아기를 낳은 쌍단에게 고기를 갖다 주고
싶었다. 아기를 낳은 산모는 영양분이 풍부한 음식을 먹어야 하지
만 집에는 먹을 것이 전혀 없다. 거라는 엄마를 기쁘게 해주고 싶
었고, 엄마에게 다리의 상처도 보여주고 싶었다. 엄마가 얼마나 아
팠는지 자신도 알고 있다는 걸 알리고 싶었다. 엄마는 여자니까 마
음껏 소리 지르도록 놔두자. 자신은 남자라서 소리 지를 수 없다.

거라는 엄마 눈에 눈물이 가득 고이는 모습을 상상하면서 쾌활한 웃음을 지었다. 그 여인은 얼마나 잘 웃던가.

웃음소리는 계곡물에 비친 햇살보다 더 밝았다. 그러나 대부분의 사람들은 황금을 아끼듯 웃음소리에 인색했다. 단지 그녀만 그렇게 잘 웃었다. 이 여인(그는 이미 자기 엄마를 한 여인으로 보고 있는 것일까?)은 그토록 예쁘고 그토록 가난했으며 안 보이는 데서는 많은 사람들의 수요가 있었지만 보이는 데서는 남들에게 경멸당하면서도 그렇게 즐거워했다. 마을 사람들은 이 여인은 바보거나 미친 여자일 거라고들 했다.

이제 그녀가 또다시 소리를 지르기 시작했다.

마을의 다른 여자들은 아기를 낳을 때 전혀 소리 지르지 않았다. 어떤 여자는 소리를 죽이느라 숨이 막혀 죽기도 했다. 죽지 않은 여자들은 하나같이 아기 낳는 것이 대소변을 보듯 수월했다고 말했다. 그렇게 하는 것이 여인들로서는 체면을 세우는 것이었고, 적어도 지촌에서는 그렇게들 알고 있었다. 그런데 이 여인만큼은 시원하게 비명을 내지르며 정적이 흐르는 눈 덮인 마을 한가운데서 회오리바람을 일으키고 있다. 소리를 위로, 위로, 위로, 마치 하늘로 올려보내 하늘에 있는 신령에게까지 닿아야 직성이 풀릴 듯이 소리를 질러댔다.

이 세상에 이처럼 기쁨과 고통이 뒤섞인 목소리는 없을 것이다. 바람 한 점 없는데 눈은 무겁게 내려 땅 위에 쌓여갔다. 거라만이 비명소리에 가슴이 찢어졌다. 남자이긴 해도 거라는 아기 낳는 일이 살아 있는 육체가 찢어지는 것임을 모르지 않았다.

거라는 눈이 수북이 쌓인 산을 향해 걸으며 발밑에서 들려오는 뽀드득 소리가 자기 마음속의 신음소리를 대신해주는 것처럼 느꼈다. 그는 자신이 이 세상에 오던 때를 떠올렸다. 그때는 아무도 자기처럼 엄마를 사랑해주지 않았을 것이라는 생각이 들자 주르륵 눈물이 흘렀다. 거라는 숲속으로 들어갔다. 더이상 엄마의 비명소리가 들리지 않았다.

거라는 아이들의 발자국을 찾아냈다.

보폭이 가장 큰 발자국을 따라 걸은 탓인지 말라붙었던 상처가 터져 또다시 뜨거운 피가 벌레처럼 다리에 주르륵 흘러내렸다. 그러나 그는 여전히 보폭을 크게 하려고 애썼다. 그의 얼굴에 미소가 잔잔히 퍼졌지만 무엇 때문에 기분 좋은지는 알 수가 없었다. 그리하여 그 웃음은 더욱 아득해 보였다.

총소리가 들렸다.

어두컴컴한 숲속 깊은 곳에서 총소리가 들려왔다. 숲이 너무 울창해서 그런지, 아니면 눈이 너무 많이 쌓여서 그런지는 몰라도 나직한 총소리는 엄마가 출산에 임박하여 내지르는 비명소리만큼 크게 울리지는 않았다. 주춤했던 거라는 보폭을 크게 하여 미친 듯이 달리기 시작했다. 또다시 무거운 총소리가 들려왔다. 처음에는 무거우면서도 질서가 있었으나 점차 허둥거리며 쏘아대고 있었다. 그러더니 처참하면서도 분노에 찬 비명소리가 한동안 숲속을 울렸다. 거라는 발걸음을 재촉했다. 큰 보폭을 따라잡기가 힘들어질 때쯤 보폭은 점차 좁아졌다. 전전긍긍하면서 앞으로 나아가기를 주저하는 걸음이었다.

거라도 따라서 걸음을 늦췄다. 눈앞에서 그리 멀지 않은 곳, 거대한 나무 동굴 앞에서 한 사람이 쓰러져 꿈틀거렸다. 그 옆에는 곰 한 마리가 엎드린 채 꼼짝도 하지 않고 있었다. 경험도 없으면서 겁 없이 함부로 날뛰던 녀석들이 겨울잠에 빠진 곰을 건드렸던 것이다. 다른 곰 한 마리는 피를 흘리며 몇몇 녀석들을 뒤쫓고 있었다. 그중 두 녀석이 아래쪽을 향해 뛰다가 움푹 파인 분지로 뛰어들었다. 지촌에서는 사냥 한번 해본 적 없는 여자들도 맹수가 상처를 입어 분기탱천하면 아래쪽을 향해 뛴다는 것쯤은 다 알고 있었다. 그래서 경험 많은 사냥꾼들은 대개 산마루를 향해 뛰었다. 그런데 놀라서 멍청해진 두 녀석은 아래를 향해 달리고 있었다. 이들은 다름 아닌 왕친 형제들이었다. 그들은 화약을 미처 채워넣지 못한 사냥총을 높이 치커들고 분지로 뛰어들었다. 처음에는 작은 내리막 덕분에 속도를 냈다. 곰이 그 자리에 멈춰섰다. 겨울잠을 자다가 놀란 데다 옆에 있던 곰이 죽어 정신이 없는 상황에서도 곰은 눈앞에 있는 사냥꾼들이 이렇게 아둔한 멍청이일 줄 미처 생각지 못했던 것이다.

위험에서 벗어나 있는 친구들과 거라가 한목소리로 더이상 아래쪽으로 뛰지 말라고 왕친 형제를 향해 고함쳤다.

왕친 형제는 여전히 빈총을 높이 들고 눈이 높이 쌓인 분지 한가운데를 향해 나는 듯이 달렸다. 어깨에 비스듬히 메고 있던 소뿔 화약통과 사슴가죽 탄띠가 등 뒤로 날리며 춤을 췄다. 그 자리에 선 곰은 바보 같은 두 녀석의 행동에 놀란 것 같기도 했고 깊은 속셈에 잠긴 교활한 사냥꾼 같기도 했다.

거라가 다시 고함치기 시작했다.

그러나 때는 이미 늦어버렸다. 두 녀석은 벌써 분지 바닥의 움푹한 눈 속으로 뛰어든 뒤였다. 왕친 형제는 총을 버리고 앞을 향해 기어오르기 시작했다.

거라는 곰 옆에 쓰러져 있는 아이에게로 달려가 총을 집어들었다. 거라가 총을 든 것은 세상에 나온 이후 처음이었다. 총을 받쳐 들자 자신도 모르게 온몸이 덜덜 떨렸다. 거라는 주위에 가득한 화약냄새와 피비린내를 맡았다. 지촌에서 형제가 있는 사내아이들은 어려서부터 총을 만졌고 어른들에게서 탄알을 장전하고 쏘는 법도 배웠다. 엄마는 있지만 아버지가 없는 거라는 엄마 옆에서 간도 쓸개도 없는 웃음만 배우면서 다른 아이들이 총에 익숙해지고 날로 사내대장부가 되어가는 모습을 지켜볼 수밖에 없었다. 지금 난생처음 총을 든 거라는 탄알을 장전해 약실에 밀어넣고 화약을 꼭 채운 뒤 총신을 들어 노리쇠를 거는 일련의 행동을 신속하게 마쳤다. 이 모든 것은 마을 어른들이 아들이나 형제를 가르칠 때 어깨너머로 보고 배운 다음 꿈속에서 여러 번 연습하여 익힌 것이다. 이제 거라는 마음을 가라앉히고 사냥꾼처럼 총을 집어들었다. 동시에 그는 곰 동굴에서 풍겨나오는 따뜻한 노린내를 맡았다. 곰은 바로 그 냄새의 끝, 눈밭에 반사된 침침한 빛 한가운데에 서 있었다. 곰의 몸 여기저기에서 피가 흘러내리고 있었다.

상처를 입은 곰이 울부짖자 주위의 나뭇가지에서 뿌연 눈안개가 피어올랐다. 곰이 거친 걸음으로 구덩이 속으로 내려서니 깊게 쌓인 눈이 육중한 곰의 무게에 눌려 물처럼 양쪽으로 갈라졌다.

총이 거라의 손 안에서 한차례 요동을 쳤다.

하지만 거라는 총소리를 듣지 못했다. 단지 자신의 몸만큼이나 큰 총이 자신의 어깨를 때렸다는 것만 알 뿐이었다.

그는 납탄이 곰의 뒤편으로 날아가 쌓인 눈을 뚫고 쌓인 눈을 흩뜨리며 곰의 엉덩이 뒤에서 멈추는 것을 보았다. 구덩이 건너편에 있던 녀석들도 총을 쏘았다. 육중한 곰은 그중 한 발을 맞고 눈구덩이 한가운데로 쓰러졌다. 그러나 거세게 으르렁거리는 소리와 함께 곰이 눈 속에서 다시 솟아올랐다. 곰은 이미 왕친 형제와 지척의 거리에 있었다.

거라는 빈총을 내던지면서 소리쳤다.

"왕! 왕왕!"

"왕왕! 왕!"

그가 흉내낸 사냥개 소리는 경쾌하면서도 낭랑하게 숲 전체를 가득 채웠으며, 그 누구도 자신을 침범할 수 없다고 여기는 이 동물을 격분시키기에 충분했다. 거라가 오늘 총을 쏜 것이 처음이라면 개 짖는 소리는 마을 전체에서 제일 잘 냈다. 그는 여러 곳에서 개 짖는 소리를 배웠다. 모두 사람들 앞에서 배운 것이다. 사람들이 말했다. "거라, 한번 짖어봐." 그러면 거라는 왕왕 짖어댔다. 개 짖는 소리와 너무나도 흡사한 소리에 곰이 고개를 돌렸다. 거라는 곰의 눈빛이 자신을 향하고 있음을 알았다. 그 눈빛은 얼음처럼 차가웠고 아주 묵직한 무게를 지니고 있었다. 거라는 부르르 떨었다. 그런 다음 자신이 외치는 소리를 들었다.

"엄마!"

그러고는 재빨리 몸을 돌려 왔던 길로 발을 내딛고 산 아래를 향해 죽어라 달리기 시작했다.

"왕왕!"

거라는 자신의 다리에서 피가 흐르는 걸 느꼈다. 정면에서 불어오는 바람에는 싸늘한 습기가 섞여 있었고, 몸 뒤에서 부는 바람에는 피비린내와 분노가 섞여 있었다. 거라는 왕왕 개 짖는 소리를 내며 나는 듯이 뛰어갔다. 길 앞에는 키 큰 나무들이 병풍처럼 서 있었다. 내리던 눈도 어느새 그쳐 나뭇가지 사이로 햇살이 눈부시게 쏟아졌다. 언제부턴가 거라는 허리춤에 차고 있던 장도를 손에 쥐고 있었다. 팔을 오르내릴 때마다 눈앞에서 칼날이 번쩍이며 길 앞을 가로막는 나뭇가지들을 툭툭 끊어냈다. 어느새 거라와 곰은 구름 아래 만주 흑송이 울창한 깊은 숲에서 벗어나 재생림 속으로 들어갔다. 한 그루 한 그루 자작나무들이 얼굴을 스쳤다. 햇살이 훨씬 밝아졌다. 태양이 은빛 소복차림의 세상을 비추며, 곰 한 마리와 아이 하나가 숲속을 나는 듯이 뛰어가는 모습도 비추었다.

거라가 고개를 돌려 곰을 바라보았다. 놈은 부상이 심해 고개를 제대로 들지 못하면서도 여전히 씩씩거리며 그의 뒤를 바짝 쫓아 산 아래로 맹렬히 달려왔다. 민첩하게 모퉁이를 돌아야 할 때 놈은 큰 덩치를 한번에 돌리지 못하고 관성에 의해 그대로 아래로 곤두박질쳤다. 이처럼 큰 부상을 입은 곰이 다시 산으로 돌아간다는 것은 불가능한 일이었다. 그러나 이제 달릴수록 마음이 진정되는 데다 이런 선택을 하게 된 거라는 다른 생각을 했다. 심지어 그는 몸을 돌려 곰에 맞서며 저지하고 싶었다. 이렇게 미친 듯이 달리는 것이 바람직하지 않다고 생각했던 것이다.

이제 산 아래쪽으로 마을이 보였다.

마을에 있던 사람들도 거라와 곰을 보았다. 집집마다 사람들이 마당으로 나오거나, 마을의 작은 광장에 선 채 산에서 미친 듯이 뛰어 내려오는 거라와 맹렬히 그 뒤를 쫓는 곰을 지켜보았다. 쌓여 있던 눈이 거라와 곰의 발에 차여 사방으로 흩날렸다. 마을의 사냥개들은 이리저리 날뛰었다. 거라가 보기에는 사냥개들과 분주히 돌아다니는 사람들마저 눈 내린 마을이 지닌 아름다움과 고요를 깨트리진 못했다.

거라는 엄마의 모습도 볼 수 있었다. 눈 쌓인 마을의 아름다움과 고요함 속에서, 얼굴에 땀이 송골송골 맺힌 엄마가 화롯가에서 온 몸으로 따스한 기운을 뿜으며 눈 덮인 대지처럼 잠들어 있었다. 엄마는 더이상 고통스런 비명을 지르지 않았다. 비명소리는 사방으로 흩어져 날아가버렸다. 남아 있는 것은 고요한 마을이었다.

거라는 문득 더 달리지 않고 그 자리에 멈춰서기로 결심했다. 더 달릴 수 없어서가 아니라 곰이 고요한 마을로 뛰어드는 것을 막기 위해서였다. 마을에는 한 가련한 여인이 고통스런 출산 끝에 안정을 취하며 쉬고 있다.

눈이 그친 그날 오후, 마을에 있던 모든 사람들은 거라가 갑자기 몸을 돌려 달려오는 곰과 마주한 채 장도를 치켜드는 광경을 목격했다.

막 몸을 돌리는 순간 거라는 곰의 거대한 몸집이 하늘을 가리는 듯한 느낌을 받았다. 하지만 거라는 이미 장도로 곰 가슴팍의 흰 점을 겨누고 있었다. 칼끝이 곰가죽을 뚫고 들어가는 순간 거라는 자신의 몸과 곰의 몸에서 뼈가 부러지는 파열음을 들었다. 곰과 그의 입에서 동시에 피가 분출되어 나왔다. 이어서 하늘과 땅이 빙그르르 돌고 피비린내가 진동하더니 눈앞은 별이 반짝이는 암흑으로 변해버렸다.

거라는 깊은 심연 속으로 빠져들었다.

한 줄기 빛의 인도로 거라는 다시 심연 속에서 떠올랐다.

환한 빛 속에서 엄마의 얼굴이 서서히 선명하게 나타났다. 몸을 움직이려 했지만 온몸이 아파왔고, 웃어보려 했지만 얼굴에 통증이 느껴졌다. 그는 화롯가에 누운 엄마가 자신을 응시하고 있고, 자신 역시 화롯가 한쪽에 누워 있다는 것을 알았다.

"어떻게 된 거죠?"

"네가 죽였단다."

"누구를요?"

"아들아, 네가 곰을 죽였단다. 곰도 네게 부상을 입혔지. 네가 왕 친 형제의 목숨을 구하고, 토끼입 치미의 콧대를 꺾어놓았구나."

엄마가 입을 열자 조금 전에 있었던 일들이 하나하나 생각나기 시작했다. 거라는 자신이 엄마와 똑같이 피를 흘렸고 엄마와 똑같은 신체적 고통을 느꼈다는 사실을 알게 되었다. 문밖에선 눈 내린 뒤의 햇살이 눈부시게 빛나고 있었고, 방 안에선 화로 속의 불꽃이 타닥거리며 타오르고 있었다. 따스한 공기 속에서는 아들과 엄마의 피냄새가 떠다녔다.

"곰은요?"

"사람들 말이 네가 곰을 죽였다고 하더구나, 아들아."

엄마가 다소 기력이 없는 모습으로 웃었다.

"사람들이 곰가죽을 벗겨 네가 누워 있는 그 바닥에 깔아놓았단다. 고기는 솥에 넣어 지금 삶고 있는 중이야."

거라는 기력이 없는 모습으로 웃으며 몸을 움직이려 했지만 꼼짝도 할 수가 없었다. 가슴과 등에 부목을 대어 고정시켜놓았기 때문이었다. 엄마가 조심스럽게 거라의 손을 잡아당겨 몸 아래 깔린 가죽을 만져보게 했다. 왼손을 끌어다 왼쪽을 만져보게 하고 오른손을 끌어다 오른쪽을 만져보게 했다. 거라는 이리저리 더듬고 만져보았다. 곰의 발톱, 곰의 귀, 곰 한 마리가 그대로 자기 몸 아래에 누워 있었다. 마을 사내들은 곰가죽을 팽팽하게 잡아당겨 바닥에 고정한 다음 곰을 죽인 사람을 그 위에 뉘어놓았다. 곰을 죽인 사람은 늑골이 부러졌고, 곰은 죽기 전에 사람의 등을 할퀴어 깊은 발톱자국을 남겼다. 사람의 키가 크지 않았던 덕분에 곰에게 물리지는 않았지만 잘생긴 얼굴에 흉터가 남고 말았다.

엄마가 말했다.

"그 곰 정말 크더라."

"엄마의 비명소리를 들었어요. 많이 아팠어요?"

"많이 아팠지. 듣기 괴로웠나 보구나?"

"아니에요, 엄마."

엄마가 눈물을 반짝이면서 머리를 숙여 거라의 이마에 입을 맞추었다. 엄마의 몸에서 젖냄새와 피냄새가 물씬 났다. 거라의 몸에서도 한약냄새와 피냄새가 물씬 났다.

"전에……"

거라가 혀로 입술을 축이며 말했다.

"저를 낳을 때도 그렇게 아팠어요?"

"훨씬 더 아팠지. 하지만 난 좋았단다, 아들아."

거라는 침을 꿀꺽 삼켰다. 통증 때문에 식은땀이 흘렀지만 얼굴에 웃음을 지으려고 애썼다. 거라는 성인 남자처럼 낮고 차분한 목소리로 물었다.

"그애는요?"

"누구 말이니?"

거라는 장난기 섞인 눈빛으로 눈을 찡긋하며 말했다.

"아기 말이에요."

거라는 아버지들이 자식 얘기를 할 때 쓰곤 하는 말투를 떠올렸다.

엄마가 웃었다. 엄마의 두 볼이 붉게 물들었다.

"한 가지만은 영원히 묻지 말아야 한다."

거라는 아기 아빠가 누구인지 묻지 말아달라는 말로 이해했다. 그는 절대로 묻지 않을 것이다. 아기에게는 아빠가 없다. 자기가 아빠 노릇을 해야 한다. 오늘 이 아기가 태어날 때 자기는 곰을 죽였다. 자기에게는 영원히 아빠가 없다.

쌍단이 버드나무 가지로 만든 요람 속에서 아기를 안아올렸다. 아기는 달콤한 잠에 빠져 있었다. 아기는 얼굴에 발그스름한 홍조를 띠고 있었고 할머니처럼 이마에 주름이 잡혀 있었다. 피와 고통 속에서 태어난 아기의 몸에서 젖냄새가 났다.

"네 여동생이란다, 거라야."

엄마가 아기를 거라 옆에 뉘었다. 자그마한 생명체가 가느다랗게 코를 골며 자고 있었다. 거라가 웃었다. 상처가 덧날까 봐 숨을 죽이며 말하니 쉰 목소리가 났다. 성년 남자처럼 쉰 목에서 나오는 웃음소리가 방 안을 울렸다.

"아기 이름은 지었어요?"

거라의 물음에 엄마는 고개를 가로젓는다.

"그럼 내가 지을게요."

고개를 끄덕이는 엄마의 얼굴에 행복한 웃음이 피어올랐다.

"다이바(戴芭)라고 부르는 게 어때요. 아기가 태어날 때 눈이 내렸으니 이름은 쉐(雪)라고 하고요."

"다이바? 쉐?"

"그래요, 쉐라고 해요."

얼굴을 든 엄마는 정결한 눈꽃송이가 온 천지에 펄펄 내리는 상상 속으로 빠져드는 듯했다.

거라가 말했다.

"엄마도 자요. 엄마와 아기가 함께 잠들어 있는 모습을 보고 싶어요."

엄마는 거라의 말대로 아기 옆에 누웠다. 마치 남편의 명령에 복종하는 아내 같았다. 쌍단은 두 눈을 감았다. 방 안이 순식간에 조용해졌다. 하얀 눈빛이 창문과 문틈을 뚫고 방 안으로 들어와 엄마와 여동생의 얼굴을 환히 비춰주었다. 두 사람의 얼굴이 어쩌면 이렇게 꼭 닮았을까. 둘 다 너무나 예쁘고 천진하고 건강하고, 걱정과 근심이라곤 하나도 없는 얼굴을 하고 있다. 거라는 숨을 한번 토해냈다. 동생도 자신과 마찬가지로 엄마를 닮았을 뿐 다른 사람은 전혀 닮지 않았다. 특히 마을의 다른 남자들을 닮지 않았다. 이것은 바로 그가 은근히 걱정해오던 일이었다.

거라는 눈을 돌려 창밖의 하늘을 쳐다보았다.

눈 내린 뒤의 짙푸른 하늘에선 아름다운 구름과 노을이 한쪽 끝을 물들이고 있었다.

화롯불 위에 걸린 냄비에서 곰고기가 끓고 있었다.

잠든 체하며 눈을 감고 있던 쌍단이 웃으며 말했다.

"일어나야겠다. 고깃국이 끓어 넘치면 아깝잖니."

거라가 말했다.

"엄마가 일어나면 제가 아기를 낳은 것 같잖아요. 남자인 제가 말이에요."

엄마가 웃었다. 거라도 엄마를 따라 웃었다. 그 웃음은 지촌 사람들이 늘 말하던 간도 쓸개도 없는 그런 웃음이었다.

스스로 팔려간 소녀

지촌 마을에는 쥐마(卓瑪)라는 이름을 가진 여인들이 많다. 숲속의 오솔길을 걸으며, 날마다 근심 걱정 없이 즐겁게 살아가는 이 여인도 바로 쥐마인 것이다.

쥐마가 봄날에 길을 걸어가고 있다. 숲이 울창한 곳에서는 햇살이 던진 빛 반점이 길에 어른거렸고, 숲이 듬성한 곳에서는 나뭇가지의 구불구불한 그림자가 땅에 드러누워 있었다. 길을 걷고 있는 그녀의 몸에는 나른한 기운이 흘렀다. 빛 반점들과 나뭇가지 그림자들이 쥐마의 몸 위에 번갈아 드리워졌다. 누구든지 길에서 그녀를 만나 그녀의 엉덩이나 가슴, 또는 꿈과 현실의 경계에서 반짝이는 눈빛을 마주한다면 몸이 단번에 후끈 달아오를 것이다. 정말로 봄이다. 모든 것들이 움트고 부풀었기 때문에 왠지 모르게 마음도

설레었다.

 엉덩이와 가슴이 봉긋 솟아오른 아가씨가 길 위를 걸어간다. 만물이 싹트고 있는 산과 들이 그녀 뒤에 펼쳐져 있다. 그 풍경은 여신이 거대하고 아름다운 병풍을 펼쳐 끌고 가는 것 같다. 줘마는 여신이 아니라 줘마라는 이름을 가진 지촌 여인들 가운데 한 명일 뿐이다. 몸에는 우유와 볶은 쌀보리 냄새가 풍기고 나른한 잠에서 깨어난 체취가 났다. 구불구불한 숲속의 오솔길은 갑자기 사라졌다가 갑자기 나타나곤 했다. 오솔길은 특별히 어떤 곳을 향해 나 있는 것은 아니다. 길 위의 사람들 역시 특별히 갈 데가 있는 것도 아니다.

 줘마와 마을 여인들은 오솔길을 따라가며 숲속에서 고사리를 꺾었다.

 지촌의 숲은 하늘을 가릴 정도로 울창한 적도 있었지만 제 모습을 잃은 지금의 재생림은 아직 엉성한 상태이다. 나뭇잎들은 이제 막 자라고 있었다. 따스한 햇볕이 숲속으로 스며들면 비옥하고 폭신한 땅이 따뜻해지면서 고사리가 땅속에서 기다란 싹을 내민다. 과거에는 고사리가 돋아날 때 조금 따다가 햇고사리 맛을 보기도 했다. 그런 경우라면 특별히 숲으로 갈 필요도 없이 시냇가 나무 밑에서 손 가는 대로 한 움큼 꺾으면 그만이었다. 요 몇 년 사이 고사리는 돈 되는 식물이 되었다. 마을 바깥의 중개상들은 산속의 언 땅이 녹아 고사리가 돋자마자 새순의 냄새라도 맡은 양 작은 트럭에다 찬바람이 쌩쌩 나오는 냉장고와 앉은뱅이저울, 그리고 불룩

한 돈주머니를 싣고 달려왔다.

몇년 동안 벌목 노동자들이 나무를 베어내긴 했지만 다행스럽게도 지촌의 숲을 다 찍어 없애지는 못했고, 나무를 베어버린 산언덕에는 다시 엉성하게나마 숲이 생겨났다. 숲속에는 많은 것이 자랐다. 바로 약재와 버섯, 그리고 고사리 같은 산나물이 자랐다. 이제는 시대가 바뀌었다. 언제인지는 몰라도 산 바깥의 사람들이 들이닥쳐 사방을 돌아다니면서 뭔가 찾기 시작했다. 숲속에 있는 것이라면 무엇이든 팔아서 돈을 만들 수 있었다. 과거에 지촌 사람들은 이런 것들을 알아보지 못했다. 마을 사람들은 외지 사람들이 들어오고 나서야 숲속에 있는 보배들을 알아보게 되었고 어떤 것이 돈이 되는가도 알게 되었다. 돈 되는 것으로는 가장 먼저 작약과 진교, 백합, 영지, 대황 같은 약재를 들 수 있다. 그 다음으로는 곰보버섯이나 달걀버섯, 꾀꼬리버섯, 덕다리버섯, 그물버섯, 송이버섯 등 버섯류와 풀처럼 자라는 산나물들이 있다.

산나물로는 고사리가 첫째로 꼽힌다. 앞으로 또 어떤 것들이 돈이 될까? 여인들은 알 수가 없다. 하지만 그녀들은 밭일을 끝내고 숲속에 들어가 돈이 될 만한 것을 찾을 수 있다는 사실만으로도 기뻤다. 그렇다면 남자들은 어떨까? 남자들은 벌목장으로 갔다. 벌목 노동자들은 손에 톱과 도끼를 들고 산과 들을 헤매면서 몇백년 된 큰 나무를 찾아다녔다. 그들은 이 산에서 앞으로 그렇게 큰 나무를 볼 수 없으리라는 사실을 모르는 것 같았다. 중요한 것은 이제 나무를 베다가 팔면 법에 걸린다는 사실이다. 하지만 남자들은 이처럼 벌받는 짓, 법에 걸리는 짓을 해서 돈 버는 것을 좋아했다. 남자들은 벌목을 하다가 경찰에 걸리지 않는다 해도 그렇게 해서 번 돈을 집으로 가져오지 않았다. 남자들은 읍내에 있는 식당에 모여 술을 마시고 소란을 피우기 일쑤였다. 그러다가 결국에는 구치소에 갇혀 풀이 죽은 모습으로 쪼그려앉아 있곤 했다. 여자들은 남자들이 왜 얌전하게 돈 버는 것을 싫어하는지 이해할 수가 없었다. 쥐마는 이런 일에 신경쓸 필요가 없었다. 그녀의 아버지는 이미 나이가 많아 여기저기 다니며 사단을 낼 힘이 없었다. 쥐마에겐 또 오빠나 남동생이 없었다. 언니가 둘인데 한 언니는 시집을 갔고, 애를 낳은 다른 언니는 애 아빠가 자기를 데려가지 않는다고 안달해하지도 않았다. 지촌 마을에선 요 몇년 동안 젊은 남자가 없는 집들이 오히려 아무 탈 없고 편안했다.

쥐마는 다른 여자들보다 조금 늦게 숲에서 나왔다. 손발이 잽싸지 않았기 때문이 아니라 요즘 들어 늘 혼자 멍하니 생각에 잠기는 버릇이 생겼기 때문이다. 필요한 만큼 고사리를 꺾은 그녀는 땅바닥에 주저앉아 갓 자라난 버들가지로 푸른 고사리를 한 줌씩 묶었다. 한참 묶다가 그녀는 문득 주위의 이름 없는 식물을 바라보며 생각에 잠겼다.

'어느날 갑자기 이것들 중 하나에 이름이 붙어 돈 되는 물건이 되지는 않을까?'

공상에 잠겼다 깨어난 그녀는 피식 하고 웃었다. 웃음을 그치니

다시 마음이 텅 비는 것 같다.

가슴이 텅 비는 느낌은 한 마리 작은 야생동물처럼 마음속 어두운 곳에 웅크리고 있다가 조금이라도 방심하면 어김없이 다시 고개를 들곤 했다. 줘마는 이런 느낌을 좋아하지 않았다. 이런 느낌이 마음속으로 파고들면 쫓아낼 수가 없었다.

줘마는 머리를 가로저으며 "아—" 하고 소리를 질렀다. 그러자 그 빌어먹을 느낌이 머릿속에서 몸을 움츠린다.

그녀는 묶은 고사리를 삼태기에 담고 오솔길을 따라 산 아래로 내려갔다. 좀 걷다가 자신도 모르게 고개를 돌리며 으슥한 곳에서 괴물의 그림자가 나타나지나 않나 살펴보았다. 사실 그녀는 괴물이 자신의 몸 뒤에 있는 것이 아니라 마음속에 있다는 사실을 잘 알고 있었다. 숲 아래쪽에서 친구들의 웃음소리가 들려왔다. 누군가 그녀의 이름을 불렀다.

"줘마!"

그녀는 대답하지 않고 샘물 가에 멈춰서 맑은 물에 얼굴을 비춰보았다. 물을 거울삼아 비춰보니 땀이 줄줄 흐르는 얼굴에는 마음의 허전한 구석이라곤 찾아볼 수가 없었다. 친구들이 재잘거리며 멀어져갔다. 그녀는 걸음을 재촉했다. 친구들을 따라잡기 위해서가 아니라 늦으면 고사리를 사들이는 소형 트럭이 떠나버리기 때문이다. 그러나 그녀는 결국 지체하고 말았다. 도중에 그녀를 좋아하는 젊은 총각을 만났던 것이다.

도로에 올라서자마자 그녀는 그 총각이 앞에서 어깨를 으쓱거리고 몸을 좌우로 흔들며 걸어가는 모습을 보았다. 할 일이 없는 젊은이들은 산에서 나무를 한두 그루씩 도벌해 몇백 위안씩 받고 팔았다. 그들은 그 돈으로 술집에서 취하도록 술을 마셔댔다. 그러고는 이렇게 어깨를 으쓱거리며 길 위를 건들거리면서 걷곤 했다. 이런 동작은 일부러 꾸민 몸짓으로, 젊은이들은 이런 동작을 좋아하여 서로 흉내내기도 했다. 술 취한 것을 대수롭지 않게 여기는 태도였다. 어떻게 그들은 모든 일을 대수롭지 않게 여길 수 있을까? 예컨대 쥐마처럼 몸매가 아름다운 아가씨가 눈앞에 있는데도 말이다. 총각은 느린 걸음으로 그녀 앞에서 걷다가 등 뒤 숲속에서 고사리 삼태기를 짊어진 쥐마가 걸어오는 것을 의식하고 발걸음을 늦췄다. 마음은 급했지만 쥐마도 따라서 걸음을 늦추는 수밖에 없었다. 하지만 녀석은 더 느리게 걸었다. 쥐마는 하는 수 없이 등에 있는 삼태기의 끈을 꽉 조인 뒤 길이 조금 넓어지는 곳에 이르자 걸음을 재촉하여 그를 앞지르려고 했다.

때는 정오가 좀 지났을 무렵이었다. 머리 위의 해는 서쪽으로 기울기 시작했고, 등 뒤의 고사리는 후끈후끈해져 약간 떫은 듯한 맑은 향기를 풍겼다. 쥐마는 머리를 숙이고 사내에게 눈길도 주지 않은 채 걸음을 재촉했다. 자신의 그림자와 사내의 그림자가 나란해진 모습이 눈에 들어왔다. 조금 더 지나자 자신의 그림자가 앞서기 시작했다.

바로 그때 사내가 입을 열었다.

"헤이!"

쥐마는 걸음을 옮기기가 힘들었다.

젊은이는 품에서 사탕을 한 움큼 꺼내더니 그녀의 긴 겉옷 앞섶을 당긴 다음 사탕을 그녀의 품 안에 넣어주었다. 그는 부끄럼을 타는지 애써 그녀의 눈길을 피했다. 하지만 손은 여전히 그녀의 옷에 머물러 있었다. 그는 사탕을 넣어주고 나서 일부러 그랬는지 엉겁결에 그랬는지 그녀의 젖가슴을 건드렸다.

쥐마 아가씨는 다소 과장된 음성으로 소리를 질렀다. 젊은이의 손이 움츠러들며 쥐마의 옷자락에서 거두어지자 그녀는 오히려 깔깔 웃기 시작했다. 웃음소리에 용기를 얻은 젊은이가 다시 그녀의 가슴 쪽으로 손을 뻗었지만 쥐마는 웃으며 앞으로 내달렸다. 두 사람은 한참을 쫓고 쫓기고 하다가 시냇가 떡갈나무 밑에 서 있는 고사리 사들이는 소형 트럭을 보게 되었다. 젊은이는 걸음을 멈추고 그녀의 등에다 대고 소리쳤다.

"이따가 저녁때 만나요. 잊지 말아요, 저녁이에요."

이동식 수매소가 있는 짙은 나무그늘 아래에 이르자 불길이 지나는 것같이 뜨겁던 가슴의 열기가 차차 가라앉았다. 먼저 온 여인들이 멍청한 소리를 지껄이며 수매소 주인을 즐겁게 해주고 있었다. 예컨대 차에 실은 앉은뱅이저울은 저울이 아니라 종이라고 재잘댔다. 주인이 웃으면서 "멍청한 아가씨들이군!"이라고 하자 그녀들은 미친 듯이 웃어대며 앙갚음을 했다.

"마음보가 시커멓면 장사꾼 같으니라고."

"내 마음보가 시커멓다고? 마음보가 정말 시커먼 놈이라면 아가씨들을 죄다 잡아서 팔아버렸을걸!"

"사람을 판다고요?"

주인이 의아한 표정을 지었다.

"관둡시다, 관둬. 정말 누가 팔려가면 사람들이 날 의심할 게 아니야! 난 정직한 장사꾼일 뿐이야!"

줘마가 말했다.

"그 남자들을 팔아버려요!"

"그 남자들이라니?"

"나무를 도벌하는 남자들, 돈만 생기면 읍내 거리로 가서 술을 퍼마시는 남자들 말이에요!"

줘마가 이렇게 말하자 많은 여인들은 그녀가 정말로 그 귀찮은 녀석들을 죄다 팔아넘길 것만 같아 그녀 옆에서 물러났다.

주인이 줘마의 엉덩이를 툭툭 치며 말했다.

"쳇, 누가 남자들을 산대? 사람들이 사려는 건 야들야들한 여자들이야."

웃고 떠드는 사이에 주인은 돈을 셈해 주고 찬바람이 쌩쌩 나오는 냉장고에 고사리를 넣으면서 내일 수매할 시간을 정하고는 가버렸다. 여인들은 나무그늘 아래서 한참을 앉아 있었다. 남자가 가버리자 여인들은 이내 조용해졌다. 마침내 줘마가 또 입을 열었다.

"얘들아, 정말 여자를 사려는 사람들이 있어?"

아무도 대답하지 않았다. 앉아 있던 여인들은 허리를 깊숙이

숙여 머리를 무릎 사이에 파묻고는 몸을 흔들거렸다. 줘마와 함께 서 있던 여인들은 모두 이마를 찌푸리며 먼 곳을 바라보았다. 먼 곳이라고 해봐야 그리 멀지는 않았다. 몇 개의 푸른 산등성이가 하늘 아래에 주욱 늘어서 있고, 희미한 그 산등성이 위의 하늘엔 빛나는 구름 몇 점이 머물러 있었다. 그곳에 사람들의 눈길이 멈췄다. 줘마는 그 산등성이에 가본 적이 있다. 마을에서 이십여 킬로미터 떨어진 그 산골짜기 아래에는 읍내가 있다. 과거에는 이곳을 공사(公社)라 불렀지만 지금은 향(鄉)이라 부른다. 산 위에서 내려다보면 읍내 중앙의 깃대 위에는 한 폭의 붉은 깃발이 펄럭인다. 읍내의 도로 양쪽에는 백화점과 우체국, 사진관, 병원, 타이어 수리소, 주유소, 여관, 파출소, 목재 검사소, 비디오 상영관, 술 담배를 함께 파는 작은 음식점 등 다양한 건물들이 늘어서 있다. 읍내는 지촌의 많은 사람들, 특히 여인들에게는 세상의 끝이었다. 더 먼 곳에는 현 소재지와 주 소재지, 성 소재지 순서로 점점 더 큰 도시들이 나타날 것이고 맨 마지막에는 베이징도 나타날 것이다. 그 다음은 외국이다. 들리는 바에 의하면 먼 곳에는 좋은 나라도 많다고 한다. 조용히 눈앞의 푸른 산등성이를 바라보는 동안 이처럼 생각이 꼬리에 꼬리를 물고 일어났다. 줘마는 사람들을 따라 마을로 향하면서 문득 꿈에서 깨어난 것 같은 느낌이 들었다.

그녀는 품속에서 사탕 한 알을 꺼내 입에 넣었다. 입 안에 달콤한 맛이 퍼지자 그 젊은이가 생각났다. 하지만 그녀는 곧바로 목구멍이 막혀버리고 말았다. 사탕 안에 술이 들어 있었던 것이다! 그녀는 술을 싫어했다. 그녀는 술이 든 사탕을 얼른 뱉어버리고 재빨리 친구들을 뒤쫓아갔다.

집안 식구들은 모두 밭에 일하러 나가고 없었다. 서쪽으로 기우는 햇살이 창문을 통해 비스듬히 들어와 집 안에 떠도는 미세한 먼지를 환히 비췄다. 밝게 빛나는 먼지들이 빛 속에 떠 있으니 마치 나지막이 속삭이는 귓속말 같았다. 쥐마는 오늘 번 돈을 꺼내 그 가운데 이십 위안은 가족 공용의 과자통에 넣고 나머지 삼십 위안은 자기 방으로 가져와 베개 밑에 쑤셔넣었다. 그러고 나서 침대에 누웠다. 그녀의 작은 방에 달린 창문은 동남쪽으로 나 있어 그 시각에는 햇빛이 들어오지 않는다. 그녀는 침대에 누워 창문 밖의 텅 빈 푸른 하늘을 바라보았다. 침대에 누운 채 두루마기의 허리띠를 풀자 품 안에 들어 있던 사탕이 침대 위로 떨어졌다. 그녀는 술이 든 사탕 한 알을 입에 넣었다. 달콤한 부분을 빨아먹은 다음 그 안에 들어 있는 술을 먹어보았지만 이번에는 캑캑거리지 않았다. 은근살짝 매운 느낌은 오히려 입 안의 달콤함을 미묘하게 만들었다. 몸이 허리띠의 구속에서 풀려날 때 약간 편안해지면서도 오히려 더 피곤해지는 것과 같은 기분이었다. 그녀는 사탕 한 알을 다 먹고 나서 한 알을 또 먹었다. 세 알째 먹으면서 그녀는 더 먹으면 안 된다고 자신에게 경고했다.

하지만 경고는 소용이 없었다. 창문 밖의 푸른 하늘이 희뿌옇게 변하면서 황혼이 내릴 때쯤, 그녀의 머리에서 윙윙 소리가 났다.

노곤하게 풀어지던 몸이 점차 의식 안에서 사라져갔다.

쥐마는 약간의 취기로 인해 잠이 들고 말았다.

식구들이 밭에서 돌아왔다. 어머니가 들어와 그녀의 이마를 만져보고 말했다.

"열이 좀 있구나."

어머니는 텃밭에서 박하 등의 약초를 꺾어다 그녀가 깨어나면 마실 수 있도록 끓여놓았다. 쥐마가 과자통에 넣어둔 돈을 보고 언니가 아버지에게 말했다.

"역시 딸을 키워야 근심이 없고 살림에도 보탬이 되는 법이에요."

아버지는 담배를 피우면서 아무 대꾸도 하지 않았지만 속으로는 딸의 말에 동의하지 않았다.

'근심이 없다고? 네년은 결혼도 안한 채 누구의 씨인 줄도 모르는 애를 집에서 키우고 있지 않으냐? 감히 네 여동생을 아이 아버지로 삼으려고?'

하지만 노인은 이런 생각을 입밖으로 내지는 않았다.

저녁밥이 다 될 때까지도 쥐마는 깨어나지 못했다. 쥐마에게 사탕을 준 젊은이가 창밖에서 약속대로 휘파람을 불었지만 그녀는 깨어나지 못했다. 그녀는 꿈을 꾸었다. 먼저 어스름한 햇빛 속에서 숲속의 고사리를 꺾는 장면이 나타났다. 곧이어 갑작스레 바람이 불어와 그녀가 공중에 붕 뜨게 되었다. 아니, 그녀는 날고 있었다. 그녀는 쌩쌩 바람소리를 내며 날았다. 마을 주위의 밭을 지나 나무가 다시 자라나고 있는 산과 들 위를 지났으며 산 위의 목장을 지나 읍내 거리 위로 날아갔다. 갈수록 더 빨리 날았다. 나중에는 자신이 어디까지 날아왔는지 알 수가 없어서 당황하며 쩔쩔매다가 잠에서 깼다. 시간은 이미 자정이 넘어 있었다. 창문으로 보이는 하늘에는 차가운 별들이 반짝였다. 그녀는 침대에서 꼼짝도 하지 않고 꿈속에서 본 장면들을 기억해내려고 애썼다. 하지만 분명하게 기억나는 것은 전혀 없었다. 바람이 지나간 것처럼 몸이 차가웠다. 뜨거운 눈물이 얼굴과 귀로 흘러내렸다. 그녀는 이 눈물이 사탕 안에 담겨 있는 술과 같다는 비유를 생각해냈다. 그녀는 머리가 나쁘지 않아 늘 여러 가지 비유를 생각해내곤 했다.

쥐마는 몸을 일으켜 베개 밑에서 꼬깃꼬깃 구겨진 돈을 꺼내 꼼꼼하게 세어보았다. 뜻밖에도 이천 위안이 넘었다. 그녀는 이 돈을 두 몫으로 나눠 한 몫은 자기 몸에 넣고 다른 한 몫은 가족 공용의 과자통에 넣었다. 아침에 일어나 그녀는 평소와 마찬가지로 가족들과 함께 밥을 먹은 다음 고사리 삼태기를 지고 문을 나섰다. 어머니가 말했다.

"더 있다 가려무나. 해가 솟아야 숲속의 이슬이 사라진단다."

그녀는 웃음을 머금으며 계단을 내려와 밖으로 나갔다. 쥐마는 이렇게 떠나서 다시는 돌아오지 않았다. 들리는 말에 의하면 고사리를 사들이던 주인이 그녀를 데리고 가서 먼 곳에다 넘겼으며 그녀는 자신을 팔아 삼천 위안의 돈을 챙겼다고 한다. 사실 지촌 사람들은 돈이 별로 아쉽지 않았다. 적어도 삼천 위안이나 오천 위안

정도에 목을 매지는 않았다. 그녀가 왜 자신을 팔았는지는 그 누구에게 물어도 알지 못했다.

지촌 사람들은 대부분 이 문제에 관심이 없었다. 그들이 관심을 보이고 있는 문제는 그녀가 자신을 어떤 사람에게 팔았고 지금 어느 곳에 있느냐 하는 것이었다.

홰나무꽃

갑자기 진한 향기가 몰려왔다.

5월의 어느 평범한 날 밤, 셰라반(謝拉班)은 자기 자신이 어디에 있는지조차 알 수가 없었다. 그는 잠에서 깨어나자 문득 주위가 지나치게 조용하다고 생각했다. 그때 그는 강렬한 꽃향기를 맡았다. 홰나무꽃 향기였다.

셰라반은 다리를 덮고 있던 담요를 젖히고 침대에서 일어났다. 침대와 관절에서 뚜둑 하는 소리가 났다. 허리를 구부려야만 겨우 설 수 있는 초소 안에서 그가 기침을 하니 유리창이 덜컹거렸다. 방은 사면이 온통 유리였다. 그는 열여섯 개의 덜컹거리는 유리에 둘러싸여 있었다. 유리 위쪽은 함석판으로 만들어진 뾰족한 천장이 있었다. 불을 끄고 침대에 드러눕자 초소의 천장은 마치 깊숙한 잔을 거꾸로 매달아놓은 것 같았다. 잔 안쪽은 지난날의 향기로 가득했다. 그는 차분하고 조심스럽게 향기를 음미하면서 자신에게 말했다.

"이 정도면 훌륭해."

이는 아들의 말투를 흉내낸 것이었다. 아들은 자신을 이런 새장 같기도 하고 술병 같기도 한 방에 몰아넣으면서 "이 정도면 훌륭해요. 아주 훌륭하다고요"라고 말했었다. 지난날들을 음미하면서 그는 페인트와 녹슨 철 그리고 기름얼룩에 부식된 강철의 맛을 느끼지 않으려고 입술을 잔에 조심스럽게 갖다댔다. 그가 지키고 있는 이 주차장 안에는 울타리 문, 폐기된 자동차 부품, 강철 로프, 가슴에 다는 부적 같은 호루라기 등이 아주 많이 있었다.

또 한차례 꽃향기가 밀려왔다.

그는 사냥꾼이 무슨 냄새를 맡았을 때처럼 습관적으로 귀를 쫑긋 세우는 자세를 취하면서 동시에 남들보다 큰 콧방울을 벌름거렸다. 유리창은 여전히 가볍게 흔들리며 그의 주의를 흩뜨려놓았다. 아들은 특별히 배려해준다는 마음에서 그가 지키는 주차장의 작은 집을 초소처럼, 그것도 지붕이 달린 초소처럼 만들어놓았다. 셰라반은 지붕의 덮개를 연 다음 땜질한 일곱 층의 강철 계단을 내려갔다. 아래층에는 유리창이 없고 시멘트로 된 벽에는 작은 구멍이 나 있었다. 바닥에는 그가 손수 파서 만든 화로가 있고 취사도구와 나무 수저, 나무 그릇, 그리고 구리 주전자 하나가 놓여 있다. 그는 아들이 가져온 물건들 가운데 밥을 할 때 쓰는 질솥만 달라고 했다. 크고 둔한 몸집으로 좁은 문을 통과할 때마다 그는 우둔한 곰이 동굴에서 기어나오는 모습을 떠올렸고, 그 옛날 총을 들어 조준하던 생각을 하곤 했다. 그때 희미한 빛이 사방을 둘러쌌다. 그는 이 희미한 빛이 달빛일 거라고 생각했지만 하늘은 캄캄하기만 했고 달도 없었다. 그를 비춘 불빛은 밤하늘을 향해 퍼져나가는 도시의 불빛이었다. 도시의 하늘을 뒤덮고 있는 불빛은 맑은 날 바람에 휘날리는 희뿌연 먼지 같았다. 불빛은 방향도 없이 사방으로 흩어져갔다. 주차장에 있는 몇십대의 트럭이 도시의 불빛에 그림자도 없는 뿌연 물체로 변하고 말았다. 굉음을 내며 고속으로 질주하던 트럭들이 어떻게 그림자마저 없는 존재로 변할 수 있는지 도무지 믿기지가 않았다. 주차장의 회색 담장 너머를 보니, 촘촘히 늘어선 생선 비늘 모양의 건물들 역시 물에 젖은 연체동물처럼 희미하게 빛나고 있을 뿐이었다.

그가 의지하며 머물고 있는 초소는 크고 외로운 버섯처럼 보였다. 그러나 이 버섯에는 향기가 없다. 그는 사냥을 하러 갔던 그날 밤을 생각했다. 한밤중 삼나무 아래서 노숙하다 깼을 때였다. 향기가 스멀스멀 피어오르며 여기저기서 버섯들이 땅을 뚫고 올라왔다. 이는 사냥꾼에게 행운을 가져다줄 징조였다.

몸을 돌리니 담장 밖 강가에 나무가 보였다. 꽃향기는 그곳의 홰나무에서 날아오는 것이었다. 5월의 평범한 어느날 밤, 갑자기 홰나무꽃이 핀 것이다. 강바람이 달콤한 홰나무꽃 향기를 계속 날려보내고 있었다.

"꽃이 피었군. 홰나무꽃이 피었어."

그는 꽃향기를 내뿜는 나무 가까이에 가기 위해 주차장 출구의 철제 울타리 쪽으로 걸었다. 그와 나무 사이는 큰 도로와 철제 울타리가 가로막고 있었다. 울타리는 밤이면 굳게 잠기고 낮이 되어야 열렸다. 그의 손에는 열쇠가 없었다. 절망의 순간 그는 거대한 적막이 들고 싶어졌다. 눈길이 미치는 것마다 희뿌연 등불 빛을 반사하며 하나같이 거대한 적막을 지니고 있었다. 그러나 빛이 비치지 않는 숲과 들판, 그리고 마을의 밤에는 생명의 소리로 가득했었다. 산짐승들이 어슬렁거리고, 새들이 잠꼬대를 하고, 초목들이 자라고, 바람이 불고, 청춘남녀가 밀회를 나누는…… 셰라반은 향기를 내뿜고 있는 홰나무를 바라보자 죽은 큰아들과 예쁜 딸들이 그리워졌다. 딸들은 모두 아내가 아닌 다른 여자들에게서 낳은 사생아였다. 그의 아내는 아들만 둘 낳았다. 아내가 저세상으로 떠난 후, 큰아들은 사냥을 하다가 총기 오발사고로 사망했다. 작은아들은 파출소 소장이 되었다. 파출소 소장이 된 아들은 셰라반이 외로워할까 봐 그의 호적을 농촌에서 도시로 옮겨주었다. 예전에 제법 이름을 날리던 사냥꾼은 주차장의 야간경비원이 되어 매일 3위안의 임금과 5마오의 야식비 보조를 받으며 살아가고 있었다.

경찰차의 날카로운 소리가 정적을 깨뜨렸다.

아들과 그 동료들이 좀도둑이나 건달들을 잡아들이는 것일까? 셰라반은 그 녀석이 걱정되었다. 그 녀석이 이 도시에 있지 않다는 것을 알고 있는데도 말이다.

셰라반은 모포를 덮고 침대에 누웠다. 사면이 유리로 되어 있어서 주차장을 관리하는 데 편리했다. 그는 진정한 밤과 진정한 어둠을 갈망했지만 사방에서 불빛이 반사되어 들어왔다. 그가 갈망하는 어둠은 마음을 안정시켜주고 나무와 흙, 물의 느낌을 가져다주는 것이었다. 그것은 주차장의 냄새와 전혀 다른 것이었다. 주차장에 있는 고무와 페인트, 휘발유, 녹슨 철은 호흡의 달콤한 맛을 강하게 억눌렀다.

눈을 감고 있는데 녀석이 그를 향해 다가왔다. 녀석의 눈매와 툭튀어나온 앞니는 어린 듯한 인상을 준다. 처음 봤을 때 그는 녀석에게 조심하라고 신신당부를 했다.

"무엇을 조심하란 말인가, 차 조심 아니면 교통경찰 조심?"

녀석은 어린 티를 벗지 못했으면서도 어른 행세를 하려 했고, 졸부처럼 건들거리는 어투로 말하곤 했다.

"어이! 영감, 주차비 받아. 영수증은 됐고 이걸로 술이나 사 드셔."

"어이! 영감, 재미난 얘기 해줄까?"

"어이! 영감, 아가씨 생각 안 나?"

"어이! 영감……"

셰라반은 예의라곤 조금도 없는 녀석에게 왠지 자애로운 부정(父情) 같은 것을 느꼈다. 그래서 녀석이 거들먹거리면 따귀를 올려붙이고 싶을 때도 있었지만 어린아이를 달래듯 자상한 어투로 "주차 잘하는군. 잘했어"라고 말해주곤 했다. 주차를 마친 녀석이 거들먹거리며 차에서 내릴 때마다 물건 잘 챙겨라, 창문을 닫은 후에 차문을 잠그라고 일러주곤 했다. 이 도시에서는 중국어와 표준 티베트어가 통용되고 있었지만 녀석은 셰라반과 말할 때면 고향 사람만이 알아들을 수 있는 고향 사투리를 썼다.

셰라반은 매번 녀석이 저만큼 멀어지고 나서야 문득 깨닫곤 했다.

'맙소사, 고향 사투리를 썼네!'

노인은 오랫동안 고향 사투리를 써보지 못했다. 주차장에서 잘 통하지도 않는 중국어를 쓸 때 말고는 사람들과 말할 기회조차 거의 없었다. 낮에는 잠을 자야 했고, 대낮처럼 환히 밝히지 못하는 불빛으로 늘 뿌연, 황혼 같은 밤에는 깨어나 아무도 가져가지 못하게 트럭을 지켜야 했다.

그러나 그가 처음 도시로 왔을 때는 이곳에서 살지 않고, 아들, 며느리와 함께 지냈다. 아들이 지금의 이 일을 찾아주었지만 아들에 대한 원망은 조금도 없다. 안경을 쓴 한족 며느리는 작은 목소리로 조곤조곤 말하곤 했다. 셰라반은 며느리의 유달리 가지런하고 하얀 치아를 좋아했다. 그는 원래 이렇게 가지런하고 하얀 치아를 지닌 여인들을 좋아했다. 며느리는 그에게 따로 방을 내주었다. 방에는 낮고 부드러운 침대가 있었으며, 벽에는 그가 팔기 아까워 간직하고 있는 화승총이 걸려 있었다. 가지가 많이 달린 잘 건조된 사슴뿔 한 쌍과 옥석처럼 반들반들한 멧돼지의 날카로운 송곳니, 화려하고 멋진 꿩의 꼬리털도 벽을 장식하고 있었다. 창문 아래에는 접이식 의자가 놓여 있었고 그 위에는 곰가죽이 깔려 있었다.

외로울 때마다 그는 그 방에서 고향의 숲과 죽은 가족과 사냥개 등을 추억했다. 며느리는 직장 동료와 상사를 종종 집으로 데리고 와 늙은 사냥꾼의 방을 보여주었다. 셰라반은 그들의 찬사가 결코 자신을 향한 것이 아니며 며느리의 체면을 세워주기 위한 것임을 점차 깨닫게 되었다. 그것은 괴상한 용모에 촌스럽고 굼뜬 이민족 시아버지를 모시고 사는 며느리의 효성에 대한 찬사였던 것이다. 결국 며느리는 부녀연합회의 임원이 되었다.

그날, 집에 고량주와 맥주, 포도주 등 갖가지 술과 온갖 음식들이 차려졌다. 식사를 마친 후 며느리가 이쑤시개로 잇새를 쑤셨으나 이쑤시개만 부러지고 잇새에 끼인 찌꺼기는 나오지 않았다. 며느리가 입을 크게 벌리자 윗니가 통째로 빠졌다. 셰라반은 침묵했다. 자신이 속았다는 사실을 안 것이다. 며느리의 사랑스럽던 치아는 가짜였던 것이다. 며느리는 노래를 흥얼거리면서 의치를 컵에 넣은 다음 소금물을 부었다. 셰라반이 아들에게 말했다.

"더이상 참을 수 없어!"

"왜 그러세요?"

"네 마누라의 이빨은 가짜야. 네가 때려서 빠진 거냐?"

아들은 고개를 가로저었다. 며느리가 남편에게 말했다.

"아버님이 지금 무슨 얘기를 하셨어요? 중국어로 하지 그러세요."

"아버지는 중국어를 못하셔."

"천천히 배우시면 되잖아요."

말을 마친 며느리는 의치가 든 컵을 들고 방으로 들어갔다.

셰라반이 갑자기 버럭 소리를 질렀다.

"난 집으로 돌아가련다!"

아들의 어투가 매섭게 변한다.

"그건 안돼요. 아버지의 호적은 이곳이에요. 호적이 어떤 것인지 잘 알고 계시잖아요?"

이리하여 셰라반은 주차장의 야간경비원이 된 것이다.

막 야간경비원이 되었을 때 이곳은 지금처럼 제대로 된 주차장이 아니었다. 사람들은 모두 차를 구석지고 조용한 사거리에 주차하곤 했다. 그땐 야간경비원이 육층에 거주했으므로 평소에는 주차장 초소를 사용하지 않았다. 주차장 초소는 너무 비좁아 침대와 난로를 놓고 나면 그의 거대한 몸이 겨우 움직일 정도였다. 이제 그는 여기서 술을 마셨고 해가 뜨기 전에 잠자리에 들어 해가 진 후에야 일어났다. 그가 눈을 뜨면 가로등은 이미 밝게 빛나고 있었고, 위층의 창문을 통해 텔레비전에서 국가를 연주하는 소리가 흘러나오곤 했다. 상호가 제각각이고 신형과 구형이 뒤섞인 트럭들은 천천히 들어와 적당한 주차공간을 찾았다. 셰라반은 고속도로에서 쌩쌩 신나게 달리던 강철 덩어리들이 자기 앞에 조심스럽게 멈춰서는 것을 보면서 통쾌함을 느꼈다. 그가 큰 배에 가는 목을 한 납작한 술병을 손에 들고 지휘하면 차들은 그의 지휘에 따라 이곳저곳에 주차를 했다. 술병은 운전기사들이 마시고 버린 브랜디병이었다. 나중에 그는 아들이 설치해준 침대를 치우고 접이식 의자 위에 씌워두었던 곰가죽을 바닥에 깔았다. 곰가죽은 머리에서 꼬리까지 완전한 모양을 갖추었을 뿐만 아니라 발톱까지 그대로 붙어 있는 것이었다. 그리하여 그는 곰가죽 위에서 난로의 장작이 타면서 내는 탁, 탁 소리를 듣기도 하고 장작의 송진향기도 맡으면서 편안히 잠을 청할 수 있게 되었다. 기사들은 각지의 술과 음식들을 가져다주었다. 그는 항상 술에 취해 지냈다.

셰라반이 있는 건물에는 하루 종일 쌍둥이 손자들을 돌보느라 기진맥진한 노인과 쓰레기를 줍는 노인이 살고 있었다. 그들은 걸핏하면 야간 경비를 서는 그의 방으로 찾아왔다. 그들은 비좁은 방에 앉아서 젊은 시절을 추억하곤 했다. 두 노인은 그의 좋은 직업을 부러워했다. 셰라반은 술에 잔뜩 취했을 때 의기양양하게 "내 아들은 파출소 소장이오"라고 자신이 말하는 소리를 들었다. 그는 자신과 비교될 수 없을 정도로 불쌍한 노인들에게 이런 말을 해서는 안되는 줄 알면서도 자신의 혀를 통제하지 못하고 "내 며느리 역시 관리라오"라는 말도 해버렸다. 이튿날 그는 두 친구에게 사과를 했다. 얼마 후 손자를 돌보던 노인이 와서 쓰레기 줍던 노인은 죽었고 자신은 고향으로 돌아갈 것이라고 했다.

그날 두 노인은 함께 술을 마셨다.

셰라반은 고향으로 돌아갈 수 있는 노인이 부러웠다.

고향으로 돌아가는 노인은 도시에 머무를 수 있는 셰라반을 부러워했다.

셰라반은 술을 몇잔 마시고 나서 노인과 작별한 다음 발길 닿는 대로 초소 앞 거리를 걸었다. 봄에 범람했던 강이 눈앞에 보였다. 강 가장자리에는 더러운 거품들이 떠다녔다. 진흙이 많아서 강물이 넘실거리지 못할 거라고 생각했는데 물결이 일렁이고 있었다. 황금빛 석양이 강물에 비쳤다. 강물이 휩쓸고 온 진한 진흙 비린내가 도시 전체를 휘감아 돈 뒤 결국엔 산들 사이로 사라졌다. 먼 산의 뿌연 안개가 처량하고 적막한 느낌으로 가슴속에 차올랐다. 수많은 일들이 그의 마음과 뼈를 갉아먹었다. 등 뒤의 도시에서 불이 밝혀지면서 그의 시야에 들어오던 먼 산이 사라지고 말았다. 셰라반은 강가를 떠났다.

야간 경비를 서는 곳으로 돌아오자 피로감이 몰려왔다. 그는 자신이 점점 노쇠해지고 있다는 것을 깨달았다. 날이 갈수록 온몸의 관절들이 점점 아파왔다.

바로 그날 밤, 녀석이 돌아왔다. 녀석은 여전히 치기를 벗어버리지 못하고 거들먹거렸다.

"어이! 영감!"

"내 이름은 셰라반이야."

"영감. 헤헤, 영감."

"나는 유명한 사냥꾼이었어. 내 이름 들어봤나? 집에 돌아가서 엄마에게 물어봐!"

"영감, 취했구먼."

셰라반이 악을 쓰기 시작했다.

"차를 오른쪽에 주차하라고 했잖아, 왼쪽이 아니라!"

녀석은 그의 말에 아랑곳하지 않고 쾅 소리를 내며 차문을 닫고는 휘파람을 불어댔다. 분한 감정이 복받친 셰라반은 그날 마셨던 술이 눈에서 뿜어져 나오는 것만 같았다. 셰라반은 득달같이 달려들어 녀석의 멱살을 잡았다. 그러나 오히려 녀석에게 손목이 잡힌 채 녀석과 대치하게 되었다. 셰라반은 자신은 늙어서 힘이 점점 약해지는 반면 녀석은 힘이 계속 세지고 있다는 것을 알았다! 그때 녀석의 어깨 너머로 작은아들이 우중충한 얼굴로 소리 없이 다가오는 게 보였다.

셰라반이 말했다.

"빨리 손을 놔, 파출소 소장이 왔단 말이야!"

하지만 녀석은 손을 놓지 않았다. 아들이 녀석의 면상에 주먹을 날렸다. 녀석도 받아치며 파출소 소장과 주먹질을 주고받았다. 셰라반은 아들을 간신히 뜯어말렸다. 수갑을 꺼낸 아들은 셰라반이 녀석을 말리는 사이 녀석을 위협하며 수갑을 채워 끌고 가겠다고 소리쳤다. 셰라반은 자신이 술을 많이 마셔 먼저 시비를 건 것이라고 했다. 그러자 아들은 가져온 육포를 건네주고 나서 씩씩거리며 가버렸다.

그날 밤 셰라반은 녀석에게 음식을 차려주었다. 곰가죽 위에 누워 쉬라고 하고선 녀석에게 자신이 이 곰가죽을 갖게 된 유래와 치아가 하얗던 아름다운 여인에 대해 얘기해주었다. 마지막으로 녀석에게 말했다.

"여자를 고를 때 치아가 정말 희고 바른 여인을 찾도록 해."

녀석은 고개를 틀며 비웃었다.

생각해보니 그날은 그가 도시에 온 이후로 밤이 가장 빨리 지나
간 날 같았다.

녀석은 매번 그에게 무언가를 가져다 주었다. 마른 나뭇가지 한
묶음, 연기를 피워 모기와 악취를 내쫓는 신선한 측백나무 가지,
사탕, 사탕수수, 코담배, 죽은 꿩, 심지어는 한 묶음의 그림첩과 장
난감 권총도 가져다 주었다. 그런 다음 녀석은 그와 헤어져 거리에
서 밥을 먹거나 내기 당구를 쳤다.

한번은 녀석의 차가 한밤중이 돼서야 도착한 적이 있었다.

녀석은 차에서 향기 진한 하얀 홰나무꽃을 안고 내렸다. 녀석이
홰나무꽃을 곰가죽 위에 올려놓자 비좁은 방 안은 금세 홰나무꽃
향기로 가득 찼다. 녀석은 차에서 밀가루 한 포대를 가져오면서 말
했다.

"찐빵 좀 만들어주세요. 우리 고향의 홰나무꽃 찐빵 말이에요."

그날 역시 밤이 너무도 빨리 지나갔다.

셰라반은 불을 지펴 물을 끓이고 반죽한 밀가루에 자디잔 홰나
무꽃잎을 섞었다. 녀석은 어느새 잠든 모양이었다. 작은 방이 달콤
한 홰나무꽃 향기에 휩싸였다.

찐빵이 익자 녀석이 깨어났다. 녀석은 눈도 제대로 뜨지 않고 빙
긋이 웃는다.

"다 됐어요?"

"다 됐어."

"영감, 먼저 찐빵 주름으로 점을 쳐봐요!"

노인이 자신의 열 손가락을 이리저리 흔들며 말했다.

"네가 집어든 찐빵이 우리에게 좋은 내일을 가져다줄 거야."

찐빵 위의 넓은 주름은 활짝 웃는 모습이었다. 꽃향기가 사방으로 퍼졌다.

찐빵을 먹고 또 찐빵을 쪘다. 두번째 찐빵도 활짝 웃는 모습이었다. 녀석이 말했다.

"좋았어, 내일 면허증을 찾아올 수 있겠다."

"면허증?"

"그들이 내 면허증을 압수해버렸어요. 영감 아들 말이에요."

아침이 되자 세라반은 고향의 맛이 담긴 찐빵을 들고 아들의 사무실로 찾아갔다. 그리고 녀석의 면허증을 받았다. 아들이 말했다.

"그 녀석더러 다시는 나랑 마주치지 말라고 하세요. 그 녀석이 한 짓을 보면 감옥에서 적어도 이년은 썩어야 해요."

보아하니 일이 정말로 그렇게 돌아가는 모양이다. 녀석이 다시는 돌아오지 않았다. 다행히 주차장이 가득 차 그해 겨울은 그다지 심심하지 않았다. 한밤중에 술 취한 남자가 노래를 부르며 쓰레기통을 엎어버리기도 했고, 눈처럼 하얀 얼굴에 눈가가 퍼런 여인이 그의 이목을 끌기도 했으며, 들개들이 쓰레기 더미를 뒤지며 먹을 것을 찾기도 했다. 그 개들은 순종(純種)이었고 눈, 코, 귀를 보면 영민하고 훌륭한 사냥개인 것 같은데 어떤 연유에서 더럽고 쇠약해진 모습으로 도시를 떠돌고 있는지 알 수가 없었다. 결국 술 취한 남자들이 전깃줄을 가지고 그 개의 목숨을 끊어버렸다. 그후 세라반은 주정뱅이나 매춘부, 좀도둑, 떠돌이를 파출소에 신고하면 포상금을 받을 수 있다는 사실을 알게 되었다. 얼마 뒤 치안순찰대가 생기면서 한밤의 유랑자들은 모두 종적을 감춰버렸다. 세라반은 적막감을 느꼈다. 작은 방 안에 앉아 있자니 버릇없고, 고향 사투리를 쓰며, 홰나무꽃 찐빵을 좋아하던 녀석이 생각났다. 세라반의 작은 방 문은 항상 열려 있었다. 가끔 윙윙하는 날카로운 소리를 듣고 바람소리인 줄 알았는데 경찰차가 임무를 수행하는 소리일 때도 있었고, 수많은 눈송이들이 불빛 아래서 바람에 휘날리는 소리일 때도 많았다.

새해가 되고 얼마 지나지 않아 새로운 주차장이 지어졌다.

아들의 주장대로 만들어진 야간경비원의 작은 방은 세라반이 좋아하는 모양은 아니었다.

아들은 분명 호의를 가지고, 그가 침대에 누운 채 바깥의 차들을 살펴볼 수 있게 방을 만들도록 했다.

갓 피어난 홰나무꽃 향기가 짙어가던 밤, 세라반은 침대에 누워 예전에 사냥을 하러 갈 때 머무르곤 하던 동굴과 오두막을 떠올렸다. 그는 지금 희미한 불빛을 잔뜩 반사하는 유리에 둘러싸여 있다. 이 도시에서는 유리가 많고 페인트칠을 많이 한 집이 좋은 집이라는 것을 잘 알고 있었지만, 사냥 때 숲속에서 풍기던 냄새와 달빛 아래 선명하던 그림자를 생각하면 지금 머물고 있는 이곳은 도무지 마음에 들지 않았다.

셰라반는 혼잣말로 중얼거렸다.

"나는 즐겁지가 않아."

그는 사람이 늙으면 알 수 없는 말들을 중얼거리게 된다고 생각했다. 그는 두툼한 모포를 끌어당겨 얼굴을 덮었다. 자신이 죽어 있다고 상상하면서 천천히 호흡을 참았다. 심장 뛰는 소리가 점점 느려졌다. 그는 잠이 들었고, 꿈속에서 드넓고 푸른 풀밭을 보았다. 꿈에서 깨어났지만 푸른 풀은 여전히 언덕 위에서 흔들리고 있었다. 꿈에서 풀을 보는 것은 오랜만에 가족을 만나게 된다는 징조인데, 과연 누구를 만나게 될까? 작은아들은 꿈속에서 풀을 보지 않아도 만날 수 있고, 큰아들과 아내는 꿈속에서 풀을 보아도 만날 수 없다.

"그럼 그 녀석인가?"

그는 또 혼잣말로 중얼거렸다.

그는 고향 사투리를 쓰는 녀석이 차에서 내리는 것을 보았다. 녀석은 노련한 운전기사의 자태로 차에서 내리며 그에게 소리쳤다.

"어이, 영감!"

셰라반은 또 혼잣말로 중얼거렸다.

"홰나무꽃이 피었군."

그 순간, 이 도시의 건물들이 몽롱하고 흐릿한 불빛에서 벗어나기 시작했다. 셰라반은 침대에서 일어났다. 그날 그는 많은 시간을 들여 폐철사로 사다리를 단단히 고정한 다음 그것을 어깨에 메고 홰나무 아래로 가서는 마음껏 희고 향기로운 홰나무꽃을 땄다.

두 절름발이

마을의 크기나 사람 수에 관계없이 조물주는 항상 자신의 은밀한 법칙을 나타내 보인다.

그 법칙 가운데 하나는 마을의 구성원 모두가 다 온전할 수는 없다는 것이다. 조물주는 항상 마을에 장애인을 만들어놓는다. 하지만 그 수를 그리 많게 하지는 않는다. 절름발이를 예로 들어보자. 이백 남짓한 가구가 있는 지촌에는 완벽한 배합을 위해 절름발이가 한 명만 있다.

게다가 언제나 딱 한 명의 절름발이만 있을 뿐이다.

일찍이 지촌 마을에는 성질이 불같은 가뚸(嘎多)라는 이름의 절름발이가 한 명 있었다. 그는 늘 분기탱천하여 목발을 휘두르며 욕을 해댔다. 그는 걸핏하면 아내와 딸에게 "이 낯 두꺼운 매춘부!"

하며 욕을 내뱉었다. 사실 다리를 절게 된 것도 그의 난폭한 성질 때문인데, 그것은 해방(1949년) 전에 일어난 일이었다.

숲 가까이에 있던 그의 농경지는 멧돼지의 공격으로 짓밟히기 일쑤였다. 해마다 농작물이 싹틀 때면 그는 밭두렁에 원두막을 지어놓고 농작물을 지켰고, 그의 집에는 항상 그가 잡은 멧돼지 고기가 있었다. 그는 몹시 고생스럽게 지냈지만 바람을 무서워하거나 비를 겁내지는 않았다. 그런데 그의 아내는 부끄럼을 잘 타는 성격이라 그를 따라 원두막에서 자는 것을 꺼려했다. 더욱이 그곳에서 남편과 함께 몸과 마음이 풀리는 좋은 일을 하려고 들지 않았다.

이 때문에 불같이 화가 난 그는 아내를 향해 매춘부라고 욕을 하게 되었다. 그가 아내를 향해 욕을 퍼붓자 두 딸이 옆에서 서럽게 울기 시작했다. 그러자 그는 두 딸을 향해서도 매춘부라고 욕을 했다. 여자들은 젊을 때 자기가 좋아하는 남자와 잘 수 있다. 결혼 후 가끔 다른 남자를 위해 허리띠를 풀 수도 있다. 하지만 그렇다고 그 여자들이 전부 매춘부인 것은 아니다. 게다가 지촌은 아직 상업이 그 정도로까지는 발달하지 않았다. 그렇지만 매춘부라는 말은 몇백년 전부터 지촌 사람들의 마음속에 자리잡고 있었다. 그 말은 성질이 사납고 욕을 잘하는 사람들의 입에서 마치 천둥소리가 먹구름 속에서 우르릉거리듯 자연스럽게 튀어나왔다.

죽기 직전의 이삼년 동안, 절름발이는 특정 대상을 욕하는 것만으로 성이 차지 않았는지 걸핏하면 지팡이를 휘두르며 "에이, 이 매춘부들!"이라고 했다.

지촌 사람들은 해마다 가을이 되면 밭작물을 놓고 날짐승 및 들짐승과 투쟁을 했다. 그는 생산대에 의해 호추조(護秋組, 가을 작물 보호조)에 배치되었다. 이치대로 하자면 들짐승들이 농작물을 먹어치우건 말건 그와 직접적인 상관은 없었다. 토지가 오래전에 이미 국유화되어 국가 소유였기 때문이다. 그 시절에 가뭐는 청장년 시절과 달리 여자와 자고 싶다는 충동을 늘 느끼지는 않았다. 그러나 그는 언제나 분기탱천해 있었다.

낮에 작물 보호조는 손에 징을 들고 보리밭 주위를 돌며 반갑지 않은 새들을 쫓아냈다. 가뭐는 지팡이를 짚고 다녀서 제대로 징을 칠 수가 없었다. 그래서 그는 보리밭으로 들어가 바람에 쓰러진 허수아비를 일으켜 세우는 일을 맡게 되었다.

그는 허수아비를 일으켜 세우며 욕을 내뱉었다.

"에이, 이 매춘부!"

허수아비의 팔이 바람에 펄럭였다. 그러자 가뭐는 화를 버럭 내며 발로 허수아비를 차버렸다. 허수아비는 흔들거리다가 넘어졌다. 그러자 이번에는 자기 자신에게 욕을 내뱉었다.

"에이, 이 매춘부!"

그는 또다시 허수아비를 일으켜 세웠다. 허수아비는 절름발이처럼 기우뚱하게 선 채 바람에 흔들거렸다.

절름발이는 얼굴을 두 팔로 가리고 웃기 시작했다. 그러다 땅 위에 철퍼덕 주저앉아버렸다. 이삭이 가득 달린 수많은 보릿대가 그의 엉덩이 아래에 깔렸다. 그는 고개를 들어 하늘을 쳐다보았다.

그의 웃음소리는 이미 울음소리로 바뀌어 있었다. 땅에서 일어서려 하니 허리가 곱사등이처럼 구부러졌다. 그때부터 그는 두 번 다시 악담을 퍼붓지 않고 그저 장탄식만 내뱉었다.

"불쌍하다, 불쌍해."

하늘에서 비가 내리자 그가 말했다.

"불쌍하다, 불쌍해."

가을바람이 황금빛 보리 물결을 스쳐도, 먹이를 찾아 날아든 새 떼가 꽝꽝 울리는 징소리에 보리밭에서 쫓겨나 하늘로 날아올라도 그는 말했다.

"불쌍하다, 불쌍해."

저녁 무렵 작물 보호조는 화승총을 한 자루씩 들고 한 사람씩 밭두렁 옆 원두막으로 흩어졌다. 잠시 후 여기저기서 "탕!" 하는 총소리가 났다. 밤마다 어슬렁거리며 밭으로 내려오는 들짐승들을 향해 쏘는 총소리였다. 총소리가 울리자 절름발이는 탄식을 했다. 한참 동안 총소리가 들리지 않자 원두막에 앉아 있던 그는 총구를 원두막 밖으로 내밀고 하늘을 향해 한 방 쏘아버렸다. 그는 총구에서 뿜어져 나오는 눈부신 빛을 보지 못했다. 어떤 이는 애초부터 그의 총에 탄알이 장전되어 있지 않았다라고 했다. 다리를 절게 된 뒤로 그는 화승총에 탄알을 장전하지 않는다는 것이었다.

그 옛날, 그는 밤마다 자기 밭의 가을 작물을 지켰다. 지금은 합작사(合作社)나 생산대, 집단소유제 같은 말들이 마치 태곳적부터 있어온 말처럼 지촌 사람들의 귀에 익숙해져 있지만, 얼마 전까지만 해도 귀에 잘 들어오지 않던 말이었다. 한번은 멧돼지 한 마리가 은은한 달빛 아래서 보리밭 한가운데를 짓밟고 있었다. 그가 경험 많은 사냥꾼이었더라면 날이 밝기를 기다렸다가 보리밭으로 내려가 자신이 쏜 사냥감을 찾았을 것이다. 지촌의 남자들이라면 누구나 사냥을 할 줄 알았다. 그러나 그는 사냥꾼의 명단에 한번도 오르지 못했다. 왜냐하면 그는 한번도 큰 동물을 쏴서 총구 아래 쓰러뜨려본 적이 없었기 때문이다. 집채만 한 멧돼지가 자신의 총에 맞아 쓰러지자 그는 흥분에 휩싸였다. 그러나 그가 가까이 가기도 전에 상처입은 멧돼지가 거친 숨을 몰아쉬며 보리밭 한가운데에서 뛰쳐나왔다. 상처를 입어 몹시 화가 난 멧돼지는 주둥이의 긴 송곳니로 단숨에 그를 받아버렸다. 그날 밤 절반이 넘는 지촌 사람들이 그가 내지르는 외마디 비명소리를 들었다. 사람들이 그를 업고 집으로 데려갔다. 멧돼지 송곳니에 찢어진 허벅지살 위로 하얀 뼈가 드러났다. 어렴풋이 들리는 소문에 의하면 그의 그곳도 멧돼지에게 당해 못 쓰게 되었다고 한다. 그 짐승의 송곳니가 칼처럼 예리해 슬쩍 스치기만 했는데도 그의 고환이 떨어져나갔다는 것이다. 다음날 사람들은 숲속에서 죽은 멧돼지를 찾아냈다. 그러나 아무도 그가 잃어버린 그 물건을 찾아내지 못했다. 사람들은 잡은 멧돼지 고기를 나누어가졌다. 그의 아내도 멧돼지 고기를 받아왔다. 피가 뚝뚝 떨어지는 멧돼지 고기를 보자 그는 "에이, 매춘부!"라고 욕을 내뱉었다.

다리를 절기 전 그는 성격이 좋은 사람이었다.

어째서 성격이 좋았다고 하는 것일까? 아마도 이는 그가 자신의 능력 부족을 잘 알고 있었기 때문일 것이다.

다리를 절게 되자 그는 꽉 닫힌 솥에서 증기가 치솟듯 툭하면 폭발하곤 했다. 하지만 모두가 아주 오래전에 일어난 일이다.

첫째, 이 사건은 정말로 아주 오래전에 발생했고 둘째, 설령 어떤 사건이 어제 막 발생했다손 치더라도 사람들 입을 하나 둘씩 거쳐 살이 붙게 되면 마치 아주 오래전에 일어난 일처럼 느껴지게 되는 법이다. 이렇듯 풍문이라는 것은 망원경의 렌즈와 같아서 반대로 돌리면 눈앞의 풍경이 그 즉시 멀어져 보이는 법이다.

이 사건은 사람들의 기억에서 점차 멀어지면서 잊혀져갔다. 상처가 다 나아 사람들 앞에 그가 다시 나타났을 때, 사람들 눈에는 그가 태어나면서부터 절름발이였던 것처럼 보였다.

앞에서도 말했지만 인구가 많건 적건 한 마을에 절름발이나 벙어리, 귀머거리가 없다면 이는 비정상적이다. 이는 신이 존재하지 않는다는 말과 마찬가지인 것이다. 절름발이가 지팡이를 짚고 사람들 앞에 나타나자 누군가 의식적으로 고개를 돌리며 하늘을 바라보았다. 절름발이도 하늘을 바라보았다. 그가 욕을 내뱉었다

"쳇!"

그는 하늘에 있는 존재를 욕하려다 어쩐지 맘이 켕겨 뒤따라 나오는 욕을 감히 내뱉지 못했다.

훗날 지촌 마을에는 두번째 절름발이가 생기게 되었다. 새로운 절름발이에게도 이름은 있었지만 다리를 절고부터 사람들은 그를

'작은 가뭐'라고 불렀다. 당시 스물여섯 살이었던 작은 가뭐는 전대를 메고 이웃마을의 친척집을 방문하는 길이었다. 전대 안에는 평범한 선물이 들어 있었는데, 이 마을에 아주 흔한 절인 돼지족발 하나와 찻잎 한 봉지, 고량주 두 병, 그리고 친척집 처녀에게 줄 꽃무늬 옷감 등이었다. 그랬다, 그는 그 처녀를 좋아했다. 그는 그 처녀가 보고 싶었던 것이다. 이웃마을로 가는 길 위에서 그는 타이어가 펑크난 트럭을 만나게 되었다. 트럭은 적재량보다 훨씬 많은 목재를 싣고 가다 무게를 못 이긴 타이어가 그만 터져버린 경우였다. 작은 가뭐는 착실한 데다 손기술도 좋고 기계 따위를 만지는 걸 좋아했다. 게다가 그에게는 샘솟는 힘이 남아돌았다. 그는 자발적으로 도와주려고 나섰다. 타이어를 갈아 끼워주자 운전사는 그를 차에 태워주겠다고 했다. 사실 도로를 따라가면 5킬로미터나 가야 되지만 작은 야산을 넘어 1.5킬로미터만 가면 비탈에 농경지가 조성된 그 마을에 도달할 수 있었다.

그는 짐칸에 올라탔다. 목재를 너무 많이 실은 트럭이 울퉁불퉁한 시골길을 달리자 술주정뱅이처럼 이리저리 심하게 흔들렸다. 차 맨 꼭대기에 탄 작은 가뭐는 흔들리는 몸을 지탱하기 위해 다리를 굵은 목재 사이에 끼워넣었다. 쌩쌩 불어오는 바람 속에는 상쾌한 가을숲의 향기가 스며 있었다. 노랗고 빨간 나뭇잎으로 울긋불긋 물든 가을산이 햇빛 아래 풍성하고 환하게 빛나고 있었다.

잠시 동안 그가 가려는 마을이 숲에 가려 보이지 않았으나, 트럭이 산모퉁이를 도는 순간 다시 모습을 드러냈다. 비스듬히 기울어진 찻길에서 갑자기 펑 하는 소리와 함께 또다시 타이어가 터져버렸다. 트럭이 옆으로 기울어지며 하마터면 뒤집힐 뻔했다. 그러나 이리저리 흔들리면서도 차는 앞을 향해 열심히 나아갔고 평탄한 길이 나오자 차체는 바로 잡혀졌다. 작은 가뭐는 아픔을 느낄 수조차 없었다. 트럭이 흔들리면서 차 위의 목재도 마구 흔들려 나무 사이에 끼우고 있던 다리가 뚝 하고 부러졌지만, 그 순간 하얗게 질린 그는 외마디 비명을 지르고는 그대로 기절해버렸던 것이다.

작은 가뭐는 이웃마을 친척집에 다시는 걸어서 갈 수 없게 되었다.

병원에서는 현대 의술을 이용하여 그의 목숨을 건져주었다. 의사는 나무토막을 자르듯 그의 다리를 절반으로 싹둑 절단해버렸다. 그는 돈 들이지 않고 의족 하나를 얻었고, 번쩍이는 금속 지팡이도 덤으로 얻었다. 모든 비용은 트럭회사가 부담했다. 이 모든 일들은 큰 가뭐로 하여금 커다란 자괴감을 느끼게 만들었다. 작은 가뭐도 작물 보호조에 들어와 구리로 된 징을 밭두렁에 놓고 마구 쳐댔다. 두 절름발이가 어느 밭두렁에서 만났다. 두 사람은 지팡이를 내려놓고 햇볕 아래서 함께 쉬었다. 둘 사이에 얼마간 침묵이 흐르고 나서 작은 가뭐가 큰 가뭐에게 말했다.

"형님도 비교적 큰 외상을 입으셨더랬지요. 그렇지만 뼈는 멀쩡했고 힘줄만 끊어진 상태였죠. 병원에만 갔더라면 힘줄을 쉽게 이어놓았을 텐데."

병원을 다녀온 사람들은 하나같이 그곳에서 의학 지식 하나씩을 배워왔다. 탄식을 하던 작은 가뭐는 바짓가랑이를 감아올리고 끈과 단추를 풀더니 의족을 꺼내 한쪽에 내려놓았다. 그의 눈에는 상심한 기색이 역력했다. 큰 가뭐는 더욱 상심했다. 자신은 병원에 도 한번 가보지 못하고 매일 집에 누워 상처에 약초만 발랐던 것이 다. 퀴퀴한 냄새를 풍기던 상처는 거의 두 해가 지나서야 완전히 아물었다. 큰 가뭐가 한숨을 내쉬는 걸 보고 작은 가뭐는 그가 자 신의 신세를 한탄할 것이라고 생각했다. 큰 가뭐가 입을 열어 자신 은 원망이나 신세한탄 같은 것을 하지 않는다고 했지만 그의 어투 로 보아 마음이 편치 않음을 알 수 있었다.

"의족이 있다고 의기양양해할 것 없어. 내가 한 가지 알려주지. 이 작은 마을은 한 명의 절름발이만 수용할 수 있어. 그러니 하늘 이 너와 나 둘 중 누구를 먼저 데려가실지는 알 수 없는 거야!"

말을 마친 뒤 큰 가뭐는 몸을 일으켜 꽝꽝 울리는 징소리 속으로 지팡이를 짚고 걸어갔다. 그의 앞으로 참새들이 날아올랐다. 참새 들은 요란한 징소리를 조금도 두려워하지 않았다. 참새들은 징소 리 나는 곳 위를 빙빙 날다가 징소리가 멀어지면 날개를 접고 이삭 이 풍성한 보리밭에 다시 머리를 파묻었다.

작은 가뭐는 좀 상심한 것 같기도 했고 또 상심하지 않은 것 같기 도 했다. 하지만 그 역시 자신을 분석하는 일은 하지 않을 것이다. 그는 의족을 다리에 연결하고는 끈을 묶고 단추를 채운 다음 몸을 일으켰다. 의족과 다리가 맞닿는 부분에서 뚜둑 하는 소리가 들려 왔다. 절단된 다리가 의족에 닿아 마찰을 일으키면 참을 수는 있으나 날카로운 통증이 지나가곤 했다. 그는 하늘을 올려다보지 않았다. 자신이 절름발이가 된 게 하늘에 있는 조물주의 은밀한 배치라고 생각하지 않았다. 그는 그저 천천히 멀어져가는 큰 가뭐의 뒷모습을 지켜보면서 '하늘이 정말 큰 가뭐를 데려간다면 그로서도 무거운 짐을 벗는 셈일 것이다'라고 생각할 뿐이었다.

그는 마음속에 깊은 연민이 일었다. 다음날 그는 밭으로 가면서 두어 모금의 술이 들어 있는 작은 술병을 품속에 넣고 갔다.

밭두렁에 가서 앉은 그는 품속에서 술병을 꺼내 자신보다 나이 많고 더 가련해 보이는 절름발이에게 건넸다.

그 가을 내내 똑같은 날들이 계속되었다. 두 절름발이는 날마다 만나 말없이 앉아 있다가, 술을 받아든 큰 가뭐가 얼굴을 뒤로 젖히고 술을 입 안에 털어넣으면 다시 말없이 각자의 길을 갔다.

이듬해 가을 큰 가뭐는 더이상 참지 못하고 한마디 했다.

"제기랄, 네 꼴을 보니 조물주가 널 데려갈 생각은 아예 안하시는 것 같군."

작은 가뭐가 얼굴에 환한 웃음을 머금었다. 사실 그도 그런 생각을 줄곧 해왔던 것이다.

"조물주의 이치는 나이든 사람을 먼저 데려가는 것이겠죠."

큰 가뭐가 웃었다.

"에이, 이 매춘부! 넌 조물주도 가끔 실수할 수 있다는 생각을 해보지 않았어?"

"조물주는 술을 안 마셔요."

이런 얘기를 나누다 문득 작은 가뿨는 자신이 너무 젊다는 생각이 들었다. 이렇게 젊은 나이에 작물 보호조에서 참새나 쫓으며 놀수만은 없는 일이었다.

산비탈에서 아래를 내려다보니 마을의 건강한 노동자들은 모두 수력발전소 공사에 열중하고 있었다. 사실 그러느라 무르익은 보리밭은 여태 수확도 못하고 있었다.

그가 말했다.

"제기랄. 형님, 이제 이런 시시한 일은 관둘래요. 전 이제 발전기술을 배울 거예요."

큰 가뿨가 웃었다. 작은 가뿨는 큰 가뿨의 웃는 얼굴에서 깊은 주름을 발견했다. 그리하여 그날 그는 웃기는 얘기를 더 했다. 큰 가뿨는 정말 두 번을 더 웃었다. 두 번을 웃고 난 뒤 그는 웃음을 거두면서 이 세상에 정말로 기쁜 일은 없다고 말했다. 작은 가뿨는 마음속으로 그가 불쌍하게 여겨졌다. 처음으로 그는 이렇게 작은 마을에 절름발이가 둘이나 있는 것은 너무 많은 것이란 생각을 하게 되었다. 만일 조물주가 한 사람을 데려가야 한다면 큰 가뿨를 데려가는 것이 바람직하다는 생각도 들었다. 큰 가뿨는 세상을 너무도 힘들게 살고 있는 반면 자신은 아직 젊기 때문이다. 작은 가뿨는 매일 농경지나 돌며 참새 쫓는 일만 해서는 안되겠다는 생각을 굳혔다.

그는 곧장 당 간부를 찾아갔다.

"저는 절름발이입니다. 기술을 배우고 싶습니다."

"큰 가뭐가 너보다 먼저 다리를 절었잖아."

"정말 그런 바보를 데려다 발전기술을 가르치겠다면 저도 이견
은 없습니다."

간부로서는 당연히 선진기술을 배우는 데 바보를 보낼 수는 없
었다. 작은 가뭐는 사실 두뇌 회전이 빠른 청년이었다. 요구사항을
전달한 며칠 후 그는 짐정리를 해두라는 통지서를 받았다. 대대부
(大隊部)에서 증명서를 발급했으니 현에 있는 수력발전기술 훈련반
에 등록하라는 내용이었다.

"정말일까?!"

그는 커다란 도장이 찍힌 증명서를 손에 쥐고도 믿을 수가 없었
다. 밭두렁에 앉아서 생각해낸 황당한 소원이 며칠 만에 실제로 이
루어졌다는 게 믿기지 않았다.

"어떻게 된 일이죠?"

간부가 답했다.

"우리 마을에 너보다 더 똑똑한 사람이 없어서 그런 건 아니야.
단지 다른 사람은 팔다리가 멀쩡한 노동력이라서 이 일이 네게 떨
어진 것뿐이야."

작은 가뭐는 그 말에 화를 내지 않았다. 그는 출발하기 전날에도
징을 들고 밭두렁을 돌며 참새를 쫓았다. 그러다가 큰 가뭐와 마주
쳤다. 큰 가뭐는 비스듬히 서 있는 허수아비 옆에서 지팡이를 짚고
서서 허수아비처럼 몸을 흔들고 있었다.

작은 가뭐가 말했다.

"형님, 똑바로 서 계세요. 그렇게 몸을 흔든다고 참새들이 날아
가나요."

"에이, 이 매춘부!"

"욕하지 마세요. 마을에 절름발이라고는 우리 둘뿐인데 제가 가
고 나면 보고 싶어도 볼 수 없잖아요."

"에잇!"

"형님이 그랬잖아요, 한 마을에 절름발이가 둘일 수 없다고요.
제가 여기를 떠나면 반년 동안 형님은 마음놓을 수 있을 거예요."

그렇게 말하면서 손을 내밀었다.

"자, 우리도 텔레비전에 나오는 친구들처럼 악수나 하자고요."

큰 가뭐가 다리를 절며 힘들게 보리밭에서 나와 그의 손을 잡고
흔들었다. 기분이 좋아진 작은 가뭐는 품속에서 술병을 꺼낸 다음
취한 듯 과장된 표정을 얼굴에 지어 보였다. 큰 가뭐는 술냄새를
맡기도 전에 술에 취한 듯 금세 코가 벌게졌다. 손을 뻗어 술병을
잡으려 하는 그의 손이 계속 떨렸다. 큰 가뭐는 작은 가뭐에게서
술병을 건네받아 입으로 병마개를 열었다. "꿀꺽!" 하는 소리와 함
께 뱃속으로 들어간 것은 차가운 물이 아니라 뜨거운 얼음 덩어리
같았다.

그는 그렇게 뜨거운 얼음 덩어리를 뱃속으로 연거푸 밀어넣었
다. 그러고는 장탄식을 하면서 땅바닥에 주저앉아버렸다. 그는 뭔
가 말하고 싶어했지만 결국 아무 말도 하지 않았다. 그의 눈에는
못내 아쉬운 기색이 역력했다. 그러나 아쉬운 표정은 어느새 다시

분노에 묻혀버리고 말았다.

두 절름발이는 밭두렁에서 한참 동안이나 앉아 있었다. 작은 가뙤가 몸을 일으키자 의족의 연결 부위에서 뚜둑 하고 뭔가 부러지는 소리가 났다.

"그럼, 전 갈게요. 어쨌든 얼마 동안 지촌에는 절름발이가 하나만 있게 되겠네요."

큰 가뙤는 여전히 말이 없었다.

작은 가뙤가 다시 입을 열었다.

"제가 돌아오면, 지촌 하늘 아래에 다시 두 명의 절름발이가 있게 되겠지요. 조물주가 못 봐주겠다면, 그때는 조물주 마음대로 우리 둘 중 아무나 데려가라고 하지요, 뭐."

말을 마친 뒤 그는 산비탈 아래로 성큼성큼 사라져갔다. 그의 손에 들린 금속 지팡이가 햇빛을 받아 번쩍거렸다.

작은 가뙤가 훈련을 마치고 되돌아왔을 때 큰 가뙤는 이미 저세상 사람이 된 지 오래였다. 발전소에서 정식으로 전기를 내보내던 날, 마을 남자들은 발전소의 수력터빈 주위에 모여 앉았다. 물살이 기계를 돌려 전력을 생산하자 작은 가뙤가 스위치를 올려 지촌을 환히 밝혔다. 그는 큰 가뙤가 사람들 사이에 앉아 있는 것을 본 듯도 했다. 주름이 자글자글해진 얼굴을 보니 그가 웃고 있었던 것이 틀림없다.

옛 저울추

이야기를 시작하는 지금쯤엔 저울과 그 주인도 이미 나이가 꽤 들었을 것이다.

저울 주인은 자녀도 많고 주위에 친척도 많았지만 홀로 된 사람에게서 느낄 수 있는 쓸쓸한 분위기를 지니고 있었다. 사람들은 달랑 남은 저울만 빼면 그에게 가까운 친지나 친구가 없으리라고 생각했다. 사람들의 기억으로는 이 사람에게 젊었던 시절이라곤 없는 것처럼 보였다. 모두들 이 사람이 정말 원래부터 이랬을까 하고 생각했다. 사람들은 하나같이 미간에 주름을 잡으며 기억의 스위치를 더듬듯 한참 침묵하다가 결국에는 이렇게 말했다.

"그래요, 그 사람은 예나 지금이나 똑같아요."

만약 그가 수행자였다면 자신이 백 살, 심지어 그보다 더 나이가 많다고 해도 통했을 것이다. 하지만 그는 그런 신비감 따위에는 관심이 없었다. 그는 자신의 나이에 흥미를 느끼는 사람들에게 올해 나이가 쉰여섯이고, 더 정확히 말하자면 쉰여섯 하고도 스물일곱 날이라고 말해주었다. 그는 정확한 숫자를 좋아했다. 사실 그는 덜렁대는 성격이었으나 저울을 끼고 살면서부터는 정확한 숫자를 좋아하게 되었다.

저울은 원래 마을 우두머리의 것이었고, 그 역사는 아마 2백년 정도는 되었을 것이다. 그 시절에는 지촌을 통틀어 큰 저울 하나, 작은 저울 하나밖에 없었다. 큰 저울로는 식량이나 약재, 마을 사람들이 집에서 생산하여 내다 파는 지역 산물들을 달았고, 작은 저울로는 마을 우두머리가 멀리서 가져온 찻잎, 소금, 설탕과 향료처럼 값나가는 물건들을 달았다. 가끔 은이나 보석을 달아서 들여오기도 했다. 하지만 보석은 어쩌다 한번 볼까 말까 한 물건이었고 찻잎이나 소금이 주된 것이었다. 설탕과 향료도 찻잎이나 소금보다는 적었지만 보석보다는 당연히 많이 들어왔다. 과거 지촌의 시간은 매우 더디게 흘렀다. 먼 곳의 소식은 한 사람의 입에서 며칠씩 머무르곤 했고, 소식을 전해주어야 할 사람이 다른 곳에서 뭉그적거릴 때면 유유히 하늘을 흘러가는 구름보다 더 더디게 전해졌다.

그러나 해방이 되면서 사정은 완전히 달라졌다.

타도된 마을 우두머리는 탄식하면서 공산당에는 온통 성질 급한 사람들만 있다고 했다.

그는 왜 그렇게 말했을까? 그는 착취계급의 재산을 몰수한다는 통지서를 바로 전날 저녁에 받았다. 그런데 신분이 바뀐 열성분자들을 거느리고 온 공작조(工作組)에 의해 바로 그 다음날 아침에 곧바로 그의 일가가 고래등 같은 집에서 쫓겨나게 되었던 것이다. 이는 그가 꿈에도 생각지 못한 일이었다.

당시 우두머리는 집 안에 있던 금은붙이조차 챙기지 못했다. 이는 그가 재물에 관심이 없어서가 아니었다. 지촌 마을의 오랜 관행에 따르자면 중대한 일일수록 더디게 진행해야 했던 것이다.

그날 아침, 우두머리는 집안 식구들을 전부 모아놓고 어떻게 하면 체면을 손상시키지 않으면서 이 큰 집에서 나가 하인들이나 사는 작은 집에 정착할 수 있을지를 의논하려 했다. 그런데 공작조와 신분이 바뀐 하인들이 몰려와선 아침밥도 채 먹지 못한 그들 일가족을 쫓아내버리고 말았다.

오랜 세월이 흐른 후에도 우두머리는 이 일만 떠올리면 얼굴이 붉으락푸르락했다.

"젠장, 마지막 식사마저 양반답게 하지 못하다니."

우두머리가 염두에 둔 것은 자신의 재산이 아니라 체면이었다. 그는 우두머리답게 고귀한 신분에 어울리는 마지막 식사를 하고 싶었던 것이다.

으리으리한 집 안에는 많은 재산이 있긴 했지만 여러 사람들이 나눠가지니 한 집에 같은 물건이 두 개씩 돌아가지는 않았다. 우두머리 집의 저울도 마찬가지였다. 큰 저울은 생산대에 돌아갔다. 과거에 금과 은을 달곤 하던 작은 저울은 현 주인의 손으로 들어갔다. 그가 자진하여 이 저울을 달라고 했던 것이다. 왜 그랬을까? 그는 오래된 속담을 언급했다. 속담에 의하면 저울은 공평이라는 또다른 이름을 가지고 있다고 한다.

그는 저울의 또다른 이름대로 공평하게 살기 위해 그것을 갖게 되었다고 했다.

하지만 어떤 사람들은 다른 속담을 인용하기도 했다. 그 속담에서 저울은 권력을 의미했다. 저울을 가지려 하는 사람은 권력을 잡으려 한다는 것이었다. 이 말을 들은 그는 모진 세월의 참상을 겪은 사람 같은 표정을 지었다. 사람들은 뒤에서 이 사람의 표정이 예전에도 저랬던가 하며 수군거렸다.

이상하게도 아무도 그의 예전 표정을 기억하지 못했다.

그런데 그가 대꾸를 했다.

"권력이라면 큰 저울이 권력이겠지."

그랬다. 공량(公糧, 추수 후 정부에 바치는 양곡)을 바칠 때도 큰 저울을 사용했고, 일인당 혹은 가구당 분배되는 밀과 감자를 공평하게 나눌 때도 큰 저울을 사용했다.

그의 작은 저울로는 무엇을 달았을까? 요즘 유행하는 말로 답하자면 소농경제의 꼬리나 달아볼 수 있었을 것이다. 이쪽 집에 먼 곳으로부터 손님이 찾아와 저쪽 집에 가서 기름 한 근을 꾸어온다거나, 저쪽 집에 경사가 있어 손님접대를 해야 할 때 집집마다 배급된 술을 한데 모은다거나 할 때 이 작은 저울을 썼다. 이 저울은 과거에 우두머리 집에서 금은보석이나 녹용 같은 것을 달았지만 그의 손에 들어온 뒤로는 급한 일을 당한 마을 사람들 사이에서 찻잎이나 소금 같은 것을 다는 데 쓰였다. 저울이 이런 일 때문에 원망을 하지 않았는지 알 수는 없다. 다만 분명한 것은 저울의 새 주인이 이 때문에 불평하는 일은 없었다는 사실이다. 그는 그저 "이렇게 할수록 더 공평하지요"라고 말할 뿐이었다.

"그는 자신이 저울을 갖게 된 것도 불공평한 것이라고 여겨 저울을 더욱 공평하게 대한다"라는 말이 마을에 돌기도 했다.

한 근이나 한 냥을 다투는 거래에서 저울이 공평하려면 저울대의 수평을 잘 잡아야 했다. 그는 이 점을 자신할 수 없었다.

나중에 그는 한 가지 방법을 생각해냈다. 저울을 한곳에 걸어 고정시키는 것이었다. 그는 저울을 집의 동남쪽 창문 앞에 걸어두었다. 날마다 일정한 시간이 되면 햇빛은 창문을 통해 집 안을 비춘다. 더욱 중요한 것은 저울대의 그림자가 벽에 비친다는 사실이었다. 첫 햇살이 비칠 때 그는 저울대를 수평으로 고정시킨 다음 벽에 비친 저울대의 그림자 위치를 새겨놓았다. 그 뒤로 사람들이 거래 때문에 그의 저울을 쓰려면 반드시 맑게 갠 날 아침의 첫 햇살이 그의 집 창문을 비출 때 찾아가야 했다.

그가 이처럼 저울의 공평성에 노심초사하는 것을 보고 사람들은 어쭙잖게 여겼지만 그렇다고 그에게 함부로 말하지는 못했다. 일반적으로 대부분의 사람들은 누군가 일에 몰두하고 있을 때면 조심하게 되고 그를 함부로 대하지 않게 된다. 이런 일이 오랫동안 반복되자 물건을 달아보기 위해 찾아가는 사람들은 그 일에 경건한 마음을 갖게 되었다.

물건을 달려고 하는 사람들은 언제나 아침 일찍 찾아왔다.

'저울추'는 사람들이 가지고 온 물건을 저울판에 올려놓고 햇빛이 창문을 비추는 순간까지 기다렸다.

이럴 때 어떤 사람은 조심스럽게 말한다.

"항상 이렇게 폐를 끼치네요."

그러면 그는 굳은 표정이 풀리면서 웃음을 머금고 시적인 말을 했다.

"오세요, 태양이 솟았어요. 우리 눈앞이 얼마나 환한지 보세요."

하지만 그의 이 말을 이해하는 사람은 별로 없었다. 치밀하게 셈하는 일이 사람들의 마음을 따스하고 밝게 해줄 수 있는 것일까?

햇빛이 비치면 그는 입을 꾹 다물고 눈을 가늘게 뜬 채 저울대의 그림자와 벽 위의 눈금이 일치할 때까지 기름때 반질반질한 저울추를 살살 움직였다.

그 시절, 마을에 온 공작조 간부들이 여러 집에 분산 거주하고 있었다. 이는 "함께 먹고 함께 자고 함께 일한다"라는 말로 표현되었다. 몇번째 공작조인지는 잘 기억나지 않지만 저울 주인의 집에도 공작조 간부 한 사람이 묵게 되었다. 이 간부는 회의 때마다 열정적이고 확신에 찬 어조로 자신의 주장을 펼쳤지만 집에만 오면 수줍은 젊은이로 되돌아갔다. 젊은이는 회의 때 '저울추'가 저울을 잘 다루는 것이 소농경제 사상을 타파하고 모두가 함께하는 큰 세상을 세우는 데 얼마나 중요한 의미를 지니는지에 대해 장황한 설명을 늘어놓았다. 그 간부가 말하는 중요성이 하도 많다 보니 저울추 자신까지도 중간에 졸기 일쑤였다.

집에 돌아오자 저울추의 엄숙한 얼굴은 더욱 엄숙해졌다. 그가 말했다.

"공작조 동지, 앞으로 제 저울에 대해 거론하지 말아주십시오. 안 그러면 사람들이 저를 놀립니다."

"선생은 원칙을 잘 지키는 사람이 아닌가요? 원칙을 지키기 위해서라면 다른 사람들이 이러쿵저러쿵 얘기하는 것엔 개의치 말아야죠?"

"제가 한 일에 대한 결과는 수용하겠습니다. 하지만 남이 저를 좋게 말한 것 때문에 놀림감이 되면 안되겠지요."

젊은 간부는 말문이 막혔다. 저울추는 꺼내기 어려운 말도 했다.

"공작조 동지, 혹시 저에게 양표(糧票)를 빚지지 않으셨나요?"

"제가 선생께 양표를 빚졌다고요?"

젊은이는 깜짝 놀라 하마터면 땅 위로 튀어오를 뻔했다.

저울추의 계산에 따르면 젊은이는 그에게 양표를 적게 주었다. 그것도 무려 석 냥이나 적게 주었다. 그 시절, 공작조 간부들은 접대를 받지 않았다. 또한 농민들 집에 머물 때는 정해놓은 기준에 따라 날마다 주인에게 일정한 돈과 양표를 지급해야 했다. 이번 공작조의 지급기준은 하루에 돈 5마오(0.5위안)와 양표 한 근 두 냥이었고, 열흘 내지 보름 단위로 주인과 계산을 맞춘 다음 돈과 양표를 지불했다. 사실 젊은이가 양표를 적게 준 것이 아니라 저울추가 잘못 계산한 것이었다. 잘못 계산한 원인은 바로 보배같이 여기는 저울 때문이었다.

그 저울은 열여섯 냥을 한 근으로 쳤다.

저울추는 당연히 세상의 모든 물건은 열여섯 냥이 한 근인 줄 알았다. 공작조의 젊은 간부는 열 냥을 한 근으로 쳐서 돈을 지급했다. 젊은이 또래의 사람들은 이 세상에 열여섯 냥을 한 근으로 계산하는 저울이 있다는 사실조차 알지 못했다.

맨 처음 셈할 때 저울추는 젊은이가 두 냥 적게 지불했다는 사실을 알았다. 하지만 그는 아무 말도 하지 않았다. 이런 자질구레한 일로 따지고 드는 것이 쑥스러웠던 것이다. 잘못을 저지른 상대가 난처해할까 봐 따지기가 더욱 망설여졌다. 두번째 셈까지 석 냥이 적었다. 그는 계속 참으며 아무런 내색도 하지 않았다. 세번째엔 젊은이가 정확하게 지불했다. 그는 속으로 젊은이가 자기 실수를 깨달았다고 생각했다.

하지만, 평소에 조용하고 수줍음을 많이 타는 젊은이가 이번 회의 때 한바탕 그를 추켜세우는 바람에 그는 또다시 다른 사람들의 웃음거리가 되고 말았다. 그는 어떤 사람에게서도 칭찬을 받고 싶지 않았다. 단지 그는 저울이 마을의 다른 사람이 아니라 자신의 손에 들어온 이상 자신은 최대한 저울 주인다워야 한다고 생각할 뿐이었다. 그는 나무에는 나무 신령이 있고 산에는 산신령이 있듯 저울처럼 중요한 물건에도 신령이 있다고 생각했다. 심지어 그는 사원의 화사(畵師)에게 부탁해 저울 신령의 신상을 그려 집에 모실 생각까지 한 적도 있었다. 이런 기이한 발상에 화사는 놀라움을 금치 못했다. 화사가 본 각종 신상의 도량경(度量經)에는 이런 주장이 나와 있지 않았던 것이다. 저울추가 돌아가자 화사는 향을 다시 올리고 경문을 외었다. 이런 황당한 생각으로 말미암아 고요하고 맑은 소리만 들어온 자신의 귀가 더럽혀졌다고 여겼기 때문이었다. 저울 덕분에 그는 다른 사람들의 존경을 받게 되었다. 그가 하는 모든 행동에는 이런 존경을 잃지 않으려는 노력이 깃들어 있었다. 그러나 이 젊은이의 알 듯 말 듯한 애매한 말 때문에 그는 또다시 사람들의 웃음거리가 되고 말았다. 그는 단단히 화가 났지만 자신의 불쾌함을 드러낼 마땅한 방법을 찾지 못했다. 참다 못한 그는 마침내 이 불공정하고 심지어 인성(人性) 가운데 탐욕과 연관된 일을 말해버렸던 것이다.

"젊은이는 내게 양표 석 냥을 덜 지급했소."

적게 지급한 양표는 얼마 되지 않았지만 한 사람의 인격이 걸린 문제였다. 더욱이 아주 작은 것에도 숭고한 의미를 부여하던 시절이라 이는 결코 사소한 문제가 아니었다.

"제가 선생께 양표를 적게 지급할 리가 있습니까?"

젊은이가 얼굴을 붉히며 다급하게 반문했다. 저울추는 천천히 손가락 세 개를 내밀었다. 그와 같은 성품을 지닌 사람들에게는 상대가 자신에게 빚졌다라고 말하는 것은 자기 자신의 체면도 손상되는 일이었다. 고작 석 냥밖에 안되는 양표 때문에 체면이 깎이게 되는 것이다.

속담에 혀를 함부로 놀리지 말라는 말이 있다. 그는 늘 참으면서 혀를 놀리지 않았다. 하지만 혀를 놀리지 않고 할 말을 마음에 담아두고 있으려니 억울한 일도 적지 않았다. 그는 조금 쑥스러웠지만 자신이 어떤 손실을 입었는지 상대에게 말하고 나니 무척 기쁘기도 했다. 언제나 무표정하던 저울추의 얼굴에 혈색이 돌았다. 저울추는 요지부동의 자세로 손가락 세 개를 내밀었다.

젊은이는 자신의 공책을 꺼내 어느 한 페이지에 적혀 있는 항목을 자세히 계산해보고 나서 씩 웃으며 말했다.

"저는 양표를 빚지지 않았어요."

"빚졌습니다."

젊은이는 다시 한번 계산해보고 나서 자신의 계산이 정확하다는 걸 확신했다. 하지만 저울추는 계속 상대가 틀렸다고 우겼다. 그의 얼굴에는 조금도 주저하는 빛 없이 확신에 차 있었다.

"젊은이는 겨우 두 번을 계산했지만 저는 마음속으로 백 번이나 계산했습니다."

그는 젊은이에게 자신이 계산한 내역을 보여주었다. 그러자 젊은이가 놀라서 소리쳤다.

"뭐라고요, 한 근이 열여섯 냥이라고요?"

"그럼 한 근이 열여섯 냥이 아니란 말입니까?"

저울추는 젊은이를 저울 앞으로 데려간 뒤 저울대에 새겨진 눈금을 하나하나 세어 보였다. 젊은이는 과거에 한 근을 열여섯 냥으로 계산하는 저울이 있었다는 중요한 사실을 알게 되었다. 하지만 젊은이는 오늘날의 저울은 한 근을 열 냥으로 친다는 사실을 굳이 밝히지 않고 하하 웃으면서 말했다.

"그렇군요, 제가 틀렸습니다. 곧 석 냥의 양표를 드리겠습니다."

저울추는 만족스런 표정으로 말했다.

"젊은이, 누가 젊은이한테서 몇 냥 안되는 양표를 받겠다고 했나요? 나는 그저 젊은이에게 틀린 계산을 하지 말라고 당부를 한 것뿐입니다."

저울추의 붉어진 얼굴이 더욱 붉어졌다. 이렇게 따지고 나니 그가 심리적으로 이 젊은이를 이긴 셈이 되었다. 젊은이는 저울추가 득의양양해하는 틈을 타 그를 일깨우려 했다.

"저울추 아저씨, 이 저울이 아저씨 손에 들어오니 참 공평해졌습니다. 하지만 우두머리 손에 있던 옛날에는 이렇게 공평하지 않았겠지요?"

저울추는 깊이 생각해보았다. 얼굴의 붉은 혈색이 서서히 사라졌다.

"재수 없는 사람이니 더이상 거론하지 맙시다."

저울추가 화제를 바꿨다.

"나는 이제 그만 읍내로 가서 콩을 입쌀로 바꿔와야겠소. 당신에게 음, 당신들 말로 뭐라더라, 아, '식사 개선'을 해주겠소."

젊은이는 저울추가 떠나기 전 한 근짜리 양표를 그에게 건넸다. 저울추는 거슬러줄 잔돈이 없었다. 갑자기 무슨 생각이 났는지 젊은이가 말했다.

"잔돈은 찾지 마세요. 식당에서 식사나 한 끼 하시고 제가 산 걸로 치세요."

그는 젊은이의 호의를 받으려 하지 않았다.

"그럼 내가 열 석 냥을 빚진 셈이오."

젊은이는 호방하게 손을 흔들면서 말했다.

"아이, 거스름돈은 필요없다니까요."

저울추는 콩과 저울을 가지고 길을 떠났다. 그날 따라 기분이 아주 좋았다. 그는 속으로 그 젊은이가 나쁜 사람은 아니라고, 오늘 자신이 젊은이에게 훈계를 아주 잘했다고 생각했다. 가을 햇살이 땅 위를 따스하게 비춰주었다. 그는 깨끗하고 따뜻한 바위와 풀숲, 나무다리를 지났다. 잎사귀가 다 떨어진 자작나무의 엉성한 그림자도 밟고 지나갔다. 콩을 담은 자루에서는 콩알이 서로 부딪치는 소리가 기분 좋게 들려왔다. 걷기 시작한 지 얼마 되지 않은 것 같은데 이미 수십리나 와 있었다. 햇빛 아래서 반짝이는 읍내 거리의 하얀 회벽과 푸른 기와지붕이 보였다. 참으로 가을은 세상의 모든 사물을 깨끗하게 보이게 했고 안에서부터 밖까지 반짝반짝 빛나게 했다.

국가배급식량을 먹는 읍내 사람들은 지촌의 콩을 좋아했다. 볶은 콩은 바삭바삭해 군것질거리로 제격이었다. 노천에서 영화를 볼 때는 더더욱 제격이었다. 물론 고기와 함께 푹 쪄먹어도 별미였다. 읍내 사람들은 배급받은 입쌀을 가지고 나와 지촌의 콩으로 바꾸곤 했다. 큰 눈이 내리는 날, 활활 타오르는 화로에 한 솥 가득 고기와 콩을 넣고 부글부글 끓이는 것은 평안한 세월의 상징이었다.

저울추는 읍내에 들어서자 곧장 어느 집 문을 두드렸다. 주인이 문을 열었을 때 그는 이미 저울 위에 콩 세 근을 담아 들고 있었다. 주인은 별말 없이 가지고 나온 쟁반에 콩을 담았다. 저울추가 상대방에게 확인시키듯 말했다.

"저울 잘 보세요. 세 근이오."

주인은 고개를 돌리지도 않고 말했다.

"됐어요. 안 봐도 돼요. 당신 저울을 믿으니까!"

그러고는 쌀을 가지고 나와 저울판에 부었다. 저울추가 대충 달아보고 나서 조금 덜어낸 다음 다시 달아보니 저울대가 정확히 수평이 되었다. 이번에는 그가 입을 열기도 전에 주인이 말했다.

"당신 저울을 모르는 사람이 어디 있겠어요. 볼 필요도 없이 다 믿어요!"

저울추의 얼굴이 또 붉어졌고 가느다란 눈 사이로 송곳처럼 예리한 빛이 흘렀다. 친절한 주인을 만나면 의자도 나오고 뜨거운 차도 나왔다. 그리고 햇빛 아래 나란히 앉아 시골에서 추수를 얼마나 했나 하는 이야기를 주고받았다. 그날도 마찬가지였다. 그가 찾아간 집들은 모두 잘 아는 집들이었다. 사진관을 하는 집도 있고 재봉을 하는 집고 있었으며 위생소의 의사 집도 있고 수공 합작사의 철공 장인 집도 있었다. 철공 장인의 마누라가 말했다.

"아저씨가 오는 건 친척이 오는 거나 마찬가지예요."

그 역시 그런 마음으로 이 집 저 집을 돌아다녔다.

맨 나중에 찾아간 집은 읍내 서쪽 끝에 있는 집이었다. 그 집은 늘 그가 콩을 입쌀로 바꾸는 마지막 집이었다. 그 집 주인은 우체부였다. 문 앞에 우체국 가방이 달린 자전거가 있었다.

일을 마친 뒤 그는 읍내에 있는 인민식당으로 갔다. 그는 자리에 앉아 한 근짜리 양표를 꺼냈다. 고기요리와 함께 밥 석 냥을 시켰다. 이건 젊은 간부가 그에게 빚졌던 석 냥과 같은 액수였다. 그런데 계산할 때 문제가 생겼다. 그의 계산대로라면 계산원은 네 근 열석 냥을 거슬러줘야 했다. 하지만 세 번이나 세어보았으나 계산원이 준 것은 네 근 넉 냥이었다. 그는 애가 탔다. 물론 그는 양표를 계산할 때 새로운 기준에 의해 열 냥을 한 근으로 친다는 것을 몰랐다. 열여섯 냥을 한 근으로 셈하면 적게 거슬러준 것이 분명했다. 결국 계산대에서 말다툼이 벌어졌다. 구경꾼들이 몰려와 자초지종을 듣고 나서 모두들 한바탕 웃어댔다.

저울추는 보배 같은 자신의 저울을 꺼내들고 계산대 앞으로 가서 저울대에 새겨진 누런 눈금들을 세어 보았다. 열여섯까지 세고 나니 이마에 땀이 흘렀다. 하지만 호기심이 동한 사람들은 더 크게 웃어댔다. 그는 피가 머리끝까지 치솟았다. 그는 무섭게 소리를 지르며 가슴까지 오는 계산대를 확 엎어버리고 계산원을 향해 저울을 휘둘렀다. 몇번 휘두르자 가느다란 저울대가 부러져버렸다. 그는 기름이 반질거리는 저울추를 들어 계산원의 잘난 체하는 얼굴을 연달아 후려쳤다. 얼굴이 피범벅이 된 계산원은 경찰이 와서야 의사에게로 옮겨졌다. 그제야 그는 정신을 차리기 시작했다.

그가 경찰에게 한 첫마디는 이랬다.

"그가 나에게 양표를 적게 거슬러줬단 말이오."

사람들이 이구동성으로 그에게 말했다.

"이봐 친구, 자네가 틀렸어!"

"내가 틀렸다고?"

"한 근은 이제 열여섯 냥이 아니라 열 냥이라고!"

그는 남을 속이지 않고 공정함을 지켜왔기 때문에 사람을 속이지 않는 표정이란 어떤 것인지 잘 알고 있었다. 그는 주위를 둘러보았다. 모든 사람들의 얼굴이 하나같이 남을 속이는 표정은 아니었다.

"한 근이 어떻게 열여섯 냥이 아니란 말이오?"

누군가 새 저울을 가져와 저울대 위에 새겨진 금빛 눈금을 세어 보였다. 열 개였다. 열여섯 개가 아니었다. 그는 애걸하는 눈빛으로 경찰을 바라보았다. 경찰이 애써 웃음을 참으며 말했다.

"저와 함께 가셔야겠습니다. 저울은 이제 열 냥이 한 근입니다."

저울추는 자신의 저울을 들고 파출소로 갔다.

그가 갑자기 말했다.

"제가 젊은이한테서 양표 석 냥을 더 받았습니다."

"뭐라고요?"

"그 젊은이는 왜 내게 이런 사실을 알려주지 않았을까?"

그는 저울추를 들어 자기 이마를 탁 내리쳤고 잠시 휘청거린 후 쓰러지고 말았다. 그는 자신이 곧 죽게 될 것이라고 생각했다. 그래서 새로운 사상을 온종일 선전하는 젊은이가 세상 모든 사람이 한 근을 열 냥으로 표시한 저울을 쓴다는 사실을 왜 자신에게 가르쳐주지 않았는지 물어볼 수 없으리라고 생각했다. 물론 그는 죽지 않았다. 그후로 그는 다른 사람을 위해 물건을 달아주지 않았다. 그는 공평하게 사람을 대할 수 없을 것 같았다. 그 젊은이는 그에게 이 사실을 가르쳐주지 않은 잘못을 범했고, 그가 병원에서 나오기도 전에 지촌을 떠나버렸다.

그후 그는 지촌의 아주 평범한 늙은이로 변해갔다. 십여 년이 흐른 어느날, 벌목장 강당에서 컬러영화가 상영되었다. 영화에는 반혁명분자가 저울추로 사람을 때려죽이는 내용이 있었다. 사람들은 그 영화에 "잊을 수 없는 저울추"라는 제목을 붙였다. 자기네 지촌 마을에서 오래전에 벌어진 저울추의 일이 갑자기 생각났던 것이다. 저울추를 보자 입바른 사람 하나가 한마디 했다.

"잊을 수 없는 저울추."

하지만 저울추는 아무런 반응도 보이지 않은 채 조용히 자신의 일에만 열중했다. 그 뒤로 새로운 유행어가 생기면서 저울추라는 별명도 차츰 잊혀져갔다.

막다른 길

1

쌍지(桑吉)는 소형 트럭을 몰고 마을을 출발하여 읍내로 들어갔다. 한 무리의 사람들이 그의 차를 세내었던 것이다. 그들은 모두 밀렵꾼들이거나 몰래 황금을 채취하는 자들이었다. 해마다 봄이 되면 얼굴이 무표정하고 단호해 보이는 이자들이 무리를 지어 나타나곤 했다.

이자들이 짐을 차에 던져올리는 순간 경찰들이 나타났다. 경찰은 이자들이 산에 들어가 야생동물을 밀렵하거나 황금을 몰래 채취하리라는 것을 사전에 알고 있었다. 그러나 경찰은 별다른 조치 없이 트럭 주위를 한 바퀴 휘 둘러보기만 했다. 그사이 경찰 하나는 걸음을 멈춘 채 쌍지가 내민 담배를 받아 피우기까지 했다.

쌍지가 말했다.

"보세요, 이자들이 또 왔네요."

경찰이 아무 대답도 하지 않자 쌍지가 다시 말했다.

"이자들이 뭐 하러 왔는지는 누구나 다 아는 사실이지요. 경찰 관님도 알고 계시죠!"

경찰은 웃으면서 그를 힐끗 쳐다보고는 몸을 돌린 뒤 가버렸다.

차에 탄 작자들의 얼굴은 여전히 무표정하고 단호해 보였다.

날씨가 좋았다. 트럭은 엔진소리를 경쾌하게 울리며 빠른 속도로 산길로 접어들었다. 차가 취지사(曲吉寺) 사원에 이르자 쌍지는 차를 세우고 산에서 가져온 신선한 우유와 치즈를 선물하기 위해 사원 안으로 들어갔다. 쌍지의 외삼촌은 라마를 그리는 화사(畵師)로서 늘 여러 사원을 떠돌아다녔는데 요즘은 이 사원에서 벽화를 그리고 있었다. 쌍지가 절에서 나와 차에 올라타려니 두 녀석이 트럭 화물칸에서 내려와 운전실에 앉아 있었다. 두 녀석이 지니고 있는 음산한 물건으로 인해 운전실 분위기는 단번에 얼어붙고 말았다.

목적지에 이르렀는데도 두 녀석은 차에서 내리지 않고 그와 함께 온 길로 되돌아가겠다고 했다. 쌍지가 뭔가 말하려 하자 두 녀석은 노골적으로 흉악한 표정을 지어 보였다. 쌍지가 카 스테레오를 틀어 얼어붙은 분위기를 누그러뜨리려 했으나 한 녀석이 스위치로 향하는 그의 손을 가로막았다. 순간 긴장한 쌍지는 금방이라도 차가운 칼날이 자신의 목에 닿을 것만 같은 느낌을 받았다. 녀석의 얼굴에는 가벼운 웃음이 흐르고 있었다.

"좀전에 지나온 사원이 바로 취지사지?"

"신앙이 없는 당신네도 그 사원을 아오?"

"그 사원의 보물이 얼마나 유명한데!"

과연 그랬다. 그 사원에는 미얀마에서 가져온 옥(玉) 불상과 두루마리 그림이 몇점 있는데 하나같이 천년 이상 된 것들이었다. 외딴곳에 자리잡은 그 사원이 유명해진 것도 이런 보물들 때문이라고 해도 과언은 아니다. 사원의 라마들은 말할 것도 없고 주변의 신도들도 그 보물을 큰 자랑거리로 여겼다.

차가 산어귀를 지나자 산굽이에 완전히 가려졌던 사원의 붉은 담장과 금빛 지붕이 눈에 들어왔다. 두 녀석이 차에서 내려 몇 걸음 가더니 그중 하나가 되돌아와 말했다.

"당신은 말하는 걸 좋아하는 것 같은데, 설마 우리가 이 차에 탔었다는 말은 하지 않겠지?"

녀석은 손을 호주머니에 넣고 총의 윤곽을 드러내 보였다.

쌍지는 힘껏 머리를 끄덕였다. 브레이크를 풀자 트럭은 소리 없이 내리막길을 미끄러져 내려갔다. 쌍지는 마음속에 많은 일을 담아두는 성격이 아니었다. 사원 입구에 차를 세운 뒤 그는 생각에 잠겼다. 이곳에서 외삼촌은 종교화를 그리는 꽤 유명한 화사로서 천당과 지옥, 부처, 보살, 금강신과 함께 두무(度母, 티베트 불교에서 인간을 고난에서 구원해주는 여신)를 그렸다. 외삼촌은 늙어서 자신의 재주를 조카에게 물려주고 싶어했다. 이유는 아주 간단했다.

"쌍지야, 넌 중학교까지 다니지 않았느냐. 글을 익힌 사람은 뭐

든지 빨리 제대로 배울 수 있단다."

하지만 쌍지는 고독하고 적막한 화사 생활이 싫었다.

오후 두어 시쯤 되자 햇빛이 마당 한가운데 있는 돌길을 환히 비추었다. 불전에는 몸체를 금으로 입힌 커다란 부처가 단정하게 앉아 있었다. 외삼촌은 불전 옆 비계에서 머리에 램프를 얹은 채 벽에다 붓으로 한 획 한 획 세밀하게 물감을 칠하고 있었다. 화사는 조카가 자신을 외삼촌이라 부르는 것을 썩 좋아하지 않았다. 쌍지가 고개를 쳐들고 소리쳤다.

"윈단(雲丹) 라마님."

라마가 비계에서 내려왔다.

"윈단 라마님, 뭘 그리고 계세요?"

"천국의 상서로운 구름을 그리고 있단다."

라마가 고개를 돌려 방금 그린 벽면을 바라본다. 어스름하던 사원 벽화를 불빛이 밝게 비췄다. 흙벽에 구름이 떠 있는 푸른 하늘이 나타났다. 전통적 화법에 비춰보면 이 구름은 제대로 펼쳐진 게 아니었지만 하늘에 걸린 실제 구름처럼 특별한 질감이 느껴졌다. 구름의 가운데 부분은 부풀부풀하니 푹신하게 보였고 햇빛이 강렬하게 비치는 가장자리는 황금빛으로 빛났다.

외삼촌이 그림 그리는 법을 배우라고는 하지 않았지만 최근 쌍지의 마음은 서서히 움직이고 있었다. 하지만 그는 소형 트럭을 살 때 대출받은 돈을 아직 다 갚지 못한 상태였다. 쌍지는 그림을 보면서 자기가 그린다면 구름을 훨씬 자유롭게 바람에 날리는 모습으로 그릴 것이라 생각했다. 외삼촌은 아무 말 없이 쌍지와 함께 한참을 서 있다가 다시 비계 위로 올라갔다.

쌍지는 조용한 사원을 슬며시 빠져나왔다. 대전 양옆에는 산을 따라 늘어선 라마들의 작은 방들이 벌집처럼 가지런하게 자리잡고 있었다.

2

쌍지가 산에서 내려오자마자 보호구역의 경찰들이 그의 소형 트럭을 가로막았다. 쌍지는 자신의 차에 밀렵꾼들과 몰래 황금을 캐는 사람들을 태웠기 때문이라는 것을 금방 눈치챘다.

트럭을 에워싼 사람들 가운데는 경찰도 있고 경찰 제복과 비슷한 옷을 입은 경찰 아닌 사람들도 있었다. 쌍지는 그들이 도대체 무슨 일을 하는 사람들인지 알 수 없었지만 일단 제복을 입은 이상 그들을 함부로 대해선 안된다는 것만은 잘 알고 있었다.

쌍지는 그들에게 변명을 늘어놓으려 하지 않았다. 그는 어떻게 대처해야 하는지를 잘 알고 있었다. 벌금만 물면 그만인 것이다.

하지만 이렇게 매서운 벌금을 물리리라고는 생각하지도 못했다. 이천 위안이나 되다니! 과거의 관례대로 하자면 이삼백 위안만 내면 다시 가던 길을 갈 수 있었다. 잡았다가 놔주고 놔줬다가 또 잡아들여 벌금 물리는 것이 하루 이틀의 일은 아니었다. 이는 누구나 다 아는 사실이면서도 입밖에 내지 못하는 게임의 법칙이었다. 그런데 한꺼번에 이렇게 많은 벌금을 물리면 이 게임은 더이상 지속될 수 없다.

쌍지는 그들이 농담을 하는 줄 알았다. 가끔 경찰들이 쌍지 같은 사람들을 상대로 이렇게 농담을 하곤 했다. 그들이 자신과 농담을 한다는 것은 자신을 안중에 둔다는 뜻이었다. 쌍지는 웃으면서 방금 받은 삼천 위안을 전부 꺼냈다. 그러자 한 녀석이 홱 채가는 것이 아닌가. 그제야 쌍지는 이 작자들이 농담하는 것이 아님을 깨달았다. 사정이 그렇다면 그들은 쌍지에게 이 돈은 불법 수입이라 몰수하는 것이고 벌금이 아니라는 사실을 고지해야 한다. 쌍지는 여기에까지 생각이 미치자 뜨거운 피가 머리끝까지 솟구쳤다. 그는 얼른 트럭에서 뛰어내려 돈을 채간 녀석을 바닥에 쓰러뜨렸다. 그러자 다른 녀석들이 우르르 달려들어 쌍지를 덮쳤다. 마른땅에 먼지가 뿌옇게 날리는 가운데 욕설이 난무했다. 가죽장화가 물렁한 몸뚱이를 짓밟는 소리 또한 요란했다. 먼지가 흩어지고 나니 쌍지가 흠씬 얻어맞은 채로 땅바닥에 너부러져 있었다. 그 사람들은 이틀 내로 이천 위안의 벌금을 마련해와야만 트럭을 돌려주겠다고 했다.

쌍지가 자기 자신에게 욕을 퍼부었다.

"으이그, 멍청한 놈!"

그 사람들이 웃으며 말한다.

"그래, 넌 확실히 멍청한 놈이야."

그런 다음 그들은 쌍지의 소형 트럭을 몰고 가버렸다.

3

쌍지는 향(鄕) 정부를 찾아갔지만 간부들이 이미 퇴근한 뒤였다.

그는 향장의 집으로 찾아갔다. 향장은 멋진 저택에 살고 있었다. 꼭 닫혀 있는 대문에는 화려한 색깔의 페인트로 멋진 도안이 그려져 있었다. 그는 대문을 두드렸다. 한참 후에 신발 끄는 소리가 저택 안에서 들려왔다.

향장은 자기 관할지 내에서 일어난 일을 잘 알고 있었다.

"그들은 보호구역 사람들이라 내 권한 밖에 있네. 날 찾아와도 아무 소용이 없어. 자네 스스로 방법을 찾아보도록 하게."

문을 닫으면서 향장은 미안했던지 이렇게 말했다.

"내일 향 정부로 오게나. 자네 가정형편이 어렵다는 증명서를 떼서 향 정부 도장을 찍어주겠네. 그걸 가지고 가서 사정하면 혹시 자네 트럭을 돌려받을 수 있을지도 모르지."

이 작은 약속 때문에 쌍지는 눈시울이 뜨거워졌다. 그는 향장에게 깊숙이 허리를 굽혔다. 그가 고개를 들었을 때 이미 그 멋진 문은 닫혀 있었다. 그 순간 그는 자신이 아낙네처럼 향장에게 비굴하게 굴었다는 생각이 들어 화가 났다. 그는 자신의 이런 모습이 싫었다. 그래서 그는 읍내 거리를 걸으면서 무슨 일이 일어나도 대수롭지 않게 여기겠다는 듯 흉악한 표정을 지었다. 그는 이런 표정으로 작은 음식점의 기름기 번지르르한 식탁 앞에 앉아선 탁자를 내리쳤다.

"주인장!"

이 읍내 거리에서 경찰이나 경찰제복 비슷한 옷을 입은 자들은 쌍지 같은 시골 청년들에게 골칫거리였고, 이런 청년들은 또 음식점 주인들에게 골칫거리였다. 주인은 그들이 잔뜩 술에 취해 술집에서 싸우거나 돈을 내지 않는 것을 가장 두려워했다. 그가 탁자를 내리치자 주인이 허리를 굽히며 다가왔다.

"음식을 내오시오, 맥주도 좀 갖다 주고!"

주인은 한숨을 내쉬며 음식을 준비하러 갔다. 맥주 한 병을 비운 뒤 그는 달가워하지 않는 주인의 표정에 화가 났다.

"맥주 두 병이 아까워 죽을 지경인가 본데, 그러면 놈들에게 트럭을 몰수당한 나는 콱 죽어버려야겠군."

주인의 원망 어린 눈빛이 부드러워졌다. 그는 한숨을 내쉬고는 그에게 술 한 병을 더 가져다 주었다.

"취하고 싶으면 취하게. 취한 다음에는 집으로 돌아가!"

쌍지는 자신이 어떻게 음식점을 나왔는지 기억이 나지 않았다. 음식점에서 나와 어떻게 길 위에 쓰러졌는지, 사람들이 어떻게 자신을 길가에 세워져 있는 트럭 짐칸에 던져넣었는지도 생각이 나지 않았다. 한밤중에 깨어나 보니 하늘에 밝은 별이 총총했다. 몸 아래와 주위가 온통 따뜻하고 부드러운 물건들로 꽉 차 있었다. 다시 잠들었다가 깨어났을 때 트럭은 도로 위를 질주하고 있었다. 그가 운전석 천장을 세게 두드리자 트럭이 갑자기 끽 하고 멈춰섰다.

짐칸으로 건너온 운전기사가 주먹으로 한 대 치는 바람에 그의 몸이 뒤집혀버렸다. 그제야 그는 자신이 짐칸의 양털더미 속에 있다는 사실을 깨달았다.

쌍지는 그 남자가 눈에 익었다. 곧이어 기억이 나기 시작했다.

"당신들은 트럭이 있으면서 왜 내 차를 빌린 거야? 당신들 때문에 난 망했단 말이야!"

다른 한 사람이 올라와 쌍지의 목에 칼을 들이대며 왜 여기 있느냐고 물었다. 쌍지는 어제 저녁에 술에 취해 아무것도 기억나지 않는다고 대답했다. 두 사람이 웃었다.

"이렇게 공교로운 일이 있나! 정말 공교롭군!"

"난 차에서 내려야겠어. 향장한테 가서 증명서를 받아 트럭을 찾으러 가야 돼."

차에서 내렸다. 조금 걸어가니 지평선 위로 읍내 거리에 있는 높고 낮은 지붕이 드러났다. 향장은 약속한 대로 벌써 증명서를 준비해놓고 있었다. 향장이 말했다.

"나머지는 자네 운수에 달렸네."

"그 사람들은 어디에 있습니까?"

향장은 웃으면서 그를 벽에 있는 지도 앞으로 끌고 갔다. 그리고 손가락으로 큰 도로를 가리키며 지도에 표시된 붉은 선을 따라가다가 먼 곳의 붉은 점을 가리켰다.

"여길세."

그의 손가락이 계속 지도 위로 미끄러져갔다.

"아마 여길걸세. 아니면 여길지도 모르겠네."

"이렇게 많아요?"

"갈 곳이 많다는 건 권력도 크다는 뜻이지."

쌍지는 큰 도로를 따라갔다. 읍내 거리를 벗어나 허허벌판에서 동남쪽으로 접어든 그는 첫날 두 개의 목장과 또다른 읍내 거리 하나를 지났다. 따가운 햇볕에 거의 쓰러질 것 같은 몸으로 초원의 낮은 언덕을 넘자 목적지인 읍내 거리가 눈앞에 나타났다.

읍내 거리의 어귀에는 가름대가 하나 설치되어 이곳이 검사소라는 것을 알려주었다. 다행히 그는 자동차가 아니라 사람이었다. 그는 허리를 굽히고 여기저기 붉은 동그라미가 그려진 흰색 가름대 밑을 통과했다. 해가 뜨겁게 내리쬐는 날씨 속에 검사소의 담당자는 꾸벅꾸벅 졸고 있었다. 작은 가게 주인은 밖에다 좌판을 벌여놓은 채 차일 밑에 앉아 자고 있었다. 좌판 위에는 과자와 생수, 코카콜라가 놓여 있었고 그 위로 파리 몇 마리가 윙윙거렸다. 이런 물건들을 보자 배에서 손이 뻗어나오는 듯한 느낌이 들었다. 실제로 그는 재빨리 손을 뻗은 뒤 불에 덴 것처럼 재빨리 거두어들였다. 어느새 그의 손에는 과자 한 봉지가 들려 있었다. 그의 손이 다시 한번 움직였다. 콜라캔 하나도 그의 손에 들려 있게 되었다. 그는 담장을 돌아 작은 나무 그늘에 가 앉았다. 방금 훔친 것들이 눈 깜짝할 사이에 몽땅 뱃속으로 들어갔다. 콜라를 마시고 나니 트림이 나왔다. 트림을 하니 배가 더 고파졌다. 자그마한 읍내 거리를 한 바퀴 돌아보았다. 도처에 먹을 것이 있었다. 읍내 한가운데에 있는 슈퍼마켓과 거리 양쪽의 작은 상점, 작은 음식점, 여관의 매점 등에 먹을거리가 널렸지만 그에게는 돈이 없었다. 하는 수 없이 아까 물건을 훔친 좌판으로 되돌아왔다. 주인은 고개를 가슴까지 숙인 채 여전히 자고 있었다.

이번에 그는 과자와 소고기 육포, 그리고 맥주 한 병을 집어들었다. 잠시 후 그가 맥주 한 병을 더 집으려는 순간 일이 터지고 말았다. 집어든 맥주병이 그만 손에서 미끄러져 땅에 떨어지며 쨍그랑 하고 깨져버린 것이었다. 주인은 눈도 뜨지 않은 채 칼이라도 맞은 듯 고함을 질러댔다. 쌍지는 죽기 살기로 내달렸다. 읍내 거리의 서쪽 끝에 있는 버드나무 숲에 숨어서야 겨우 안도할 수 있었다. 그곳에서 그는 천천히 배를 채웠다.

바로 그때 안짱다리를 한 경찰이 검사소에서 나왔다. 쌍지는 그 모습이 우스웠다. 그는 도망치면서 고개를 돌려 경찰을 바라보다가 난간에 부딪히고 말았다. 이제 더이상 도망칠 수 없게 되었다. 안짱다리 경찰이 뒤뚱거리며 달려와 그의 손에 철컥 하고 수갑을 채웠다. 붙잡혔는데도 그는 웃음이 계속 나왔다. 화가 난 경찰이 쌍지의 따귀를 갈겼다. 쌍지는 얼굴을 감싸쥔 채 허리를 펴며 말했다.

"당신은 가짜야. 안짱다리는 경찰이 될 수 없다고."

쌍지는 곧 다시 말했다.

"화내지 말아요. 나도 안짱다리거든요."

경찰은 수갑을 더욱 세게 조이고 경찰 곤봉으로 그의 허리를 찌

르며 그를 파출소가 아닌 어느 여관 뒷마당으로 끌고 갔다. 진흙탕
이 되어버린 마당에는 어제 저녁에 이곳을 지나간 차들의 바퀴자
국이 어지럽게 널려 있었다. 경찰이 쌍지를 버드나무에 묶어놓았
다. 아무도 쌍지에게 말을 걸지 않았다. 어쩌다 위층에 있는 누군
가가 창문으로 그를 내려다볼 뿐이었다. 이제 막 연한 싹이 돋기
시작한 버드나무에는 그늘도 없었다. 햇볕이 머리 위에서 따갑게
내리쬐어 머릿속에서 현악기가 울리는 듯 윙윙 소리가 났다. 그는
중학교 때 경찰모집 공고를 보고 지원했던 일이 생각났다. 하지만
당시 사무실 직원은 그에게 다가와 뭔가로 그의 무릎을 툭툭 건드
리며 말했다.

"아니, 안짱다리로 경찰이 되겠다고?"

그는 그길로 사무실을 나와 집으로 돌아갔고 다시는 학교에 다
니지 않았다. 하지만 그는 자기 눈으로 안짱다리를 한 경찰을 보았
고 그 경찰에게 붙잡혀 나무에 묶이는 신세가 되었다. 그때 비쩍
마른 안경 쓴 사람이 나타나 버드나무 주위를 한 바퀴 돌았다. 쌍
지는 그를 향해 미소를 지으며 말했다.

"경찰이 여기서 기다리라고 했어요."

그 사람은 아무 말도 하지 않은 채 눈길을 돌려 쌍지를 이리저리
훑어보았다. 쌍지는 그의 눈빛이 자신을 찌르는 칼날 같다고 여겼
다. 그에게 흉악한 표정을 지어 보여야겠다고 생각하는 순간 그 사
람은 어느새 사라지고 없었다. 정말 눈 깜짝할 사이에 사라지고 만
것이다. 빛이 비추면 순식간에 사라지는 전설 속 귀신처럼 신비스럽

기만 했다. 쌍지는 그런 사람이 소매치기가 되면 그 어떤 경찰도 잡을 수 없겠다는 생각을 했다. 만일 경찰이 되어 이런 소매치기를 만난다면 어떻게 대처해야 할지 난감할 거라는 생각도 들었다. 황혼녘에 안짱다리 경찰과 다른 경찰들이 트럭 한 대를 몰고 왔다. 경찰은 트럭 위에 있는 두 사람을 향해 총을 겨누고 있었다. 두 사람이 머리에 손을 얹고 차에서 내렸다. 경찰은 그들을 땅에 엎드리게 하고 발악하는 그들의 손에 수갑을 채웠다. 경찰들은 운전석을 뒤져 총을 찾아낸 다음 차에 가득 실린 양털더미 속에서 옥 불상과 천년 넘은 탕카화(唐卡畵, 티베트 불화)를 찾아냈다. 경찰은 고함을 쳐서 수갑 찬 사람들을 엎드리게 하고 오랏줄로 꽁꽁 묶었다. 이 물건들을 본 쌍지는 취지사가 재난을 당했다는 사실을 알게 되었다. 바로 자신이 이 나쁜 녀석들을 취지사로 데려갔던 것이다.

그는 경찰이 참 대단하다고 생각했다. 두 건의 범죄를 저지른 나쁜 놈들을 이렇게 빨리 잡았으니 말이다.

저녁이 되자 경찰은 두 강도를 가둔 방에 쌍지를 밀어넣었다.

한 놈이 다가와 말했다.

"젠장, 아무래도 우린 인연이 있는 것 같아. 벌써 세 번이나 만나다니."

쌍지가 고함쳤다.

"네놈들, 사원의 라마를 어떻게 한 거야?"

"걱정 마. 불상을 훔쳐 돈을 벌려고 한 것뿐이니까. 우린 돈 때문에 사람을 해치진 않아. 사람을 죽인다면 그건 원수를 갚기 위해서야. 알겠어?"

"도대체 라마들을 어떻게 한 거야?"

"아무 짓도 안했어. 향을 피워 혼절시켰을 뿐이야."

쌍지는 길게 안도의 한숨을 내쉬며 맥없이 차디찬 시멘트 바닥에 주저앉았다.

4

쌍지는 거세게 문을 차는 소리에 잠이 깼다.

같은 방에 갇혀 있던 두 녀석이 침대로 문을 막아버렸다. 녀석들은 침대보와 이불을 꼬아 밧줄을 만들었다. 한 놈은 이미 창문까지 기어올라 아래로 뛰어내리고 있었다. 다른 한 놈도 창문까지 올라갔다. 놈은 몸을 돌리더니 뭔가를 장화 목에 쑤셔넣었다. 놈이 창문에서 뛰어내리는 순간 둔중한 총소리가 났다. 총에 맞은 사람이 쿵 하고 아래층으로 떨어지는 소리가 들렸다.

아침이 되자 경찰이 쌍지를 트럭 앞으로 끌고 갔다. 경찰은 땅에 떨어진 피의 흔적을 굳이 가리려 하지 않았다. 쌍지는 피 흘리며 끌려가는 놈을 보았다.

쌍지는 자신이 얼마나 위험한 처지에 놓였는지 희미하게나마 깨달을 수 있었다.

"놈이 죽었나요?"

"입 닥쳐!"

경찰이 그의 따귀를 세게 후려쳤다.

쌍지는 맞은 얼굴을 어루만지며 생각나는 대로 말해버렸다.

"다른 한 놈은 도망쳤나요?"

"도망쳤어. 하지만 그놈이 정말로 도망칠 수 있을 것 같아?"

경찰이 쌍지의 얼굴에 입을 바싹 들이대며 말했다.

"너도 도망치고 싶겠지. 그런데 정말 도망칠 수 있으리라고 생각해?"

"전 도망치지 않을 겁니다. 전 트럭을 찾아야 합니다."

경찰들이 큰 소리로 웃기 시작했다. 그들은 쌍지에게 트럭에 타라고 명령했다. 그가 타자마자 트럭은 출발했고, 트럭 뒤로는 경찰차가 헤드라이트를 켠 채 따라왔다. 쌍지가 차를 운전하는 경찰에게 말했다.

"전 내려야겠어요. 전 트럭을 찾아야 해요."

"입 닥쳐!"

쌍지는 얼른 입을 다물고 다시는 말하지 않았다. 트럭은 두 시간이나 달려왔지만 여전히 앞을 향해 질주했다. 쌍지는 정말 더는 참을 수 없어 입을 열었다.

"차를 세워요. 전 트럭을 찾아야 한단 말이에요!"

"도망친 네놈 일당을 잡지 못했는데 어딜 가겠다는 거야?"

실랑이를 벌이는 사이에 차는 어느새 성(省) 경계까지 왔다. 거대한 패방(牌坊, 열녀나 지역사회에 공을 세운 사람을 기리는 기념문) 위에는 "성 인민들은 손님을 열렬히 환영합니다"라는 글귀가 씌어 있었고, 패방 아래에는 검사소의 가름대가 길을 가로막고 있었다. 가름대 뒤에는 다른 성의 경찰과 경찰제복 비슷한 옷을 입은 사람들이 서 있었다.

그들은 그 패방을 통과하지 않고, 백여 킬로미터 정도 되돌아온 뒤 간선도로에서 얼마 떨어지지 않은 작은 읍내에서 다시 하룻밤을 묵었다. 저녁이 되자 그들은 쌍지를 방에 다시 가두었다. 악몽처럼 어젯밤에 도망쳤던 그 녀석이 또 눈앞에 나타났다. 두 사람은 서로 모른 척하며 그대로 잤다. 쌍지는 피곤하기도 하고 슬프기도 했다. 슬픔은 그를 더욱 피곤하게 만들었다. 그는 침대에서 몸을 웅크린 채 잠들었다가 울음소리에 잠이 깼다. 녀석이 마당으로 난 창문에 엎드린 채 울고 있었다. 마당에서는 끊임없이 손전등 불빛이 번쩍거렸고 읍내 거리에서는 개들이 짖어대고 있었다. 마음을 졸이게 하는 불안한 기운이 읍내 거리의 희미한 불빛 속으로 퍼져나갔다. 사람들이 트럭에 있던 양털을 내리고 다른 물건을 실은 다음 다시 양털을 그 위에 실었다. 쌍지가 창가로 다가가 밖을 내다보려는 순간 창밖에서 총소리가 울렸다. 울고 있던 녀석이 재빨리 쌍지를 끌어 침대 밑에 엎드리게 하더니 창밖이 조용해지고 모든 것이 어둠속에 묻히자 다시 놓아주었다. 쌍지가 말했다.

"세 번이나 만난 낯선 친구, 왜 그렇게 상심한 얼굴이야? 내가 자네보다 더 서글픈 처지라는 걸 모르는 모양이군. 저들이 내 트럭을 빼앗아갔단 말이야."

"그놈의 트럭, 트럭. 그들이 방금 차에 실은 그 물건들만 있으면 트럭 백 대는 살 수 있어!"

녀석은 그 물건들을 어떻게 손에 넣게 되었는지 얘기해주었다. 슬픔에 잠겨 있던 녀석은 호기롭게 이야기를 했다. 이야기를 하는 사이에 녀석의 슬픈 기분은 온데간데없이 사라져버렸다. 이야기를 마친 그는 길게 하품을 한 뒤 두 다리를 쭉 뻗고 잠들었지만 쌍지는 그 이야기를 듣고 나자 잠을 이룰 수가 없었다. 이는 범죄 이야기인 동시에 영웅 이야기이기도 했다. 이야기의 아슬아슬한 장면과 상상할 수 없을 정도로 엄청난 액수의 돈, 그리고 이야기에 등장하는 수많은 지명들은 쌍지처럼 항상 법을 지키며 살면서 벌금이나 물고 결국에는 비굴하게 소형 트럭을 찾아다니는 신세가된 사람에게 강한 동경을 불러일으켰다. 그는 잠이 오지 않았다. 자리에서 일어나 수갑 채워진 두 손을 살펴보았다. 밤하늘에 솟아오른 하현달이 뜰에 세워져 있는 트럭을 비추고 있었다. 차갑고 단단한 아름다움이 느껴졌다. 그의 마음속에서도 뭔가 아주 단단한 것이 자라기 시작했다.

쌍지는 총에 맞아 죽은 범죄자를 떠올리면서 그가 장화 목에 쑤셔넣던 물건을 생각해냈다. 그는 그 물건을 꺼냈다. 자그마한 열쇠였다. 열쇠를 자물쇠 구멍에 넣자 찰칵 하는 경쾌한 소리가 나면서 수갑이 풀렸다.

쌍지는 자고 있는 녀석을 덮쳐 그의 목을 졸랐다.

그러나 녀석은 가볍게 쌍지의 손을 밀쳐내며 그를 바닥에 쓰러뜨렸다. 그가 쌍지의 몸에 올라타고 앉아 말했다.

"이보게 친구, 왜 날 때리는 거야?"

"차에 실은 물건이 뭐야? 네놈 말처럼 그렇게 값나가는 물건이야?"

"난 이미 잡힌 몸이니 다 말해주지."

녀석은 차에 실린 물건이 엄청난 양의 양털이라고 했다. 녀석이 말했다.

"양털을 찾으러 오지 않았더라면 경찰에게 잡히지 않았을 거야. 자네가 그 물건을 손에 넣을 수 있는지 두고 보지."

녀석은 쌍지의 수갑을 다시 채워주고 작은 열쇠를 쌍지의 혀 밑에 넣어주었다.

이 일은 쌍지에게 환골탈태의 위대한 의식이 되었다.

5

아침에 경찰이 쌍지를 앞세우고 마당으로 들어서자 모든 사람은 쌍지의 담담하고 태연한 표정에 놀라움을 금치 못했다. 담배를 피우던 경찰은 쌍지의 입에 담배를 한 대 물려주었다. 쌍지는 담배를 입에 문 채 차에 올랐다.

트럭이 마당에서 빠져나갈 때 쌍지는 어젯밤 묵었던 방의 창문을 향해 수갑 찬 두 손을 들어 보였다.

날씨는 화창했다. 트럭은 반듯한 도로 위를 나는 듯이 질주했다. 조금만 더 가면 어제 가본 성(省) 경계에 이를 것이다. 갑자기 트럭이 멈춰서자 뒤따라오던 경찰차들도 모두 멈춰선다. 길 옆의 작은 호수에서 트럭이 멈추는 소리에 놀란 백조 몇 마리가 까악 하고 소리를 지르며 저 멀리 초원으로 날아갔다. 그들은 말린 음식을 먹었다. 쌍지는 아무것도 먹지 않았다. 그는 혀끝으로 입속에 넣어둔 작고 정교한 열쇠를 돌려 밀어냈다. 이윽고 그들이 다시 출발하려 했다. 트럭에 오르기 전 쌍지는 이미 수갑을 푼 상태였다. 경찰이 자동차의 시동을 거는 순간 그는 재빨리 손을 휘둘러 왼손에 쥐고 있던 수갑으로 경찰을 때려 쓰러뜨린 다음 다리를 뻗어 그를 차 밖으로 밀어내버렸다.

쌍지는 꿈을 꾸고 있는 것만 같았다. 정말로 트럭이 자기 손에 들어온 것이다. 그는 힘껏 액셀을 밟았다. 차는 미친 듯이 앞으로 내달렸다. 백미러로 뒤를 살펴보니 경찰차는 아직도 그 자리에 가만히 서 있었다. 그는 더 세게 액셀을 밟았다. 백미러에 비친 경찰차가 차츰 작은 점으로 변하더니 곧 사라져버렸다.

그의 마음을 즐겁게 해주기라도 하듯 모든 일이 순조로웠다. 날씨도 아주 좋았다. 이런 계절이 되면 어김없이 불어와 하늘을 뒤덮던 모래바람도 없었고 진눈깨비도 내리지 않았다. 길이 축축하거나 미끄럽지도 않았다.

트럭은 산골짜기의 넓은 평지를 지나 어느 산어귀에 이르렀다. 설산 봉우리에서 반사되는 햇빛에 눈이 부셨다. 선글라스를 쓰자 눈부신 햇빛이 조금 부드러워졌다. 눈으로 뒤덮인 산을 넘자 다시 넓은 평지가 펼쳐졌다. 그는 "하!" 하고 소리를 질렀다.

이는 금기를 깨는 행동이었다. 전해지는 바에 의하면 신령이 이 세상을 창조할 때 만물이 상상을 뛰어넘는 것들이라 자신의 능력에 감탄한 나머지 뭐라 표현할 수 없어서 "하!" 하고 소리쳤다고 한다.

쌍지는 넓은 평지가 눈앞에 펼쳐지자 정말로 자신에게 새로운 앞날이 펼쳐진 것만 같아 자신도 모르게 소리 질렀던 것이다. 쌍지는 백미러에 비친 사각 선글라스를 쓴 자신의 얼굴이 신비하고 위풍당당해 보였다. 그는 자신도 모르게 다시 한번 "하!" 하고 소리쳤다.

그는 단숨에 백여 킬로미터를 달렸다. 그는 경찰이 왜 자신을 가로막지 않는지 생각해보아야 했다. 어쩌면 또다른 수상한 일들이 있는 게 아닌지 생각해보아야 했다. 하지만 그는 속도만 낼 뿐 다른 것은 전혀 생각하지 않았다. 트럭에 실린 짐은 얼마 되지 않았고 엔진은 힘차게 돌아갔다. 액셀을 밟고 또 밟자 한번도 경험해보지 못한 짜릿함을 느낄 수 있었고 지루한 일상의 속박에서 완전히 해방된 듯한 기분이 들었다. 날고 있는 것 같은 기분마저 들었다. 벌써 하늘을 날기 시작했는데 누가 그림자마저 무겁게 느껴지는 땅으로 다시 내려앉겠는가?

바로 이때 등 뒤에서 귀청을 때리는 사이렌 소리가 들려왔다. 경찰차가 쫓아오는 소리였다. 한 대도 아니고 석 대나 쫓아왔다. 그는 이런 광야에서 어떻게 경찰차가 갑자기 튀어나왔는지 생각해볼 겨를도 없었다. 그는 있는 힘을 다해 액셀을 밟았다. 트럭은 더욱 빠른 속도로 내달렸다.

몸 안에서 흐르는 피가 트럭처럼 가속도가 붙어 자신의 머리와 심장을 강타하기 시작했다. 붕붕 하는 소리와 함께 누군가 손뼉을 치며 "달려라! 달려!" 하며 환호하는 것만 같았다. 손에 손을 잡고 달밤에 둥근 원을 그리며 춤추는 목동들이 두 발로 힘차게 땅을 구르는 것 같기도 했다. 너무 속력을 낸 탓인지 시야가 모호해졌다. 그러자 모든 것들이 변하기 시작했다. 질주가 멈춰지는 듯하더니 도로와 도로 양옆의 풍경들이 세차게 흐르는 한 줄기 강물로 변하는 것이었다. 두 눈에 보이는 것이라곤 낮게 드리운 하늘과 하늘 위에 떠서 미동도 하지 않는 흰 구름뿐이었다. 강렬한 햇빛 아래 흰 구름의 가장자리에서 황금빛이 뿜어져 나왔다. 그 구름은 윈단 라마가 흙벽에 그려넣은 구름처럼 보였다. 트럭이 성 경계에 있는 검사소를 지날 때에야 그는 구름에 대한 상념을 접고 다시 현실로 돌아왔다. 사람들이 길 한가운데로 몰려나와 그를 향해 붉은 깃발을 흔들어대는 것이 보였다.

트럭은 여전히 달렸다. 길 한가운데에 서 있던 사람들은 길가로 몸을 피했다. 도로 한복판을 가로막고 있던, 흰색과 붉은색 동그라미가 번갈아 그려진 가름대가 몇 토막으로 잘려 나갔다. 그중 한 토막은 허공을 빙빙 돌다가 차창을 지나 운전석 위를 쿵 하고 찧고는 가볍게 뒤로 날아갔다. 그의 기억이 틀리지 않다면 이 검사소 근처에는 먼지 날리는 도로 양옆으로 건물들이 죽 늘어선 낯익은 읍내 거리가 있을 것이다. 미친 소처럼 내달리는 트럭에 졸고 있던 읍내 거리가 흠칫 놀라 깨어났다. 트럭이 일으킨 흙먼지가 자욱한 데도 불구하고 사람들이 읍내 도로 한가운데로 몰려들었다. 달려오던 여러 대의 경찰차가 멈춰선다. 그들은 검사소 경찰에게 신분증을 내 보이며 앞에 가는 트럭을 추격하고 있다고 하면서 트럭에는 밀렵한 영양의 털이 가득 실려 있다는 말도 덧붙였다. 부주의했던 탓인지 사원에서 훔친 유물이 트럭에 있다는 말은 하지 않았다. 세상의 경찰은 모두 한통속이다. 검사소의 경찰이 자신있게 말했다.

"그자는 얼마 가지 못할 겁니다. 그냥 길을 따라가다가 누군가 커브를 틀라고 하면 그리 하세요!"

세 대의 경찰차는 사이렌을 울리며 몰려든 군중 사이를 헤치고 앞으로 달려갔다.

6

읍내를 벗어나자 쌍지는 한숨을 돌리며 트럭의 속도를 늦췄다. 백미러에서 경찰차들이 사라지자 갑자기 허탈해지면서 가슴이 옥죄어왔다. 가슴을 움켜쥐었지만 아픈 데는 없었다. 경찰이 계속 쫓아오지 않았다면 그는 조금 더 가다가 트럭을 버리고 황야로 도망쳤을 것이다. 요 며칠 동안 그는 꿈꾸고 있는 것만 같았다. 그러나 그 순간 경찰차가 사이렌을 울리며 또다시 나타났다. 쌍지는 다시 액셀을 밟았다. 그는 다시 한번 날고 싶었다. 그는 엔진이 고속으로 회전하며 내는 굉음을 들었다. 고르지 못한 도로에서 차체가 휘청거리는 것이 느껴졌다. 나는 듯한 느낌이 들지 않자 울고 싶어졌다. 그때 갑자기 크고 누런 물체가 길 위에 나타났다. 거대한 굴착기 몇대가 길을 가로막고 있었던 것이다. 트럭이 그 거대한 물체를 덮치려는 순간 갓길이 눈에 들어왔다. 쌍지가 핸들을 확 꺾자 트럭은 울퉁불퉁한 길 위에서 몇번 퉁퉁 튕겼다. 트럭의 진동 때문에 엉덩이가 좌석 위로 튀어올랐다. 엉덩이를 간신히 좌석에 붙이자 자동차가 큰 웅덩이에 빠졌다가 다시 튀어오른다. 액셀에서 발을 떼는 것조차 잊은 쌍지가 '이제 차와 함께 곤두박질치겠구나' 생각하는 순간 눈앞에 널따란 새 길이 나타났다. 새로 닦은 아스팔트 길은 평탄하고 넓어 고속으로 돌아가는 바퀴의 편안하고 탄력있는 흔들림까지 느낄 수 있었다. 트럭의 엔진소리는 초조한 울부짖음에서 어느새 편안한 노랫소리로 바뀌어 있었다. 길은 점점 위로 솟아오르며 우아한 무지개다리로 이어졌다. 다리를 오르자 길의 경사가 점점 심해졌다. 그 순간 막 싹을 틔우기 시작한 길 양옆의 푸른 들판이 시야에서 사라지면서 푸른 하늘과 푸른 하늘가에서 은빛으로 빛나는 구름이 보였다. 이렇게 계속 나아가면 트럭은 그를 태우고 천당에라도 오를 것만 같았다. 비계 위에 올라가 벽에 이런 구름을 그리던 외삼촌의 모습이 떠올랐다. 원단 라마는 한 손에 붓을 들고 다른 손으로 여러 가지 물감을 담은 접시를 받쳐든 채 이렇게 말했었다.

"얘야, 세상에 실제로 존재하는 것이란 없단다. 모든 것은 마음먹기에 달렸지. 내가 그리면 있는 것이고, 그리지 않으면 없는 것이야."

외삼촌의 말은 알 듯 말 듯 아리송했다. 하지만 원단 라마가 사원에서 벽화를 그리던 모습은 지금 그에게 전생의 일로만 느껴졌다.

앞쪽에 다리 하나가 이쪽으로 뻗어 있었다. 자세히 보니 이쪽과 저쪽이 이어지지 않은 채 그 사이에 심연이 하나 가로놓여 있었다. 심연 아래에는 그다치 넓지 않은 길이 있었다. 두 줄기 밝은 빛이 먼 곳에서 뻗어와 다리 밑을 지나 먼 곳으로 이어졌다. 그는 이것이 소문으로만 듣던 한창 공사중인 철도라는 것을 깨달았다. 그는 속으로 생각했다.

'하지만 이건 내가 가고 싶었던 곳이 아니야.'

이때 트럭은 이미 다리가 끊어진 지점에 와 있었다. 트럭이 아래로 떨어지기 시작하는 순간 그는 차문을 열고 허공으로 몸을 날렸다. 이번에는 정말로 하늘을 날았다. 그는 트럭이 자신의 몸 아래서 펑 하는 소리와 함께 부서지면서 먼지와 함께 사방으로 날리는 광경을 바라보았다. 그는 더 자세히 보려고 했지만 쿵 하는 소리와 함께 그의 무거운 몸뚱이도 먼지와 트럭 잔해 속으로 떨어졌다.

다리 아래로 트럭과 쌍지의 몸뚱이가 형체도 없이 사라져버렸다. 남은 것이라곤 생기 없는 철골과 살점들뿐이었다.

……

경찰들이 그 앞에 멈춰섰다. 그들은 양털 속에 있던 유물과 양털 일부를 경찰차에 옮겨 실었다. 이때 많은 숫자의 현지 경찰들이 도착했다. 쌍지 고향의 경찰들은 현지 경찰들의 협조에 감사의 뜻을 표하고 나서 자기네 경찰 두 사람에게 현지 경찰들과 함께 트럭과 사망자의 유골을 수습하라고 한 뒤 사이렌을 울리며 되돌아갔다. 그들이 말했다.

"이 바보가 이렇게 사나울 줄은 정말 몰랐어."

그랬다, 그들의 원래 구상은 쌍지가 관문을 벗어나면 계속 그를 추격하여 길 한가운데서 그를 가로막고 그의 임무가 그것으로 끝났음을 알려준 다음 트럭을 되돌려주는 것이었다. 쌍지는 그런 다음에 가고 싶은 데로 가면 그만이었다. 그들은 쌍지와 함께 고양이가 쥐를 잡는 놀이를 연출할 속셈이었고, 그래서 물건이 관문만 지나면 된다고 생각했다. 하지만 쌍지는 그들의 놀이를 진짜로 여겼던 것이다.

"바보 같은 녀석! 길이 있으면 무조건 가도 되는 줄 알았던 모양이군."

아오파라 마을

오월의 어느날 나는 다두허(大渡河) 강가에 있는 이 읍내를 다시 여행하게 되었다. 쥐리르깡(居裏日崗)이라 불리는 작은 산어귀를 지나면 맑고 깨끗한 햇빛 아래로 아오파라(奧帕拉) 마을이 나타난다. 물결 넘실대는 큰 강이 이 마을을 휘감고 흘렀다.

좁은 계곡 옆으로 크고 작은 건물들이 강 하류에서부터 평지까지 오밀조밀 모여 있다. 정오가 되자 장거리 버스 한 대가 도착했다. 아오파라 마을에 도착하는 차들은 대부분 수백 킬로미터 이상 떨어진 먼 곳에서 오는 차들이었다. 달려오던 차가 먼지를 일으키고 있다. 그 차의 엔진소리가 점차 가라앉자 조용히 차 안에 앉아 있던 승객들이 갖가지 상념에 잠긴다.

아오파라 마을의 오월 정오는 홰나무꽃 향기로 가득했다. 햇볕을 받은 홰나무꽃 향기는 흙과 바위에서 나오는 냄새를 압도했다. 강렬한 홰나무꽃 향기가 이 작은 마을을 떠돌 때면 사람들은 공연히 아름다움이나 처량함을 느끼곤 했다. 웬 사람이 나무그늘 아래서 한낮의 뜨거운 햇볕을 피하고 있고, 젖이 퉁퉁 불은 젖소는 한가로이 길을 거닐며 사람들이 버린 종잇조각을 우물우물 씹고 있다. 이 모든 것들은 예전과 마찬가지로 꿈결 같은 분위기를 자아냈다. 35년 전 건물들이 바쁘게 들어설 때와 비교하면, 마을엔 전체적으로 나무 썩는 냄새만 더해졌을 뿐 별다른 변화가 없다. 여전히 버스 정류장은 텅 비어 있고, 주차장의 물웅덩이에는 푸른 하늘과 흰 구름이 비쳤다. 정류장 출구 쪽으로는 비둘기 알과 앵두를 팔려고 돌아다니는 아이들이 눈에 띄었다. 그 맞은편 음료수 가게 주인은 힘없이 앉아 음료수로 날아드는 파리를 쫓아내고 있었다. 고개를 들어 내게 눈길을 주는 주인은 신기해하지도 않고 마치 어제 왔던 사람이 다시 온 것처럼 쳐다볼 뿐이었다. 그는 내가 주문하지도 않았는데 내 앞에 치즈 한 접시와 맥주 한 병을 내놓았다. 나는 눈앞의 거리로 햇빛이 하얗게 쏟아지는 광경을 바라보았다. 해가 머리 위로 높이 솟아오르면서 가게의 투명한 주렴 너머로 고즈넉한 푸른 산이 멀리 바라다보였다.

"내 마누라가 또 아파요."

나는 주인이 하는 말을 듣는다.

"간에 무슨 병이 생겼다는데…… 세무서 소장이 새로 왔다오. ……지난달에는 하천이 범람했지. 지금은 공기가 상쾌해. ……내

딸한테 남자친구가 생겼어요. 그놈 집의 암소가 송아지를 세 마리나 낳았다는데, 그게 무슨 징조인지 모르겠구려."

나는 그곳에서 단정하게 앉아 고요하고 적막한 느낌에 빠져들어갔다.

바로 그때 차 한 대가 들어왔다. 차가 방향을 바꾸자 차창이 반사하는 빛이 가게 안을 비췄다. 강렬한 빛에 가게 주인은 혼잣말을 멈추었다. 차는 '둥펑(東風)' 트럭으로 그 안에는 부처님을 참배하기 위해 강을 따라 내려온 초원의 목동들이 가득 타고 있었다. 백년 전 저 바위산은 온통 소금 덩어리였지만 푸른 암벽이 자애로운 눈을 한 부처님 형상이어서 성지가 되었다. 그 뒤로 해마다 성지 순례자들의 발길이 끊이지 않았다. 소금 덩어리의 모습이 바위산 곳곳에 남아 있긴 하지만 풍화작용으로 인해 많이 소실되어졌다. 이는 전적으로 자연현상에 속하지만 나는 대다수의 동포들이 믿고 있는 것처럼 성지가 생겨났다가 사라지는 것은 산의 신령함이 사라져가기 때문이고, 이로 인해 살아 있는 사람의 영혼은 갖가지 극심한 모욕을 당하리라는 말을 믿고 싶었다.

마을에 있는 유일한 여관에서 나무계단을 걸어 올라가던 중 귀에 익숙한 소리를 듣게 되자, 나 자신이 이곳과 이 주변 지역을 아무런 목적도 없이 해마다 찾아오고 있다는 사실을 새삼 깨닫게 되었다. 여관 안에는 특유의 비누 냄새와 세탁용 가루비누 냄새, 먼지 냄새, 그리고 많은 사람들의 꿈 냄새가 떠다니고 있었다. 여관의 나무계단은 아주 깨끗하게 닦아놓아 나뭇결까지 선명하게 드러나 있었다. 여관의 이런저런 냄새 속에는 각 인종의 독특한 경력과 경험들이 담겨 있겠지만 지금은 어느 인종의 것인지 구별할 수가 없었다.

종업원 지아만(甲滿)이 말했다.

"손님께 탁자가 있는 일인실을 내드리겠습니다."

방 안에 놓인 탁자는 아주 넓고 깨끗했다.

나는 "감사합니다"라고 말했다. 이 누추한 여관에 이처럼 크고 깨끗한 탁자가 있다는 사실이 믿기지 않았다. 게다가 침대도 아주 넓었다. 장작을 때는 난로가 방 한가운데에 있었다. 문 뒤엔 세면대가 있고 그 위에는 깨진 거울이 걸려 있었다. 그 아래엔 법랑 대야 두 개가 바닥에 엎어져 있었다. 이 모든 것들은 전부터 있어온 물건들이지만 나는 마치 처음 보는 물건을 대하듯 하나씩 천천히 바라보았다. 나는 이미 이곳의 모든 것을 잘 알고 있다. 예컨대 할 일 없는 아오파라의 읍장이 여관의 등기부를 조사해 외지에서 온 공무원이 있으면 친절하게 환영한다는 사실까지도 말이다.

나는 읍장의 열렬한 환영을 받았다. 읍장은 내게 부족한 점은 없는지, 음식은 입에 잘 맞는지 물어보았고 자신의 아내가 요리를 잘해 손님들로부터 칭찬을 자주 듣는다는 말도 했다. 읍장은 나를 대하면서 "저도 실은 외지인입니다"라고 말하더니 잠시 생각에 잠겼다가 "이곳에서 결혼한 뒤로 저는 아내가 고향음식을 잘 만들었기 때문에 이곳에 정착하게 되었지요. 저와 같이 왔던 다른 사람들은 모두 떠나갔습니다"라고 말했다. 그는 한숨을 쉬면서 이렇게 덧붙였다. "사람들은 제가 읍장이 되었기 때문에 이곳에 남아 있는 거라고 말하지요. 하지만 읍장이 아니면서도 여기에 남아 있는 사람들도 많습니다. 이미 세상을 떠난 사람들도 있고요."

그러고 나서 그는 우울한 얼굴로 작별인사를 했다. 나는 그의 부드러운 손을 꽉 잡으며 악수했다. 그는 뒷걸음으로 나가며 문을 닫았다. 그가 복도를 걸어가는 소리가 들렸다. 나와 그는 친밀한 사이라고는 할 수 없다. 내 주위의 사람들처럼 친밀한 관계로 맺어진 사이는 아닌 것이다. 그와 나는 동시에 알고 있는 사람이 없어 뭐라고 딱 꼬집어 말할 수도 없는 다소 애매한 관계였다. 그러나 그의 말은 나의 마음을 심란하게 만들었고, 그로 인해 나는 사람의 운명이란 것을 생각하게 되었다. 아마 이것이 내가 아오파라 마을을 자주 찾는 이유인지도 모른다. 종업원인 지아만이 들어왔는데도 나는 커다란 탁자 앞에 앉아 탁자에 비친 희미한 내 얼굴을 응시하느라 뒤돌아보지 못했다. 하지만 나는 그녀의 몸에서 풍기는 여자 특유의 진한 냄새를 맡을 수 있었다. 지아만이 말했다.

"읍장님은 예쁜 딸이 하나 있는데요, 그 딸을 외지로 시집보내려고 해요. 그래서 손님처럼 신분이 높은 외지인이 오면 인사하러 찾아와요. 예쁜 막내딸 말고 그 위로 뚱뚱한 딸이 두 명 더 있는데 둘 다 이미 이곳 당 간부에게 시집갔지요."

사실 이런 말들은 과거에 몇차례 왔을 때 이미 다 들은 것이다. 나는 커다란 탁자 앞에서 가만히 원고지를 펼쳐놓고 앉아 평범하면서도 약간 색다른 이야기를 써내려갔다.

내가 계속 글만 쓰고 있자 지아만이 다가와 탁자를 두드리며 말했다.

"아라(阿拉)가 필요하지 않으세요?"

지아만은 내 대답을 기다리지도 않고 곧장 이 고장 특산물인 보리술을 가지러 갔다. 아라의 시큼한 사과맛은 늘 내 마음과 입맛을 동하게 했다. 이곳은 고랭지가 아니어서 보리술이 아주 귀했다. 이 일대 산골짜기에는 커다란 옥수수밭과 사과와 배를 재배하는 과수원들이 있으며, 아라는 과수원 밑으로 흐르는 샘물과 풍부한 햇빛, 숲 기운 가득한 공기로 주조된 술이었다. 혀끝으로 알싸하면서도 텁텁한 과일주를 맛볼 때면 오묘한 술맛이 머릿속까지 퍼지며 적막한 공간에서 윙윙거리는 소리가 들리곤 한다.

삼년 전에 지아만은 이렇게 말했었다.

"제 딸은 아주 착해서 말을 잘 들어요."

이년 전에는 이렇게 말했었다.

"제 딸이 장사하는 유부남의 아이를 가졌어요."

작년에는 격앙된 목소리로 말했다.

"그 못된 년이 나한테 아이를 맡기고는 그 나쁜 놈이랑 도망을 가버렸지 뭐예요."

그리고 목소리를 낮추며 한마디 덧붙였다.

"하지만 아기는 아주 사랑스러워요."

등 뒤에서 열쇠구멍에 열쇠를 넣고 돌리는 소리가 들렸다. 탁자 위에 작은 술병이 놓였다. 나는 휘갈기던 펜을 내려놓았다. 지아만이 천천히 다가와 쭈뼛거리며 묻는다.

"혹시 신권 지폐 가지고 있으세요? 아이에게 새 돈을 준다고 했거든요."

아오파라에 오기 며칠 전 나는 텔레비전에서 1980년대에 발행했던 지폐 가운데 네 종류를 새로운 도안의 지폐로 바꾼다는 뉴스를 들었다. 그런데 이 외진 마을 사람이 내게 신권을 바꿔달라고 한다. 지아만은 치마 속주머니에 손을 넣어 낡고 꼬깃꼬깃한 돈을 꺼냈다. 그녀는 아이가 우표를 모으듯 각 나라의 화폐를 모으고 있다고 했다. 얼마 전에는 외국에서 온 등산대원의 달러화와 엔화를 바꿔 아이에게 갖다주었다고도 했다.

"제게 편지를 보내는 사람이 아무도 없기 때문에 저는 아이에게 여러 나라의 돈을 갖다주기로 했어요."

그녀는 우울한 표정을 지으며 더러운 앞치마를 들어 빨개진 눈을 비볐다.

"그 아이는 제가 친엄마인 줄 알아요."

내 지갑에는 신권 지폐가 없었다.

그녀가 탄식한다.

아마 다른 손님이 신권을 가지고 있을지도 모른다는 말로 나는 그녀를 위로했다. 지아만은 "그럴 수도 있겠지요. 하지만 손님마저 안 갖고 계신데…… 아마 다른 손님들도…… 없겠죠"라고 했다.

이글거리던 해가 서서히 기울어갔다. 나는 찬란한 햇빛을 받으며 지아만이 가져다준 보리술을 다 마셔버렸다. 술이 얼큰해지면서 마을의 분위기에 점차 동화되어가는 듯한 느낌이 들었다. 그때 나는 알게 되었다. 해가 기울면 기온이 떨어지지만 그 황금빛은 더욱 밝게 빛난다는 것을, 또 그윽한 홰나무꽃 향기가 사람을 취하게 만든다는 것을. 이때 변화가 일어났다. 나는 꽃향기 속에서 바람이 갑자기 정적을 몰고 오는 것을 느꼈다. 나는 거대한 정적이 내리누르는 압박감에서 벗어나고자 밖으로 나가려 했다. 그 순간 갑자기 사방의 벽이 사라지더니 내가 아오파라 마을 한가운데로 가 있었다. 나는 초원의 한가운데에 앉아 있었고 옆에는 오랫동안 키우다 놓아준 백마가 있었다. 멀리 노인이 보였다.

"마을이 어디로 간 거죠?"

내가 노인에게 물었다.

"이 소리를 잘 들어보구려."

노인이 말했다. 나는 아무 소리도 들리지 않는다고 대답했다.

"아무 소리도 나지 않는 것을 들어보라는 거요."

노인의 얼굴은 풍화된 낡은 양가죽 같았다. 노인의 눈매는 노년의 외할아버지 눈매와 흡사했다.

낮은 석조건물 아래에 있는 묵직한 나무바퀴가 세차게 흐르는 물살과 부딪친다. 이 지역의 물레방아는 모두 다 이렇게 생겼다. 아오파라 마을의 도로 양쪽에는 이처럼 육중한 나무바퀴들이 새하얀 물보라를 일으키며 돌아가는 것을 볼 수 있다. 눈앞에서 시냇물이 강으로 세차게 흘러들어갔고, 강에는 소문으로만 듣던 각종 물고기들이 모여들었다. 개구리 알 같은 동그란 물고기 눈과, 소리는 내지 못하면서 커다랗게 벌리고 있는 물고기의 입이 강렬한 인상을 준다.

나는 내가 두려워하고 있다고 여겼다. 내가 물었다.

"아오파라 마을은 어디로 갔죠?"

"아오파라는 돌아왔네."

나를 바라보던 노인이 몸을 일으켰다. 노인은 어느새 다가온 당나귀의 등에 민첩하게 올라탔다. 그는 입으로 신호를 보내며 두 손을 모아 쥔 노부인의 뒷모습을 좇아갔다. 하늘이 매우 빠르게 변했다. 주변의 모든 경치들이 햇빛에 노출된 필름같이 보였다. 그 순간 나는 내 영혼이 몸에서 빠져나가 알 수 없는 곳을 돌아다니고 있음을 깨달았다. 초원과 노인, 당나귀가 모두 사라지면서 햇빛이 다시 환하게 비쳤다. 많이 취하지는 않은 모양이었다. 취했다면 내가 여관 마당의 울타리에 올라앉아, 풀을 뜯어먹듯 사과나무 밑에서 여물을 씹는 백마의 모습을 바라보지는 못했을 것이다. 도랑물이 그늘진 곳을 스쳐 지나갔기 때문에 나무그늘 아래에선 퀴퀴한 썩은 냄새가 났다. 혹사당한 말은 피골이 상접했고 눈빛마저 공허했다. 나는 악몽을 불러일으키지 않기 위해 이 공허함에서 벗어나야겠다고 생각했다.

나는 울타리에서 뛰어내려 큰길 가로 걸어갔다.

역사는 길지 않았지만, 곳곳에 피로와 좌절감이 배어 있는 중심가로 걸어갔다. 이것은 오늘의 황혼이고 오늘의 홰나무꽃 향기였지 꿈속의 풍경은 아니었다. 나는 스스로에게 이런 것들에 관심을 가질 필요가 있다고 일깨운다. 그러나 황혼의 따스한 빛이 스러져 가는 이때, 이런 일깨움은 문제를 해결하는 데 아무런 도움이 되지 못했다. 길에서 나는 몇년 전에 퇴직한 동료를 만났다. 죽은 사람도 아닌데 이런 곳에서 마주치니 마치 귀신을 만난 것만 같았다. 그와 인사를 나누는데 왠지 어색함이 느껴졌다. 멋진 눈썹 밑에 있는 그의 가느다란 눈은 여전히 지나치게 엄숙했고 두 뺨도 옛날처럼 움푹 패어 있었다.

그는 납종이를 비비는 듯한 쉰 목소리로 나의 안부를 물었다. 그는 여전히 민요를 수집하러 다닌다고 했다. 그는 몇년 전에 민요집 『아오파라』를 엮었고, 일년 뒤 모 잡지사에서 같은 제목의 책을 정식으로 출판했다. 그후 그는 지병으로 회사를 그만두었다. 우리 두 사람은 지금 아오파라에서 우연히 만난 것이다. 그가 펴낸 『아오파라』에는 사랑에 관한 민요만 실려 있었다. 지금 그는 그밖의 네 부분을 계속 정리하고 있고 더 많은 내용을 수집할 것이라고 했다.

나는 그에게 어디서 출판할 계획이냐, 혹시 어려운 일이 생기면 도와주겠다고 했다.

그는 의아한 눈으로 나를 한참 바라보더니 천천히 고개를 저으며 "아니야. 나는 그냥 쓰고 싶을 뿐 출판할 생각은 없네. 절대 출판하지 않을 생각이야" 라고 했다. 그의 눈빛이 무대의 조명등처럼 바뀌며 눈앞에 있는 모든 것을 멸시하는 것 같았다.

"나는 지금 부락 사람들과 성지순례를 하는 중이야. 『아오파라』를 완벽하게 노래할 수 있는 노인은 돌아오는 길에 자기가 죽을 거라고 예언했다네. 나는 그 노인한테서 『아오파라』 전문(全文)을 얻을 수 없게 되었어. 자네도 결코 얻을 수 없을 거야. 나는 그분의 장례를 치러줄 생각이라네."

"누구? 아오파라?"

"그 노인 말일세."

나는 그의 가느다란 눈에 눈물이 차오르는 것을 볼 수 있었다.

그 시간, 성지순례 중인 목동들은 버스 정류장 주변의 공터에서 모닥불을 피우고 있었다. 그는 목동들이 노숙하는 곳으로 걸어갔고 곧 내 시야에서 사라져버렸다. 모닥불이 활활 타오르면서 성지순례 중인 목동들을 비췄다. 또한 남자들의 벗은 어깨와 어린아이의 반짝이는 눈, 어머니의 풍만한 가슴도 비췄다. 길 양쪽의 나무 그늘에는 과거와 미래를 넘나들며 미친 듯 날아다니는 모기가 숨어 있었다. 더위를 피해 서늘한 바람을 쐬러 나온 마을 사람들이 가로등 아래로 모여들었다. 그곳에서 사람들은 구권을 신권으로 바꾸었다. 사람들 손에는 대부분 액면가가 다른 신권이 들려 있었다. 신권이 손에서 펄럭이는 소리는 참새가 놀라서 갑자기 날아오르는 소리 같았다. 가로등 불빛이 흥분한 사람들을 비추고 있었다. 그 활기찬 기운은 한낮의 이글거리는 태양 아래서는 볼 수 없었던 것이다.

마지막 남은 사람들마저 서서히 흩어져갔다. 나는 휘감아 도는 강물 소리에 이끌려 마을 밖으로 걸어갔다. 강 위에 다리가 놓여 있었고 나는 그 다리를 건넜다.

건너편 강가에 펼쳐진 풀밭에 다다랐다. 밤이슬이 무척 차가웠고 발밑의 땅은 무척이나 폭신했다. 그 노인과 당나귀를 다시 만날 수 있으리라는 기대는 애당초 하지 않았다. 나는 그저 정적이 맴도는 방앗간 주위를 한동안 거닐고 싶었을 뿐이다. 하늘에서 별이 밝게 빛났다. 달이 서서히 떠오르더니 강물을 밝게 비춘다. 나는 갑자기 몸이 가벼워지는 것을 느꼈다.

다시 마을로 돌아왔다. 대낮에 사람들이 활동하면서 일으킨 먼지는 다 내려앉았다. 대신 미풍이 불고 있었다. 여관의 계단을 오르자 나무계단에서 삐걱대는 소리가 났다. 하지만 그 소리에 놀라 깨는 사람은 아무도 없었다.

옮긴이의 말

아라이 연작소설집 『소년은 자란다』는 1950년대 이후 쓰촨(四川)과 티베트 경계의 "지촌(機村)"이라는 마을에 사는 사람들 이야기이다. 1950년대부터 90년대까지 이곳은 중국의 다른 지역과 마찬가지로 정치운동이 벌어지거나 경제적 충격을 받았으며 그리하여 장족(藏族) 특유의 변화를 경험했다. 고유한 티베트 문화의 쇠락, 정치경제를 앞세운 한족의 문화 침투를 겪게 된 것이다. 이 소설집은 이 시기 장족의 삶을 다루면서 장족 문화의 변천이라는 거시적 시각보다는 평범한 인물에 그 초점을 맞춘다. 역사 속에 묻혀버렸으나 마음속 깊이 새겨져 있는 기억들을 꺼내 마치 섬세한 조각품처럼 최근 삶을 빚어내고 있다. 빛과 그림자, 색채, 냄새와 질감 같은 것들이 작품 속에 녹아 있고 어느 한 부분을 슬쩍 암시만

하고 윤곽만 그리는데도 모든 상황이 한눈에 들어온다.

아라이의 작품을 읽으면 작가가 기억의 파편들을 모으고 감정의 실오리를 정리하는 데 능숙하다는 것을 알게 된다. 갖가지 신비한 소리가 살아 있는 드넓은 초원 위의 작은 읍내, 그곳에서 만나는 사람들과 자연은 작가의 활짝 열린 감각을 통해 세밀하게 포착된다. 이는 작가 자신이 바로 이 "지촌"과 함께 호흡했고, 이 초원의 작은 읍을 사랑했기 때문에 가능했을 것이다.

아라이의 여러 작품은 바보스럽지만 순수한 영혼을 지닌 사람들을 그리며 그들의 강한 생명력을 보여준다. 표제작의 '거라'를 포함해 「두 절름발이」의 '가뛰', 「마지막 마부」의 곰보, 「스스로 팔려간 소녀」의 '줘마'라는 인물을 통해 저자는 인간의 마음에 깊이 자리한 순수함을 끄집어낸다.

여러 단편들 중 「현자 아구둔바」는 1987년에 발표된 아라이의 초기작으로 특별한 감동을 선사한다. 아라이는 불교적인 특징, 신성(神性), 민간의 감성 등을 아구둔바라는 인물을 통해 담아내면서, 장족의 민간 전설을 소설로 재현해내는 데 성공하고 있다. 그는 민간에서 전해지는 평범하면서도 지혜로운 영웅에 문학의 옷을 입혀 고독한 영웅으로 다시 태어나게 했다. 주인공 아구둔바는 불교적 품성을 지닌 민감한 성격의 소유자이며, 생각이 깊고 지혜로운 사람이면서도 어쩔 수 없이 현실과 맞서며 살아갈 수밖에 없는 인물이다. 석가모니처럼 그는 고귀한 신분이었지만 모든 것을 버리고 사람들 속에서 현자로 살아간다. 그는 사람과 신 사이를 오가는 자유로운 영웅이지만 속으로는 자신의 정해진 운명을 거부하려 애쓴다. 그러나 결국 그는 현실의 근심을 회피하지 않고 힘든 길을 가게 된다. 이 작품을 통해 우리는 아라이가 추구하는 작품세계를 엿볼 수 있다.

아라이가 묘사한 평범한 장족 젊은이의 죽음(「막다른 길」), 하늘의 법칙에 순종하는 평범한 절름발이(「두 절름발이」), 장족 소녀의 가출(「스스로 팔려간 소녀」) 등에서 우리는 작가가 겸허한 태도로 글을 쓰고 있음을 알 수 있다. 아라이의 소설은 모든 것을 해석하려는 과욕을 부리지 않는다. 그의 소설은 진실을 추구할 뿐이다. 그래서 그의 작품은 작위적이지 않고 물 흐르듯 자연스럽다. 독자들은 소설 속의 인물이나 자연에서 격세지감을 느끼지 않고 가공을 거치지 않은 생생한 진실을 아마 접할 수 있을 것이다. 시인이자 소설가인 아라이의 재능은 세련된 단편에서 아주 잘 드러난다. 진실의 세밀한 구석까지 가 닿는 그의 작품을 천천히 음미해 읽는다면 더욱 그 진가를 알 수 있을 것이다.

오랜 중국유학을 마치고 귀국한 뒤로 나는 국내에 소개할 책을 찾기 위해 해마다 중국을 찾곤 했다. 베이징에 갈 때마다 대형서점 베스트셀러 코너를 장식하고 있는 아라이의 작품을 보게 되었는데, 그 책들은 수년이 흐른 뒤에도 여전히 그 자리에 있었다. 그때부터 아라이라는 작가에게 관심을 기울이게 되었고 그의 작품을 번역해보고 싶었다. 그것은 그의 작품이 베스트셀러여서가 아니라, 그의 작품이 티베트에 관한 이야기였기 때문이다. 티베트 이야기라면 신비하고도 아름다우며, 그러면서도 뭔가 애한을 가지고 있지 않을까라는 생각을 했던 것이다. 아라이의 연작소설집 『소년은 자란다』는 나의 그런 바람이 현실로 이루어진 것이다. 국내에 잘 알려지지 않은 작가의 작품인데도, 흔쾌히 책을 펴내는 아우라 출판사에 이 자리를 빌려 감사를 드린다.

나는 아라이의 작품을 번역하면서 티베트의 낯선 사람들 이야기와 작가의 심오한 철학에 매료되어버렸다. 티베트의 생활풍속을 번역할 때 어려운 부분은 고려대 박사과정에서 만난 양춘희 선생을 통해 이해해나갔고, 공동으로 번역을 진행하게 되었다.

내가 감동받고 빠져든 것처럼, 문학을 좋아하는 한국 독자들도 이 소설집을 사랑해주길 바란다. 만일 아라이의 장편 『진애낙정(塵埃落定)』(한국어판 제목 『색에 물들다』)을 접한 독자들이라면 여기에 수록된 단편들에 금방 매료될 것이며 아라이 소설의 정수를 알게 될 것이라 생각한다.

2009년 6월 전수정